Ich liebe Schlager
Eine beschwingte Anamnese

W0221504

BERND MANNHARDT

Ich liebe Schlager

Eine beschwingte Anamnese

Satirischer Roman

Edition zartbitter

Personen – mit Ausnahme der zitierten – und Handlung dieser Satire sind frei erfunden. Ähnlichkeiten mit lebenden oder verstorbenen Personen sind nicht beabsichtigt und wären rein zufällig. Die Orte der Handlung existieren zwar, dienen jedoch lediglich als Kulissen.

Zitate dienen gemäß § 51a UrhG zu Zwecken des Karikierens und Parodierens; sie dienen nicht der vordergründigen Illustration oder Verzierung.

Die Deutsche Nationalbibliothek verzeichnet diese Publikation in der Deutschen Nationalbibliografie ; detaillierte bibliografische Daten sind im Internet unter über http://dnb.d-nb.de abrufbar.

Alle Rechte vorbehalten.
Dieses Werk, einschließlich aller seiner Teile, ist urheberrechtlich geschützt. Jede Verwertung außerhalb der engen Grenzen des Urheberrechtsgesetzes ist ohne Zustimmung des Urhebers unzulässig und strafbar. Das gilt insbesondere für Vervielfältigungen, Übersetzungen, Mikroverfilmungen, Verfilmungen, Vortrag sowie Einspeicherung und Verarbeitung in elektronischen Systemen sowie auf Internet-Plattformen.

© Bernd Mannhardt 2024
Lektorat: Moritz Siegel, Dresden
Umschlag: Norbert Lücken, Berlin (unter Verwendung eines vom Autor aus inhaltlichen Gründen per KI generierten Bildes)
Satz: im Verlag
Schrift: Stempel Garamond LT Roman
ISBN 978-3-759825-58-2

www.bernd-mannhardt.de

Der übermäßige Konsum von Schlager
kann zu geistigen, aber auch emotionalen Irritationen
führen und großes Leid verursachen.

Dr. Ingo Hinrichsen,
Leiter der Schlager-Station an der
psychosomatischen Fachklinik Johann Strauss in Bad Singen

Hauptpersonen

Thomas »Thommi« Andras (38) ist Wirtschaftsinformatiker und verliebt in Schlager-Erfolgsstatistiken. Aber auch sonst hat er es mit dem Schlager übertrieben – Diagnose: Schlager-Burnout. Er wird in die psychosomatische Klinik Johann Strauss überwiesen.

Marlene (40) nimmt das Schlager-Motto »Sehnsucht, Sex und Seitensprünge« allzu wörtlich, was ...

... *Eike* (39), ihr Ehemann, überhaupt nicht komisch findet. Er schwört Rache.

Mama, Thommis Mutter (58), betreibt auf'm Wedding ein kleines Schlager-Café. An Thommis Sechzehntem führte sie ihren Sohn in die kulinarische Welt der erwachsenen Schlagerfans ein: Schlager-Bierchen.

Boris Dimitroff (28) vom Fahrdienst Gloria kutschiert Thommi von Berlin nach Dresden zur Kaisermania, verfolgt dabei ein ureigenes Interesse.

Renate Rühmkopf (46) ist Vorsitzende des *Schlager ist geil! e. V.* und jagt Thommi nicht nur als Kassierer aus dem Vorstand, sondern ganz aus dem Verein, weil er Gelder veruntreut haben soll.

Ferdinand Bülow (60) kennt sich als Anwalt gut aus mit dem

Lug und Trug seiner Mandanten. Für Thommi bringt dies die entscheidende Wendung.

Dr. Ingo Hinrichen (35) ist bei Johann der Mann für Psycho-Einzelgespräche. Er zeigt sich in Sachen Schlager bemerkenswert trittsicher wie auch sangesfreudig.

Prof. Dr. Ursula Lied (54) ist eine Koryphäe für Schlager-Burnout und leitet nicht nur die Klinik, sondern auch das dortige Schlagertext-Seminar. Hier lernt auch Thommi besser verstehen, was ihn am Schlager so fertig gemacht hat: die Schlager-Texte.

Manfred von Versen (48) ist Profi-Texter und unterstützt Ursula im Texter-Seminar mit praktischen Schreibübungen.

1.
Einchecken

»Deutsche Chansons heißen Schlager, weil sie einen in die Flucht schlagen«, las ich vor geraumer Zeit auf einem Zitate-Portal – und war nun doch schon einigermaßen verwundert. Starker Tobak, hatte ich gedacht.

Auf der Suche nach einem fröhlichen Sinnspruch zum Schlager hatte ich vier oder fünf Sprüche-Lexika durchgeackert – aber Fehlanzeige! Wohin ich auch blickte, es stand überwiegend negativ Intendiertes zu lesen – wie eben auch folgende Entgleisung: »Es ist ein bedrückendes Gefühl, dass zu jeder beliebigen Stunde des Tages irgendwo ein paar Leute zum nächsten Schlager ausholen.« Ach, nö!

Nicht dass uns jetzt ein Missverständnis aufkommt: Mir liegt Felicità nahe und Frohsinn im Blut; zudem habe ich durchaus was übrig für entlarvende Satire, beißenden Spott – nur, bitteschön: Alles zu seiner Zeit!

Marlene, eine Vereinskameradin aus'm *Schlager ist geil! e. V.,* wurde vierzig. Als kleine Aufmerksamkeit mit individueller Note wollte ich ihr eine selbst entworfene Happy-Postcard zukommen lassen, also eine Karte mit witzigem oder aufregendem, jedenfalls nicht langweiligem Spruch zum

Schlager – konkret: Es war mir um ein Goodie gegangen, wie es landläufig heißt, das – zum Anlass eines Geburtstages passend – positive Signale aussendet und komplementär funktioniert zum noch einzutütenden Sechserpack Moët & Chandon Brut Imperial (Piccolöchen der Extraklasse). Das war mir Marlene wert!

Problem: Die positiv intendierten Geistesblitze, die es vereinzelt gab, hätten nichts reißen können, weil sie verschnarcht klangen – wie beispielsweise »Ein guter Schlager kann mich regelrecht anrühren« – oder gar onkelhaft: »Ein Schlager ist für meine Begriffe ein Märchen für Erwachsene.«

Kurz: Mangels eines Sinnspruchs, der dem besagten Anlass und nicht zuletzt Marlene gerecht würde, entschied ich mich, Verse aus einem Schlagertext zu nutzen – Zeilen vom Grandseigneur des deutschen Schlagers, also vom letzten deutschen Kaiser, der des Sommers in Dresden residiert (genauer: am Kaiserufer, kartografisch bislang noch Königsufer) und auf den Kaiserwiesen (einer Open-Air-Location, beim Katasteramt bislang noch Königswiesen) Roli gerufen wird.

Zweifelsohne war es kein Zufall, dass meine Wahl auf Roli fiel, den Schlager-Sirius am Schlager-Himmel: Ich wusste, dass Marlene auf den Altmeister tonaler Frivolitäten stand, so dass ich ihr eine goldfarbene, mit silbernen Sternchen verzierte Lyrics-Card aus Büttenkarton herstellen ließ: Unten rechts wurde der Majestät Merchandising platziert – ein Dreizack in Magenta! –, und die Verse in Prägedruck rückten ins Zentrum des Druckwerks.

Rolis Lyrics kommen, wie ich finde, wie bei einem Großdichter mit wahrlich emotionalem Tiefgang und poetischer Raffinesse daher, was unter Schlagertexten auch insofern eher selten ist, als der ehemalige Junge aus'm Wedding mit nunmehr rund 70 Lenzen bemerkenswert vital auf die Tube drückt: »*Wenn du merkst, dass allein gar nicht glücklich macht / Wenn du merkst, dass man zu zweit so viel besser lacht / Ist dein Bett doch zu kalt, ruf mich einfach an / Sag mir wie, sag mir wo, sag mir wann.*«

»Ach was, Sirius!«, könnten nun Nörgler dazwischenfunken. »Astronomisch betrachtet ein hinkender Vergleich! Sirius ist kein einzelner Stern, sondern ein Doppelsternsystem.«

»Genau!«, würde ich zuerst bestätigen und dann zu bedenken geben: »Unser Roli ist auch ein Doppelsystem: Einerseits brillierte er mit deutschsprachigem Liedgut auch in rein orchestralen Live-Konzerten wie jenem in der Semperoper, andererseits gab er uns mit Sinatra-Cover beim Wiener Opernball den Frankie – wobei er summa summarum in der Performance der Kraft schöner Worte vertraut, also ohne überbordenden Budenzauber mit Blendgranaten und Balletteinlagen: alles wunderbar gediegen, konzentriert, hüftschonend. Also, bitte!«

Marlene habe sich, so wurde mir zwei Wochen nach Absenden des Präsents vertraulich gesteckt, auch über den Schampus sehr gefreut – nicht zuletzt aber über die ausgewählten Verse. Sie bedaure es zutiefst, dass sie sich bei mir nicht persönlich hatte bedanken können, aber Eike, ihr Ehemann, sei im letzten halben Jahr zum eifersüchtigen Gesellen mutiert und habe Marlene mit Scheidung gedroht, falls sie mit mir auch nur ein einziges weiteres Mal in Kontakt trete. Ach, herrje! Hatten Marlene und ich des Kaisers Motto »Sehnsucht, Sex und Seitensprünge« zu wörtlich genommen?

Denkbar. Aber dazu später.

Noch mal zum Frohsinn: Dass ich zum Lachen nicht in den Keller gehe, könnte nicht nur Marlene bestätigen, sondern ein jeder Schlagerenthusiast aus'm Verein. Da war ich bekannt wie ein bunter Hund – auch als Kassierer, weil vor gut einem Vierteljahr geschasst. Mir war vorgeworfen worden, Geld im fünfstelligen Bereich aus der Vereinsschatulle veruntreut zu haben. Ach, wie irrig!

Es stimmt zwar, dass ich ein Bündel Mitgliedsbeiträge der Kasse entnommen hatte – genauer gesagt dem Konto –, jedoch nicht, um am Ende des Tages mich selbst zu bereichern, wie man heute so sagt. Es war mir dabei um Investitionen in die Zukunft des deutschsprachigen Schlagers allgemein gegangen und um das Überleben des Vereins im Besonderen.

Bedenken wir bitte einmal: Wohl nicht zufällig waren gerade dann, als unser Kaiser mehrtägig in Dresden Hof hielt, in Zeitungsrubriken wie »Spruch des Tages« verbale Angriffe zu vernehmen. Die offenkundige Absicht, am Fundament der kulturellen Heimstatt von Millionen herumzustochern, lag blank zutage wie ein gewetztes Messer. Beispiele gefällig? – Bitteschön: »Es gibt keine einzige Musik der Welt, die sich selbst so erniedrigt wie der Schlager« oder »Schlager sind Texte, die gesungen werden müssen, weil sie zu dumm sind, um gesprochen zu werden« oder »Alles am Schlager ist echt, weil es so wunderschön falsch ist«. Au weia!

Falls dieses Bombardement der schlechten Laune über kurz oder lang beim Publikum und in der Folge bei den Produzenten und Programmverantwortlichen der Sender verfängt, dachte ich, droht eine Welle von emotionaler Obdachlosigkeit. Dagegen musste etwas unternommen werden! Aber nein, nicht Auge um Auge, Zahn um Zahn – also nicht mittels verbalen Zurückballerns, sondern immer schön konstruktiv bleibend und nachhaltig agierend. Künstlerischer Artenschutz war zu initiieren – das heißt: Dem weit über 100 Jahre alten Liedgut war zu einem beständigen, weitere Generationen überdauernden Platz in der öffentlichen Wahrnehmung zu verhelfen: Listung als Immaterielles Kulturerbe der Menschheit!

Das klänge nun doch schon etwas überspannt? – Langsam, langsam! Damit die Strategie mit Leben erfüllt werden konnte, musste taktisch klug agiert werden: Einreichung einer repräsentativen Bewerbung bei der zuständigen Institution: UNESCO! Es galt, in Form und Inhalt überzeugende Materialien von Medien-Profis herstellen zu lassen – vom Image-Film über Video-Porträts bis hin zum Exklusiv-Interview mit dem Kaiser –, und das war nicht für lau zu haben. Aber auch dazu später.

So viel sei allerdings jetzt schon gesagt: Um das Verfahren bei den Vereinten Nationen seriös eingetütet zu bekommen, glich mein Job (im Ehrenamt) einem 24/7-Engagement. Gewiss bewahrheitete sich dabei auch die Binsenweisheit »Wo gehobelt wird, fallen Späne«. Dennoch kann ich sagen: Es gibt Leute aus'm Verein, die nach wie vor zu mir stehen. Das tut gut!

Zuerst des Amtes enthoben zu werden, dann aus'm Verein zu fliegen – das musste auch erst mal verdaut werden! Mein Ex-Vorstandskollegium sprach vornehm von »Vereinsausschluss« und begründete dies mit: »Vereinsschädigendes Verhalten«. Es war aber insofern eine umstrittene Entscheidung gewesen, als sich meine Ex-Mitstreitenden im Vorstand bei der Beurteilung der Lage uneinig zeigten, also das Vereinshaupt sich spaltete – und zwar in zwei annähernd gleich große Teile, wie ein zerhacktes Holz. Aber natürlich, auch eine knappe Mehrheit war eine Mehrheit!

Was ich aber eigentlich sagen will, ist: Mich erreicht auch heute noch Post der Solidarität. Vielen Dank dafür! Und liebe Grüße aus der Klinik.

Es war ein Spätsommertag, als ich in die psychosomatische Klinik Johann Strauss eincheckte; ich war guter Dinge und das Wetter ganz famos. Auch die idyllische Lage Johanns im Luftkurort Bad Singen, umgeben von norddeutscher Wald- und Heidelandschaft mit reizvollen Auen, ließ mich dem Aufenthalt voll Hoffnung entgegensehen, in Bälde wieder zu Kräften zu kommen. Erst drei Monate zuvor war für mich noch nicht abzusehen gewesen, ob sich die Nebelwand, die sich vor meinem mentalen Horizont aufgebaut hatte, jemals wieder verflüchtigen würde.

Es war so gewesen: Nach meinem Rausschmiss aus'm Verein ploppte eine nie gekannte Niedergeschlagenheit auf. Zwei Tage danach meldete ich mich bei meinem Arbeitgeber, dem Statistischen Landesamt, Arbeitsgruppe Zensus, krank und konsultierte meinen Hausarzt Daniel. Diesem berichtete ich von meiner latenten Müdigkeit, gepaart mit Ohrensausen; auch von meinem langjährigen Ehrenamt für den Schlager allgemein und für den Verein im Besonderen, von der erfahrenen Demütigung – sowie von Marlene.

»Es überschlägt sich alles!«, klagte ich.

Daniel nickte und schaute mir in die Augen. Stille kehrte ein, und unausgesprochene Empathie flutete den Raum.

Dann sprach er doch noch: »Alles klar!« Er wedelte mit einem Gelben. »Ich ziehe Sie aus dem Verkehr, mit Schlager-Burnout ist nicht zu spaßen.« Er klang besorgt und füllte dann sogleich eine Überweisung aus. »Da muss ein Facharzt 'ran«, konstatierte er, und wenig später lernte ich Klara kennen, ihres Zeichens Psychiaterin – aber dazu bald; jetzt mal eben noch dazu, wo ich mich aktuell befinde.

Johann ist eine auf Musik-Schäden jedweder Art spezialisierte Klinik. Warum sie so heißt, liegt für einen gut informierten Schlagerfreund wie mich auf der Hand: Ihr Namenspatron Johann Strauss (der Jüngere) hatte 1873 den ersten deutschsprachigen Schlager geschaffen, versteckt in »Die Fledermaus«, zweiter Akt, Szene 10: Csárdás – Klänge der Heimat. Nach der Uraufführung der Operette am Theater an der Wien war das Lied – als Auskoppelung vom Album, wie man heute sagen würde – eingeschlagen wie eine Bombe: *»Durst'ge Zecher, greift zum Becher, / lasst ihn kreisen, lasst ihn kreisen / schnell von Hand zu Hand!«*

Marie Charlotte Cäcilie Geistinger, von Hause aus Sopranistin, hatte den Gassenhauer in spe geschmettert und war damit über Nacht zur Königin der Opera buffa avanciert. Sollten Sie von Marie noch nichts gehört haben, dann mal eben Folgendes zur schlagerhistorischen Einordnung: Ihr damaliger Status war vergleichbar mit dem heutigen unserer singenden Hochseilartistin Helene. Das nur am Rande.

Das Aufnahmegespräch im Johann führte Ingo mit mir, also der Hinrichsen, Doktor der Psychologie. Bei ihm würde ich auch meine Einzelgespräche haben, wie er mir gleich zur Begrüßung sagte. Er schlug vor, dass wir uns zwar siezen sollten, aber dennoch mit unseren Vornamen anreden könnten.

»Das vermindert unnötige Distanz.«

»Gerne!«, sagte ich und streckte ihm meine Hand entgegen. »Ich bin der Thomas, mich nennen aber alle Thommi.«

Mein Gegenüber schlug ein. »Willkommen bei Johann, Thommi, ich bin der Ingo.«

Der Therapeut war mir sympathisch: Sein Blick war freundlich, zugewandt, offen. »Von mir aus können wir uns auch duzen«, haute ich heraus und berichtete gleich: »Gestern … Talkshow … also, da war ein Theologe zu Gast. Der hat den Moderator ungefragt geduzt. Auf die Frage, ob er immer gleich duze, kam die Antwort: Warum sollte ich ausgerechnet Sie siezen, wenn ich doch selbst Gott duze? – Hahaha!«

»Hahaha!«, erwiderte Ingo. »Sie haben Humor, das ist bekanntlich die beste Medizin.« Er dachte kurz nach und sagte dann: »Die Botschaft des Theologen verstehe ich so: Alle Menschen sind gleich! Theoretisch ist das zwar richtig, aber praktisch nicht relevant.«

»So?«

»Nehmen Sie uns beide: Wir sitzen uns nicht in gleichen, sondern in verschiedenen Rollen gegenüber. Das mit dem Siezen mit Vornamen ist ein Kompromiss, finde ich, der uns schützt!«

»Wovor denn?«

Ingo zwinkerte mir zu: »Du Arschloch sagt sich einfach leichter als Sie Arschloch! – Hahaha!«

»Hahaha! – Überzeugt!« – Ach schön, dachte ich, auch Ingo lacht gerne … Und schon umwob mich das wunderbare Gefühl, bei ihm gut aufgehoben zu sein. Offenbar war es ein Heilkünstler mit Bodenhaftung, der mir hier in zwei, drei Metern Entfernung in einem muschelartigen Rattan-Sessel mit Rückenlehne bis hoch zum Hinterkopf gegenübersaß. Es hatte etwas von einem Thron. Auf Ingos übereinandergeschlagenen Knien lag ein Notizblock, seitlich zu seinen Füßen stapelten sich Patientenmäppchen. Vermutlich, dachte ich, liegt das meinige obenauf.

Meine Sitzgelegenheit war im Übrigen eine ähnliche wie die von Ingo, die Rückenlehne reichte jedoch nur bis zu den Schultern. Zweifelsohne waren wir nicht gleich, aber das tat dem Setting für mein Gefühl gar keinen Abbruch, denn der mir zugewiesene Platz war ausgesprochen bequem.

»Thommi, in unserer Zusammenarbeit werden die Ursachen Ihres Problems zentrales Thema sein«, gab Ingo einen Ausblick auf das, was kommen sollte. »Wir schauen, wie Sie Ihr Verhalten ändern könnten, um die Beschwerden in den Griff zu bekommen. Sie werden Anwendungen und Techniken zur physischen und psychischen Entspannung kennenlernen.«

»Davon hab ich schon auf Johanns Webseite gelesen«, ließ ich den interessierten Patienten raushängen – und scherzte: »Fango und Tango, nicht wahr?«

»Hahaha – Tango! … Leider nein, aber immerhin: Indoor können wir Ihnen Ergometer, outdoor Nordic Walking bieten, und zum Auspowern können Sie in die Muckibude gehen. Aber auch Herunterfahren ist wichtig: meditative Übungen. Es geht auch darum, dass Sie zur Ruhe kommen.« Ingo machte sich Notizen.

»Sie sagten Ursachen …«, hakte ich nach.

»Ja?«

»Also … ähm … es ist verdammt viel geschehen … Da können Sie sich gar keine Vorstellung von machen!«

»Umso wichtiger, dass Sie mir davon berichten – gerne auch schriftlich. Würden Sie in den ersten Tagen aufschreiben wollen, was geschehen ist? Schreiben ist ein gutes Mittel, um zu reflektieren, was warum geschah. Was halten Sie davon?«

»Ich mache das, was Sie empfehlen«, sagte ich. »Umgekehrt ergäbe ja auch keinen Sinn, nicht wahr? – Hahaha!«

»Hahaha!«, erwiderte Ingo. Er schlug seinen Notizblock auf und nahm einen Stift zur Hand. »Thommi, zu Beginn werden wir uns um die Problemanalyse kümmern. Gemeinsam gucken wir, wie Sie so ticken.«

»Ticken … ein gutes Stichwort!«

»Inwiefern?«

Ich zögerte etwas, gab mir dann einen Ruck: »Darf ich offen zu Ihnen sprechen?«

»Unbedingt! Alles, was wir bereden, bleibt unter uns.«

»Gut … also, es ist ja so: Manchmal fühle ich mich wie eine Zeitbombe!«

»Wie meinen Sie das genau?«, hakte Ingo nach.

Guck an, dachte ich, er will es ganz genau wissen – wie schön! Endlich mal jemand, von dem ich ernst genommen werde. Das war bisher weniger der Fall gewesen: Wenn ich anfänglich berichtete, dass mich Schlager fix und alle gemacht hatte, erntete ich im besten Fall mitleidsvolle, im schlechtesten ungläubige Blicke. Dass Schlager auch Krisen auslösen kann, hatte offenbar niemand ernsthaft auf'm Schirm – vielleicht auch Daniel nicht. Er hatte mich zwar an Klara weitergereicht, aber wie er zum Schlager-Burnout persönlich stand, hatte er mir nicht gesteckt gehabt.

Klara indessen schon – gleich beim Kennenlerngespräch: Nachdem mich die Psychotherapeutin gefragt hatte, wie sie mir helfen könne, antwortete ich auf meine – zugegeben etwas spezielle – Art und Weise: Über die Jahre meines Engagements im *Schlager ist geil! e. V.* hatte ich mir angewöhnt, Gedanken mit Schlager-Zitaten auszudrücken, gerne auch singend. Ich schmetterte Klara also entgegen: »*In meinem Herzen flattert leise / Ein kleiner bunter Schmetterling / Den schickt die Sehnsucht auf die Reise / Wenn ich von meinen Träumen sing / Ich seh ein Land, es liegt noch weit / Wo Liebe wohnt und Zärtlichkeit / Zeig mir den Platz an der Sonne, wo alle Menschen sich versteh'n / Liebe allein ist die Sonne / Drum darf die Liebe nie untergeh'n.*« – Ich hatte gedacht, das sei zum Einstieg eine gute Antwort auf die Frage, warum ich vor ihr saß.

Klara schien einen Moment lang dem Gehörten nachzuspüren. Aber dann explodierte sie wie ein Lava speiender Vulkan: »Hahaha!« Es rüttelte und schüttelte sie. »Hahaha!« Dann versuchte sie, sich wieder einzukriegen, zu relativieren: »Ich ... ha ... lache Sie ... haha ... nicht aus ... hahaha ... sondern nur an: Hahahahahahahahaha!« Unter Tränen des Amüsements fragte sie mich schnappatmend: »Wollen Sie ... ha ... der neue ... haha ... Udo Jürgens werden? – Hahaha!«

»Ich hasse weiße Bademäntel!«, erwiderte ich. Ich hielt das für eine adäquate Antwort, die unmissverständlich für ein Nein stand. Aber Klara schlug sich jauchzend auf die Oberschenkel.

»Der Witz ist gut! – Hahahahahaha!«, sagte sie.

»Danke«, sagte ich und dachte: Oh Mann, Klara kannst du vergessen. Ich zweifelte, ob ihr die Dimension der Belastung eines Schlager-Burnouts überhaupt ein Begriff war, und fühlte mich mal wieder nicht ernst genommen. So stand ich auf. »Danke für Ihre Zeit«, sagte ich und hob die Hand zum Gruß. »Ich finde allein hinaus.«

Nachdem ich die Praxistür von außen zugezogen hatte, war noch bis in den Hausflur zu vernehmen, dass die Therapeutin offenbar in einem fürchterlichen Lachkrampf feststeckte.

Aber Schwamm drüber! Jetzt war ich ja bei Johann, nur das zählte: *Hier bin ich Mensch, hier darf ich's sein*, dachte ich. Das Zitat stammte zwar – was gut informierte Schlagerfreunde wie ich natürlich wissen – nicht aus einem Schlager, sondern aus einer in Verse geschmiedeten Tragödie eines Geheimrats anno 1808, traf nichtsdestotrotz aber wie die Faust aufs Auge.

Jetzt aber doch zurück zu Ingos Frage! Das Ticken einerseits und die Zeitbombe andererseits wollte ich – zitierfreudig, wie ich war – singend beantworten. Nach dem Erlebnis mit Klara war das kein leichtes Unterfangen, aber weil ich Ingo vertraute, begann ich, mit den Fingern der Rechten rhythmisch zu schnippen. Ich groovte mich ein, und Ingo verstand wohl, denn er schnipste mit.

Cool, dachte ich, mein Zutrauen ist gerechtfertigt! Und schon schaltete ich frohgemut in den Deutschrap-Modus: »*Ich ticke laut, und glaube mir, ich ticke aus / Ich zieh deutschen Rap an den Ohren lang / Und dann sehen sie aus wie Micky Maus.*«

»Sudden heißt der Rapper«, sagte Ingo.

»Zeitbombe der Titel«, ergänzte ich.

»Vom Album Arschloch«, wusste er – und begann nun seinerseits, mit hoch in die Luft gestreckten Händen den Viervierteltakt zu klatschen. Ingo performte die Anschlusszeilen: »*Rapper wollen Features, doch ich gehe nie ans Handy / Weil die Opfer mir ein' vom Pferd erzählen wie die Wendy.*«

Wie geil ist das denn, dachte ich, coole Socke! Und ein »Wow!« entfleuchte mir, während der Therapeut, als wäre nichts weiter gewesen, den Schreibblock in die eine Hand nahm, um mit der anderen das zu seinen Füßen obenauf liegende Patientenmäppchen aufzunehmen.

»Ich weiß Ihre Begeisterung zu schätzen, Thommi, danke!«, sagte er. »Aber therapeutisch gesehen hole ich Sie nur dort ab, wo Sie stehen.«

»Das muss man aber auch erst mal können!«, lobte ich.

»Thommi, Sie sind bei Johann! Am Klinik-Eingang steht ›Fachklinik für Musik-Syndrome‹. Die Rap-Station befindet sich zwar eine Etage tiefer, aber wir arbeiten hier auch interdisziplinär.« Er blickte in meine Patientenakte. »Bei Ihnen steht explizit Schlager-Syndrom mit der Symptomatik Burnout. Ich überlege gerade, ob wir es vielleicht eher mit einem Rap-Schaden zu tun haben.«

»Bei Rap bin ich draußen«, sagte ich. »War mir auf Dauer zu aggressiv.« Um zu verdeutlichen, was ich meinte, rutschte ich mit meinem Sessel an Ingos Thron heran und schlug mit der flachen Hand im Takt auf dessen Rattan-Armlehne: »*Glaubt mir, es gibt kein Entkommen / Ich mache noch ein paar Songs, und dann explodiere ich / Ich kack deutschem Rap in die Fresse, bis sein Kiefer bricht.*«

»Gut!«, sagte Ingo. »Wollte nur sicher gehen, dass Sie bei mir richtig sind.« Er machte sich Notizen. Ich schob mich zurück in die Ausgangposition, während Ingo fragte: »Sind wir im Geschäft? Schreiben Sie das, was Sie bewegt, auf?«

»Ja. Aber wo soll ich denn da beginnen? Es ist wirklich schrecklich viel geschehen!«

»Nehmen Sie es spielerisch, Thommi. Wer memoriert, begibt sich eh auf einen Querfeldein-Parcours zwischen Wahrheit und Dichtung. Lassen Sie Ihre Gedanken einfach fließen!«

»Ich werde es versuchen.«

»Prima! – Aber jetzt kommen Sie erst mal bei Johann an«, sagte er. »Richten Sie sich in aller Ruhe auf'm Zimmer ein.«

»Mache ich! Eine Frage hätte ich aber noch: Soll ich Ihnen beim nächsten Mal meine eigenen Schlagertexte vorlegen?«

Ingos Stirn legte sich in Falten: »Sie schreiben so etwas selbst?!« Das klang, als sähe er auf einmal ein besonderes Problem-Potenzial.

»Nur für den Hausgebrauch«, hielt ich den Ball flach. »Zudem seit zwei Jahren nur noch fragmentarisch, über Refrains komme ich nicht mehr hinaus: Meine Schublade ist voll – die psychische.«

Ingo nickte. »Schlagertexte«, brabbelte er nachdenklich und setzte zugleich erneut seinen Stift aufs Papier.

Aus einem unbestimmten Impuls heraus sagte ich: »Die einen Schlagerfreunde schreiben Liedtexte und träumen davon, dass ihr Star sie singt, die anderen kleben sich seinen Namenszug quer über die Autoscheibe.«

»Vorne oder hinten? – Hahaha!«

»Der Joke ist auch nicht ohne«, merkte ich an. »Hat was!«

»Im Ernst, Thommi: Sie müssen sich für Ihr Hobby nicht entschuldigen«, sagte Ingo. »Es ist immer gut, kreativ zu sein. Gegen Ende Ihres Aufenthalts bei uns können Sie ein Schlagertext-Seminar besuchen; ein Profi lässt sich in die Karten blicken. Ziel dieses Angebots ist es, dass die Patienten besser verstehen, was sie über die Jahre so fertig gemacht hat. Beim Schlager ist es wie mit Genussmitteln: Wir sollten stets um die potenziellen Risiken und Nebenwirkungen wissen.«

Ingo stand auf, ich tat es ihm gleich. Er kam auf mich zu und reichte mir seine Rechte zur Verabschiedung. »Der nächste Patient wird schon mit den Hufen scharren«, meinte er – und tatsächlich: Im Wartebereich des Flurs saß bereits ein Burni-Kollege: ein großer, etwas untersetzter Mann, der Jeans, Westernhemd und Cowboystiefel trug. Auf seinen Oberschenkeln lag eine Gitarre.

»Guten Tag, ich bin Ingo Hinrichsen!«, machte der Therapeut sich bemerkbar. »Sie wollen zu mir, richtig?«

Der Mann nickte, stand auf, schnallte sich die Gitarre um und schlug einen fetten Akkord an: »*Hey Boss, ich brauch mehr Geld!*«

»Verstehe«, sagte Ingo. »Aber kommen Sie doch erst mal herein in die gute Stube.«

Bevor der Therapeut die Tür von innen schloss, hörte ich ihn noch »Herzlich willkommen bei Johann!« sagen – und den Patienten erwidern: »Angenehm, Gunter!«

Allem Anschein nach hält sich der Mann für Gunter Gabriel, dachte ich, guck an. Und während ich, nahezu beschwingt von der guten Erfahrung mit Ingo, aufs Zimmer ging, sinnierte ich: Vielleicht covert der Mann den Gunter ja nicht nur, sondern versucht gar, dessen Leben zu imitieren? Wenn dem so wäre, läge wegen des Boss-Songs die Vermutung nahe, dass sich der eingebildete Gunter musikalisch in der Blütezeit des echten Gabriel tummelt – was, wie ein gut informierter Schlagerfreund wie ich weiß, die 1970er waren.

Dann überlegte ich weiter: Wenn sich der Mann, der sich Gunter nennt, musikalisch dann ein, zwei Schritte nach vorne wagt, also hinein in die Achtziger? – Um seinem Idol möglichst ähnlich zu sein, müsste dann auch er sich mit Immolien verzocken, die Ehe verbocken, mit dem Trinken anfangen … Gott oh Gott oh Gott!

Meine Problemlage schien mir da auf einmal vergleichsweise überschaubar.

2.
Tänzchen

Ich war auf'm Zimmer angekommen, hatte den Koffer ausgepackt, die Klamotten im Kleiderschrank verstaut und den Klapprechner aufs Beistelltischchen gestellt. An dem saß ich nun. Den Laptop hatte ich dabei, weil da meine eigenen Schlagertexte drin waren; ich hatte noch zu Hause gedacht, dass die Lyrics hier bei Johann jemand sehen wollen könnte, und Ingos Reaktion auf meine Info, selbst Lyrics verfasst zu haben, hatte mir Gewissheit gegeben, mit meiner Vermutung goldrichtig gelegen zu haben.

Nun fuhr ich den Rechner hoch. Höchst motiviert, wie ich war, wollte ich sogleich mit meiner Krankheitsstory beginnen – aber ich starrte nur aufs virtuelle leere Blatt wie der Hase auf die Schlange und fragte mich: Wie nur beginnen? Gott sei Dank fiel mir ein, was Ingo geraten hatte: »Lassen sie Ihre Gedanken einfach fließen!« – Das war aber einfacher gesagt, als getan.

Ich schloss die Augen, atmetet tief ein und aus; einen Moment später hob ich die Lider wieder und legte in aller Ruhe und Gelassenheit beide Hände locker auf die Tastatur. Das kurze Innehalten trug Früchte: Wie ferngesteuert setzte sich mein Zweifingersystem in Bewegung, und schon stand mein aller- erster Satz da, der da lautete: »Ich heiße Thomas Andras und wurde am 23. Januar 1985 geboren.« Ach wie schön, es ging voran!

Nachdem ich mir meinen Textanfang ein-, zweimal vergegenwärtigt hatte, drängte sich mein seit Kindertagen bestehendes Schlager-Urproblem wieder in den Vordergrund: Der Vorname! Thomas steht hier naturgemäß ja in unmittelbarer Nähe zu Andras, und – jetzt kommt's! – vernuschelt man da R und A, dann klingt Andras nach Anders.

Eine undeutliche Aussprache, von wem und in welchem Kontext auch immer, könnte mich über kurz oder lang in einen phonetischen und gleichermaßen otologischen Konflikt katapultieren: Eine Namensverwechslung mit Thomas Anders löst erstens eine temporäre Identitätskrise bei mir aus, weil ich zweitens diesen Thomas nicht abkann, da mir drittens sein Hochfrequenzgesang bei Modern Talking im Gehörgang Schmerzen verursacht.

Bedenken wir bitte einmal: Ich mochte fünf oder sechs Jahre alt gewesen sein, als sich beim HNO-Arzt herausstellte, dass ich an Hyperakusis litt: Hohe Frequenzen gingen ins Ohr und blieben im Kopf – das heißt, die Stimme von Thomas Anders löste bei mir reale Kopfschmerzen aus. Es soll auch an Hyperakusis Leidende geben, bei denen das Gleiche mit tiefen Frequenzen passiert, wie bei jenen von Gunther Emmerlich – bei mir aber: Thomas!

Es war so gewesen: An meinem vierten Geburtstag – ein oder zwei Jahre bevor mir die Hyperakusis diagnostiziert wurde – sahen Mama und ich fern, was wir ganz gerne taten, und es lief mal wieder eine Musiksendung, in der Modern

Talking auftrat. Kaum war Anders zu hören, hielt ich mir die Ohren zu – mehr noch: Ich vergrub meinen Kopf ins Sofakissen (sicher ist sicher, mochte ich gedacht haben). Aus den Augenwinkeln heraus nahm ich wahr, dass Mama mein Abtauchen wohl ziemlich lustig fand: Sie lachte – was ich, wegen zugehaltener Ohren, natürlich mehr sah als hörte. Warum Mama lachte, verstand ich damals nicht, und Mama konnte ja nicht wissen, dass mein akustischer Fluchtversuch auf ein Handicap zurückging. Sie dachte wahrscheinlich, ich wolle just Verstecken spielen, was ich ja auch gerne tat – und zwar vornehmlich im Kindergarten, wenn auch auf meine ganz eigene Art und Weise.

Dazu kam es folgendermaßen: An einem schönen Frühsommertag tobten wir Knirpse im Garten der Kita herum. Plötzlich stand Benjamin, ein Kitakamerad mit ungewöhnlich hoher und lauter Stimme, dicht neben mir. Ohne Vorwarnung brüllte er: »Verstecken, verstecken!« Reflexhaft hielt ich mir mit beiden Händen die Ohren zu, denn bei jedem vernommenen Laut spürte ich einen Nadelstich zuerst im einen, dann im anderen Ohr.

Ich brüllte zurück: »*Leise, leise, / ganz seine Weise / hupft der Floh / ohne Sprungbrett über die Matratze, / -tratze, -tratze.*« Das war ein Kinderreim, den wir tags zuvor ganz frisch in der Kita gelernt hatten. Aber Benjamin sah sich dadurch nun wohl erst recht motiviert – er bestand auf seinem Spielvorschlag: »Verstecken, verstecken!«

Um mich aus der prekären Lage zu befreien, rannte ich los, und Benjamin blökte mir, als wäre er eine Schallplatte mit Sprung, immerfort »Verstecken, verstecken!« hinterher. Auf sechs oder sieben Meter Entfernung schien mir sein Fortissimo – »Verstecken, verstecken!« – dann doch aushaltbar. Ich blieb stehen, drehte mich zu Benjamin um und rief ihm aus sicherer Entfernung einen weiteren Reim entgegen, den uns ebenfalls die Erzieherin kürzlich gesteckt hatte: »*Im Walde stehen Buchen, / und du musst suchen!*«

Wie mir Mama Jahre später, als ich schon die Grundschule besuchte, berichtete, gelang es der Kindergärtnerin erst nach mehreren Anläufen, mich davon zu überzeugen, dass ich mich auch richtig verstecken müsse – ich war einfach stehengeblieben. Nein, ich sei nicht zu dumm gewesen, das Spielziel zu begreifen, meinte Mama, mir sei vielleicht einfach das Wort »richtig« nicht geläufig gewesen – oder es habe mir schlichtweg genügt, dass ich Benjamin, der mich suchen sollte, nun selbst nicht mehr sah (nachdem ich meine Hände zuerst von den Ohren genommen, dann aufs Gesicht gelegt hatte). Vielleicht war es mir auch einfach nicht möglich gewesen, einen Perspektivwechsel, wie es heute heißt, vollziehen zu können, um mich richtig zu verstecken. Heute denke ich, dass ich mit der Perspektive eines Nadelkissens auf zwei Beinen wohl voll und ganz ausgelastet gewesen war. Ich erinnere mich aber, auch bei meiner Version des Versteckspiels dennoch meinen Spaß gehabt zu haben – insbesondere an solchen Kita-Tagen, an denen mir Benjamins infernales Gepiepse nicht so viel ausmachte, weil es entweder meine Tagesform hergab oder ich mir zuvor genügend Brotkrümel ins Ohr gestopft hatte.

Heute jedenfalls kann ich Mama keinen Vorwurf machen, mich vor des anderen Thomas' Tönen nicht geschützt, ja sich gar über mich amüsiert zu haben, als ich mich vor Pein in die Couch vergrub. Im Gegenteil: Ich halte ihr sehr zugute, dass sie, nachdem ihr mein Hörproblem bekannt war, sofort in die fürsorgliche Spur ging und mir richtige Ohrstöpsel besorgte. In der Kita hatte man sich Sorgen um mich gemacht, nachdem aufgeflogen war, dass ich mir dann und wann klammheimlich mein Frühstücksbrot nicht in den Mund, sondern in die Ohren stopfte. Die Kitaleitung hatte Mama darüber informiert und empfohlen, mit mir einen Kinderarzt aufzusuchen, was Mama sogleich auch tat. Und als für den Kinderarzt nach ein paar physischen, aber auch psychischen Reaktionstests klar war, dass ich keinen an der Klatsche hätte, überwies er mich an seinen HNO-Fachkollegen.

Im Übrigen: Dass Mama gerne Modern Talking guckte, hatte nicht zuletzt damit zu tun, dass sie für den Anders schwärmte; das steckte sie mir an meinem 16. Geburtstag – und zwar auf meine Nachfrage hin, warum sie mich ausgerechnet Thomas hatte nennen müssen. Aber dazu gleich.

Eijeijeijei, mir fällt auf: Meine Gedanken flitzen hin und her – mal vor in die Vergangenheit, mal zurück in die Gegenwart. Etwas verwirrend, nicht wahr? Ich hoffe, Sie können und mögen mir dennoch weiter folgen. Ingo hatte ja gesagt, dass ich meine Gedanken »einfach fließen« lassen solle! Na, nun haben wir den Salat. Hilft aber nichts … Danke für Ihr Verständnis!

Es gibt noch eine weitere – und, wie ich finde, nicht minder wichtige – Erklärung dafür, dass ich als Thomas mit dem Thomas hadere. Bitte – Achtung, Zeitsprung nach vorne jetzt! – bedenken wir einmal: Als ich während meines Studiums der Wirtschaftsinformatik nebenbei beim Statistischen Bundesamt jobbte, Arbeitsgruppe »Beliebte Kindernamen im Wandel der Zeit«, wurde mir klar, warum mir mein Vorname spätestens seit der Schulzeit suspekt vorgekommen war. Denn wie man als Junge hieß – jetzt wieder gedanklich der Rückwärtsgang! –, war ab der Oberschule, Klassenstufe 7, ja ziemlich wichtig! Stand Thomas bei meiner Geburt, 1985, noch auf Platz 13 in den Namens-Charts – Christian, Daniel und Sebastian belegten die ersten drei Plätze –, war der Name ab 1996 in diesen Charts überhaupt nicht mehr existent! Lukas, Jan und Tim waren in den Zeiten meiner Pubertät nicht nur die statistischen Spitzenreiter, sondern standen auch real in der Gunst der Mädchen ganz, ganz weit vorne: Lukas, Jan und Tim hatten als Erste Freundinnen; die schönsten Mädchen der Klasse steckten ihnen Zettelchen mit »Willst Du mit mir gehen?« zu, und es erübrigt sich wohl der Hinweis, dass ich als Thomas keinen einzigen Schnipsel erhielt.

Dann, Jahre später – 2003, kurz vor dem Abi – ließ ich mich aus Angst, keine Freundin mehr abzubekommen, auf die Annäherung einer Mitschülerin ein; sie hieß Alexandra. Präziser – und mit unserm Udo, dem Jürgens – gesagt: *»17 Jahr', blondes Haar, so stand sie vor mir (woahoh) / 17 Jahr', blondes Haar, wie find' ich zu ihr? / Lalala, lalala, lalalalala / Lalala, lalala, lalalalala«*

Ach Gottchen, Alexandra! Sie war weder hübsch noch hässlich, weder dünn noch dick; eindeutig war nur, dass sie Mundgeruch hatte. Ich dachte: Ja, gut, kann man nichts machen, Mädchen riechen vielleicht nun mal so und haben hoffentlich andere Vorzüge als gut zu riechen.

Auch Alexandra war, wie ich selbst, in den aktuellen Namens-Charts nicht vertreten, was ich zu diesem Zeitpunkt aber nicht wusste, weil ich von dieser Statistik noch nichts wusste. Immerhin ging ich davon aus, dass zwischen ihr und mir wenn schon keine Seelen-, so doch wenigstens eine Loser-Verwandtschaft bestehen müsse, die eine Basis fürs Miteinander sein könnte.

Aber denkste! Schon nach 14 Tagen machte Alexandra wieder Schluss mit mir. Sie meinte, sie fände mich zwar ganz nett, sei nun aber in den Lukas, einen Schüler aus der Parallelklasse, verknallt. Sie habe Lukas wiedererkannt, erklärte sie; mit ihm sei sie in dieselbe Grundschule gegangen, und sie habe schon damals ein Auge auf ihn geworfen gehabt, sei an ihn aber nicht herangekommen (Lukas stand damals auf Platz 1 der Charts!). Nun endlich sei das Glück aber auf ihrer Seite, meinte sie (und zum fraglichen Zeitpunkt war Lukas immerhin noch im Mittelfeld der Top Ten vertreten; vor ihm, auf Platz 4, lag Tim, und an der Spitze stand unangefochten Jan, bei dem Alexandra mit an Sicherheit grenzender statistischer Wahrscheinlichkeit keine Schnitte gehabt hätte). Aber auch das nur am Rande – zurück zu meinem Sechzehnten!

Mama und ich saßen im Wohnzimmer, genauer gesagt auf der Eckbank, also in der Essecke, nebeneinander. Für gute Stimmung sorgte das Schlager-Radio, das sich auf Retrospektive eingefuchst hatte. Es liefen die 70er, und zur Feier des Tages durfte ich mein erstes Schlager-Bierchen trinken. Mama führte mich damit in die kulinarische Welt der erwachsenen Schlagerfreunde ein; sie selbst gönnte sich ein Schlager-Piccolöchen.

Nachdem wir auf meinen Jubeltag angestoßen und ich ein, zwei oder drei ordentliche Schlucke aus der Flasche genommen hatte, spürte ich urplötzlich einen Hauch unbekannter Leichtigkeit: Ich war wohl nach kaum fünf Minuten schon etwas beschwipst. Dann entfleuchte mir zuerst ein Bäuerchen und hernach die Frage, die ich ihr schon immer mal hatte stellen wollen, wozu ich aber jetzt erst, dank Schlager-Bierchen, den Mut aufbrachte: »Mama, warum hast du mich denn ausgerechnet Thomas nennen müssen?«

»Ach, Thommi«, sagte Mama, »ich war doch in den Anders damals regelrecht verschossen – aber ich kam nicht an ihn heran, obwohl ich bei den Konzerten immer in der ersten Reihe stand. Im Laufe der Zeit habe ich Thomas einen halben Blumenladen auf die Bühne gekübelt – hat aber nichts gebracht. Also schrieb ich ihm einen zehnseitigen Brief: Ich offenbarte ihm meine Zuneigung und berichtete auch, dass ich in Bälde ein Kind auf die Welt brächte, das ich nach ihm benennen würde. Damit zwischen Thomas und mir von Anbeginn Klarheit herrscht, setzte ich ihn auch von deinem Erzeuger in Kenntnis und informierte ihn, dass die Knallschote stiften gegangen war und erst kapiert hatte, dass er Vater werden würde, als es an meinem Bauch unübersehbar geworden war.« Oh, oh – Mama bekam feuchte Augen! »Thomas schickte mir eine Autogrammkarte«, berichtete sie weiter, »mit Herzchen! Süß, nicht wahr?!« Oh, oh, oh – eine Träne kullerte Mama über die Wange! »Mehr als die Karte war nicht drin, verstehst du, Thommi?! Ich wollte ihm trotzdem nahe sein, wenigstens indirekt, deshalb habe ich dir seinen Namen übergeholfen. Es tut mir so leid, Thommi – das war so unnötig!«

»Wie meinst du das, Mama?«, fragte ich.

»Thommi, du musst mir glauben: Ich habe das erst viel später aus einer Illustrierten erfahren: Thomas hieß bürgerlich gar nicht Thomas, sondern Bernd!« Jetzt begann Mama, hemmungslos zu weinen.

»Ach, herrje!«, entfleuchte mir. »Das war aber dumm gelaufen für dich.«

Mama nickte stumm und schnäuzte sich, ich war etwas verlegen: Dass sie weinte, hatte ich mit meiner Frage nicht bezweckt! Mama soll nicht traurig sein, wünschte ich mir. Wir feiern doch meinen Sechzehnten, und das lief doch bisher ganz fröhlich.

Tröstend legte ich meinen Arm um ihre Schultern. »Mama, bitte nicht mehr weinen!«, bat ich und flunkerte: »Thomas gefällt mir viel besser als Bernd.« Ich wollte sie trösten, und das rechtfertige auch eine Notlüge, dachte ich, obwohl ich in Wahrheit einen singenden Bernd, der nicht nur Bernd hieß, sondern seinen Vornamen im Gegensatz zum anderen Thomas auch behalten hatte, sympathischer fand (und von daher auch nichts einzuwenden gehabt hätte, so zu heißen).

Zufällig zur Situation passend, betrat »Der Junge mit der Mundharmonika« die Retro-Manege: »*Von der Barke mit der gläsernen Fracht / Die in sternenklarer Nacht / Deiner Traurigkeit entflieht. / Du hörst sein Lied. / Und ein Engel steht im Raum / Dann weißt du nicht / ist es Wahrheit oder Traum.*« Unmittelbar vor oder nach meinem Geburtstag erzählte Bernd – eben: der Clüver, der mit der Mundharmonika – in der Zeitung mit den großen Buchstaben von seinem Leben auf Mallorca: »In den Siebzigern war ich so berühmt, dass mir die Hunde hinterherbellten. Heute verwechseln mich manche schon mal mit Jürgen Drews. Aber das stört mich nicht. Man darf nicht so stolz sein mit seinem Job.« Das klang sympathisch, weil uneitel, fand ich – aber das behielt ich an meinem Sechzehnten für mich, na, um meine Notlüge nicht zu gefährden!

Ich schaltete Bernd ab, um Mama zu zeigen, dass ich ihn wenig prickelnd fände. Ersatzweise und um Mama aufzuheitern, stimmte ich etwas Aktuelles an, nämlich einen Song von Andy, dem Borg – den Mama, wie ich wusste, auch ganz gern hörte und der just die Hitparaden stürmte: »*Mit wem ich lache, mit wem ich weine, / ja, das entscheide ich ganz alleine.*«

»Hahaha!«, setzte ich hinzu.

»Hahaha!«, quittierte Mama. Ihre Miene hellte sich auf, und sie kommentierte spontan: »Andys Reime sind auch ganz feine!« Dann stand sie auf, holte sich noch ein Piccolöchen und brachte mir ein zweites Bierchen mit. »Bist ja schon ein ganz Großer«, sagte sie, als sie die Flasche zuerst vor mir abstellte, dann ihr Piccolöchen daran stieß. »Auf deinen Sechzehnten!« Sie lächelte. »Prost, Thommi!«

Ein ganz Großer, sinnierte ich. Das klingt gut! Und urplötzlich fühlte ich mich erwachsen – zumindest ein bisschen.

»Prost, Mama!«

Da ich nun auch beschreiben möchte, wann und wie der Schlager zum Soundtrack meines Lebens wurde, hole ich noch etwas weiter aus – erneut vielen lieben Dank für Ihr Verständnis! – und komme nun zu dem, was Mama auch dem anderen Thomas gesteckt hatte: dass sie mit mir schwanger war. Ihre anderen Umstände allein wären jetzt nicht hervorzuheben notwendig – im alten Bundesgebiet warteten dem Statistischen Bundesamt zufolge damals knapp 600.000 Kinder auf ihre Geburt –, wenn ich nicht bereits in Mamas Bauch meinen ersten Schlager vernommen hätte (unbewusst, natürlich!).

Ich hab mich eben mal schlau gemacht: Bei Johann gibt's

WLAN. Nach Eingabe der Suchbegriffe »Ungeborene« und »Bewusstsein« verwies mich die Suchmaschine an die Website der Zeitschrift Eltern. Dort stand zu lesen, dass die Basis von Bewusstsein beim Embryo schon kurz nach der Befruchtung gebildet wird. Drei Wochen später wird die Neuralplatte gezimmert, woraus dann Rückenmark und Gehirn sprießen. Das Herz und die Nieren, auch die Leber, sind nach 12 Wochen in Funktion, derweil es mit dem Basteln am Gehirn weitergeht. Dann erwacht der Tastsinn: Schon in der siebten Woche fängt der Mini-Mensch an zu fühlen. Im Fruchtwasser wird mit dem eigenen Körper der Rhythmus der Organe der werdenden Mama ertastet; Ungeborene schwingen also mit dem Herzschlag der Mutter mit – das heißt: Der Sinn für Rhythmus erwacht! Und schon im sechsten Monat ist das Gehör ausgereift: »Jede werdende Mutter«, steht dort zu lesen, »hat es schon erlebt: Wird der Mixer eingeschaltet oder die Autotür zugeschlagen, zuckt das Kind im Bauch zusammen. Ungeborene können früh schlechte von guten Geräuschen unterscheiden: Das Baby im Mutterleib lebt sehr im Augenblick. Es kann schnell in eine Moll-Stimmung fallen.«

Moll-Stimmung! So kommen wir der Sache, um die es mir hier geht, schon sehr nahe! Denn wo sich ein trauriges Moll tummelt, ist, wie ich als gut informierter Schlagerfreund weiß, ein fröhliches Dur nicht fern.

An meinem Sechzehnten hatte mir Mama – ohne dass ich sie explizit danach gefragt hätte – auch berichtet, was sich in der 26. oder 27. Woche ihrer Schwangerschaft ereignete: Als sie aus einer Jukebox Schlager hörte, hätte ich in ihrer Fruchtblase ein Tänzchen aufgeführt, während sie in Ermangelung eines anderen Broterwerbs am S-Bahnhof Wedding, genauer gesagt in der Pinte Zum Magendoktor, jobbte – was eine betont bodenständige Destille auf'm Kiez war.

Vielleicht sollte ich nun, im Zeitalter von Schlager-Streaming, darauf hinweisen (liebe Kinder, aufgepasst!), dass eine Jukebox ein unterschrankgroßes, bunt flackerndes Gerät war; obenauf saß eine Haube aus Glas. Hinter der Scheibe standen auf einem Rondell und in vertikalen Einschüben Singles. So hießen damals (liebe Kinder, nur dass ihr das mal gehört habt!) noch nicht alleinstehende Damen und Herren, sondern Tonträger in der Form von kleinen Scheiben aus feingerilltem Vinyl. Mama zufolge lag in Sachen Jukebox das Problem darin, dass die Kundschaft entweder zu geizig oder zu klamm bei Kasse war, um Münzen in den Automaten zu stecken – und ohne Münze keine Musik! Das Dilemma: Eine Kneipe ohne Musik bereitet Zechenden ein unbehagliches Gefühl. Wenn das frohsinnige Gebrabbel vom Trinkbruder zur Trinkschwester verstummt, ist Gefahr im Verzuge, denn das ist wiederum dem Umsatz der Kneipe abträglich. Und ohne Mucke im Hintergrund hätte sich wohl die oder der eine oder andere Pichelnde der Peinlichkeit ausgesetzt gesehen, dass das eigene Gelalle im akustischen Fokus des Schankraums steht.

Mama zufolge gab es hierzu eine Absprache: Als sie sich tags zuvor an einem schwülwarmen Augusttag bei Paul, dem Wirt des Magendoktor, um den Job als Nachtschicht bewarb, um hochschwanger – also mit mir zusammen – bis sechs Uhr morgens Dienst zu schieben, habe dieser abschließend gesagt: »Jut, Fräulein, biste an Bord, wa!«

»Uff alle Fälle!«, sagte Mama.

»Aba nu pass mal uff, Fräulein: Wenn de mitbekommst, det de Schluckspechte schwächeln, fütterste den Kasten da hinten uff Kosten det Hauses, wa?! Ohne Musike, det kannste mir glooben, friert der Bierhahn zu, vastehste?«

»Klar wie Kloßbrühe.« Mama lächelte vielleicht wissend, und Paul nickte womöglich grinsend.

Ich halte es nach den Infos aus dem Netz für denkbar, in Mamas Bauch den Dialog zwischen ihr und Paul akustisch wahrgenommen zu haben, denn Paul, so erzählte Mama, habe eine raumnehmende, auch Betonwände und folglich erst recht Bauchdecken durchdringende Stimme gehabt. Selbst dann, wenn sich Paul Mühe gab, seine Lautstärke zu drosseln, soll er immer noch auf zehn, zwanzig Meter gut zu verstehen gewesen sein, und wenn er ausnahmsweise mal flüsterte immerhin noch auf drei, vier Meter. Dieses Phänomen erlebte ich später, Sie erinnern sich, noch mal in der Kita: Benjamin.

Der Website eines Psycho-Portals zufolge gibt es mannigfaltige Gründe dafür, dass manche Menschen das, was sie zu sagen haben, stets in Forte oder gar Fortissimo 'raushauen – also wenig bis gar nicht die Möglichkeit zum Pianissimo oder wenigstens Piano haben oder nutzen. Als mögliche Gründe waren dort aufgezählt: Kompensation von Schüchternheit – die eigene Schüchternheit bekämpfen, indem man sich zur größten Person im Raum macht; Kontrollprobleme – man glaubt, sich selbst besser im Griff zu haben, wenn die Stimme die Gedanken übertönt; oder Hosenkacker-Syndrom, weil man als Kleinkind zu wenig gehört wurde und nun verzweifelt nach Aufmerksamkeit heischt.

Es könne aber auch schlichtweg biologische Gründe dafür geben: Die Muskeln in der Kehle der laut Sprechenden seien überdurchschnittlich ausgeprägt und ein differenzierter Einsatz derselben nicht erlernt worden. Zudem gäbe es auch regelrechte PAU-Personen: passionierte akustische Umweltverschmutzer. Solche Leute hätten in ihrem Unterbewusstsein, wann und warum auch immer, gespeichert, dass nur Vieles viel helfe – ähnlich der irrigen Annahme, dass sich Autotüren nur mit krachendem Zuwerfen schließen ließen. Wo genau in Anbetracht der vielen möglichen Ursachen Paul im weiten Feld der Schreihälse einzuordnen wäre, wüsste ich nicht zu sagen – was mir nun aber nicht allzu schlimm erscheint, da Paul zwar als Person im weiteren Verlauf der Ereignisse eine Rolle spielen wird, nicht aber sein Brüll-Handicap als solches.

Aber Lautstärke hin oder her: Was zwischen Mama und Paul im Magendoktor genau beredet wurde, war für mich damals nicht zu begreifen – auch nicht Pauls Behauptung, dass im Hochsommer der Bierhahn hätte einfrieren können. Ich hätte im Übrigen auch nicht einzuordnen vermocht, warum Mama so schrecklich berlinerte: Zuhause hatte sie stets – im Rahmen des einer Ur-Berlinerin Möglichen, versteht sich! – Hochdeutsch gesprochen. Vielleicht hätte ich in Mamas Bauch – wenn ich denn schon hätte denken können – gedacht, dass sie sich an des Wirtes Berliner Schnauze nur anpasste, um an den Job zu kommen.

Mamas Bericht zufolge hatte sich der Dialog zwischen ihr und Paul im weiteren Verlauf ungefähr folgendermaßen ausgenommen:

»Macht ja ooch keene Lunte, so janz ohne Musike, wa!«, sagte Mama. »Meene Mutta hat imma jesagt: ›Eene Nacht is nich für Öljötzen da!‹«

»Kiek an, Fräulein, in dein' Kopp hat's jefunkt!«

Kurze Pause. Dann könnte ich mich erschrocken haben, denn Mama wurde ungewohnt laut: »Footen wech von meen Bauch, sonst …!«

»Wat sonst?«

»… hol ick meene jroße Keule, die heeßt zwar nich Haarmann, hat aba trotzdem 'n Hackebeilchen! Dat det mal gleich klarjeht zwischen uns Beeden.«

»Keene Sorje, Fräulein, wollt nur mal kieken, wie du reaktionierst!«

»Sonst jehts dir jut?«

»Is' wichtig, dat du det Revier vateidjen kannst. Jibt imma Suffköppe, die stänkern.«

»Ick kann mir vateidjen, mach dir ma keene Platte, wa!«

»Sieht janz danach aus! So, Fräulein, ick jeb een Schnäpperkin aus. Uff de jute Zusammarbeet!«

»Kannste vajessen, Meesta! Da könnt ick meen Küken ooch gleich zur Engelmacherin jeben!«

»Bist knorke, Fräulein! Du schaffst dat hier! Tschüssikowski, bis morjen Abend! Ick Frühschicht, Fräulein Spätschicht, wa! Jeht det klar?«

»Kannste een druff lassen!«

Oh, oh, oh, ein bemerkenswerter Zungenschlag von Mama! Hätte ich nicht gedacht – auch wenn ich schon hätte denken können.

Am Abend darauf stand Mama, wie schon erwähnt, zusammen mit mir hinterm Tresen, und wie von Paul prophezeit sackte die Gesprächsfreude der Gäste mangels Musik in der Nacht ab. Es war 23:56 Uhr, so Mama, aber vielleicht habe die Uhr auch schon Mitternacht geschlagen. Wie von

Paul instruiert, fütterte sie den Automaten mit Münzen, und weil wir das vorgeburtliche Jahr 1984 schreiben, konnte dem Automaten der andere Thomas mit »You're My Heart, You're My Soul« entlockt werden.

»Kleene«, raunte Gitti – um die fünfzig, sich auf'm Barhocker am Tresen sitzend zur Jukebox umdrehend – Mama in den Rücken, »lass det mal mit die Heulsuse! Drück mal det Schnuckelchen Roli!«

Mama war mit der Kritik an ihrer Musikauswahl zwar nicht einverstanden, akzeptierte sie aber dennoch, denn insbesondere in Weddinger Kneipen galt die Binsenweisheit »Der Kunde ist König«.

Nachdem sich das Katzengejammer von Modern Talking nach geschlagenen 3 Minuten und 14 Sekunden gelegt hatte, ertönte also wunschgemäß unser aller Roli, mit »Joana«.

Roland – der, wie ich als gut informierter Schlagerfreund weiß, mit Vornamen eigentlich Ronald, mit Nachnamen Keiler heißt, aber damals als Kaiser schon in der ZDF-Hitparade Hof hielt – legte sich mächtig ins Zeug: »*Geboren, um Liebe zu geben / Verbotene Träume erleben / Ohne Fragen an den Morgen danach.*« Als Roli dann anhob zu *Dein Lächeln ist Fordern und Flehen*, kommentierte Gitti, zum Tresen-Nachbarn sprechend: »Heinzi, hör' jut zu: Der Roli singt von mir!«

Heinz nickte und starrte stumm ins Bierglas.

Gitti, die sich möglicherweise für Joana hielt, vernahm: »*Mit mir all die Wege zu gehen …*« Gitti kippte einen Klaren. »*… Die ein Mensch allein nicht findet …*« Gitti stieß auf. Sie wischte sich mit dem Handrücken Nass von den Lippen, dann drehte sie sich zur Jukebox hin und rief: »Roli, ick wäre bereit!« – Schallendes Lachen der versammelten Trinkgesellschaft schwängerte die Destille.

Heinz schreckte aus seiner, wie er es nennen würde, Bier-Meditation hoch und fragte: »Hab ick wat verpasst?«

»Heinzi, kannst weiterpennen«, sagte Gitti. »Die Flitzpiepen pinkeln sich nur in die Hosen vor Amüsemäng.«

»Warum dat denn?«

»Weil ick 's weeß!«

»Wat weeßte?«

»Dat der Roli nur mir liebt, wa!«

»Na denn is doch allet jut«, sagte Heinz und wandte seinen Blick wieder ins Glas.

»Roli steht uff mir, ick spür det jenau«, brabbelte Gitti vor sich hin.

»Keene Fraaje, Jitti«, mischte sich Mama ein und lenkte Gittis Erregungspotenzial dann in geordnete Bahnen: »Noch 'n Schnäpperkin?« Gitti nickte.

Als Nächste war Roos am Start, die Mary. Sie hatte Roli abgelöst und äußerte sich nun in Sachen *Aufrecht geh'n*. Davon sah sich nun Heinz angesprochen und hob erneut den Kopf. Er starrte verträumt den Fliegenfänger an, der knapp einen halben Meter über ihm baumelte und diverse Flugobjekte festhielt: Die Tiere zappelten zwar noch, aber der klebrige Kascher wollte sie partout nicht mehr hergeben. »*Aufrecht geh'n*«, intonierte Mary dabei.

Gitti schaute zu Heinz hinüber: »Heinzi, watt kiekste'n so valiebt?«

»Jitti, Mary is jenau meen Typ!«

»Kannste vajessen. Mary kann dir nich meen'.«

»*Aufrecht geh'n*«, wiederholte Mary.

»Wieso nich?«
»Weil du zum Uffrechtjehn zu besoffen bist, meen Jutsta!«

Im Übrigen ist in Sachen vorgeburtlicher Musikkonsum die wissenschaftliche Meinung – so hab ich mal eben auch gegoogelt –, dass die Vorliebe für Schlager nicht vererbbar sei. Musikgeschmack hänge von der Ausprägung eigener Erlebniswelten ab: Kulturkreis, Sozialisation, Kontakte und vieles mehr bestimmten über Gefallen oder Nichtgefallen (was sich im Laufe eines Lebens auch in die eine oder andere Richtung ändern könne).

Ich weiß ja nicht! Einerseits bezieht sich die Forschung auf unlängst geschlüpfte Personen im vernehmungsfähigen Alter und andererseits war es auch Mama als Ungeborener 1954 so ergangen wie mir: Auch Mamas Mama, also meine Omi, hatte hochschwanger in einer Kneipe gejobbt, wo pausenlos Schlager liefen (wie auch schon Omis Mama, meine Ur-Omi, die ich jedoch nie kennengelernt habe, weil sie kurz vor meiner Geburt verstarb). Will sagen: Über viele Generationen hinweg war der vorgeburtliche Schlager in meiner näheren und weiteren Sippschaft ein Thema gewesen. Würde es mein Stammbaum hergeben, dass, sagen wir mal, der Vater meiner Ur-Omi als erster oder zweiter Geiger 1873 bei der Uraufführung von »Die Fledermaus« in Wien mit am Start war und mithalf, den ersten deutschsprachigen Schlager aus der Taufe zu heben, derweil seine hochschwangere Gattin nebst noch zu gebärender Tochter in der ersten Reihe saß, dann erschiene mir – laienhaft gesprochen – ein biologisches Abfärben auf den Schlager-Charakter durchaus denkbar.

Ich spreche jetzt nicht vom Schlager-Geschmack, sondern

vom Schlager-Charakter – und Persönlichkeitsmerkmale lassen sich dem allgemeinen Vernehmen nach sehr wohl vererben. Sie meinen, es gäbe keinen Schlager-Charakter? – Wetten, dass …?

Bedenken wir bitte einmal: Folgende Schlager-Charaktereigenschaften habe ich im *Schlager ist geil! e. V.* ganz allgemein bei sämtlichen Mitgliedern – und bei Marlene im Besonderen – kennen und schätzen gelernt: Abenteuerlust, Begeisterungsfähigkeit, Charme, Dankbarkeit, Enthusiasmus, Fröhlichkeit, Geselligkeit, Humor, Ideenreichtum, Jugendlichkeit und Kontaktfreudigkeit; sie alle waren lebensbejahend, mitreißend, nett, optimistisch, passioniert, qualifiziert, relaxed, sinnlich, temperamentvoll, umgänglich, verständnisvoll, warmherzig, zuversichtlich und, und, und. Demnach gibt es sie zweifelsfrei, die Schlager-Persönlichkeit!

Glaubt jemand, mir das Gegenteil beweisen zu können? – Nur zu! Ich würde meine komplette Bata-Illic-Sammlung einsetzen: 18 Alben, von »Die Welt ist voller Liebe« (1968) über »Ich hab noch Sand in den Schuhen aus Hawaii« (1975) bis hin zu »Goldene Zeiten« (2022).

Aber bevor wer den Finger hebt, möge sie oder er besser zur Kenntnis nehmen, was ich dazu auf der Online-Seite der Apotheker Umschau gefunden habe: »Über rund 30.000 Gene verfügt ein Mensch. Dieser Bauplan legt manche Dinge von vornherein fest«, und weiter: »Auch Intelligenz und Persönlichkeit tragen Menschen in ihren Genen.« Sodann wurde eine Frau Professor Doktor zitiert, Leiterin einer universitären Abteilung für Entwicklungspsychologie: »Persönlichkeit besteht eben zu einem Teil aus den Genen, der andere Teil wird von der Umwelt geprägt.« Und – was setzen Sie?

Aber zurück zu Mamas Mama: Ja, auch Omi hatte ihre Frau gestanden – wenngleich nicht auf'm Wedding, sondern in Neukölln, dem ehemaligen Rixdorf, einer Gemeinde südlich Berlins, die 1899 Stadtrecht erhielt. 1912 wurde Rixdorf mit Einverständnis unseres Kaisers – nicht Roli jetzt, sondern Wilhelm II.! – in Neukölln umbenannt. Späterhin reüssierte Neukölln als ein Bezirk Groß-Berlins. Das kann wohl mit Fug und Recht als erster Schritt verstanden werden, um dem deutschsprachigen Schlager jene Geltung in der öffentlichen wie auch veröffentlichten Meinung zu verschaffen, die er verdient – denn das einstige Rixdorf stand in Berlin, wie ich als gut informierter Schlagerfreund weiß, für frivole Unterhaltung. Das spiegelte sich bereits 1895 – also nur 22 Jahre, nachdem der Ur-Schlager in Wien das Licht der Schlager-Welt erblickt hatte – hübsch in folgendem Gassenhauer wider: *In Rixdorf is' Musike, Musike, Musike / da tanzt die alte Rieke mit ihrem Zickenbock.*

Jetzt aber zurück zu Omi! Als Mama in deren Bauch zum ersten Mal die Ohren spitzte, hatte Omi spät am Abend Tresen-Dienst – und Caterina, die Valente, zerschnitt mit dem Fernweh-Gassenhauer Baiao Bongo die von Zigaretten verqualmte Kneipenluft: »*Die schwarz gelockten Damen / Die fallen aus dem Ramen / Bei jeder was dir neu ist / Zu zig-zag und scheu ist / Doch wenn die Bongos klingen / Dann kannst du erringen / Denn diese Tänze bringen / Die Herzen in Schwung.*« Vor Omis Tresen hatte – Omis Erzählung zufolge, so Mama – ein Bierschlumpf namens Gustav gesessen und über Caterinas Lyrics laut nachgedacht.

»Momentchen mal!«, erbat sich Gustav in Richtung Jukebox. »Sind de Damen ooch selba schwarz oder nur schwarz jelockt?« Er drehte sich zu Omi hin. »Und wat heeßt jelockt? Ick fraaje mir: Wo denn jenau?«

Oh, oh, oh, mochte Omi gedacht haben – das hatte Caterina tatsächlich verschwiegen. Mama zufolge antwortete sie Gustav: »Kapier ick ooch nich. Mach dir keen Kopp, Justav.«

»Warum nich?«

»Bringt nüscht. Und?«

»Wat?«

»Noch 'n Bierchen?«

»Jut, mach mal! Aba diesmal gleich mit 'n Schnäpperkin obenruff, wa!«

Gustav nahm einen kräftigen Schluck und machte einen desillusionierten Eindruck. Aber davon ließ sich Caterina nicht ablenken und brachte ihren für Gustav und Omi gleichermaßen rätselhaften Song souverän zu Ende: »*Wer in schönen Dünen lauscht, / der ist sogleich berauscht / von baiao Bongo, von Bongo, baia. / Bongo, la Bongo, la Bongo, / Bongola, la, la ...*"

3. Freiraum

Zurück zu meinem Sechzehnten. Nach dem zweiten Bierchen war mir etwas flau geworden, und Mama hatte das mitbekommen: »Thommi, wird Zeit, dass ich uns was zu Futtern mache. Hab auch schon was vorbereitet.«

Sie stand auf, verschwand in die Küche und kam nach zehn oder zwanzig Minuten Brutzeln mit zwei dampfenden Tellern in den Händen zurück. Mama hatte Schnitzel gebraten, weil Schnitzel meine Leib- und Magenspeise war. Das mag jetzt nicht sonderlich spektakulär klingen, aber während wir aßen lief im Schlager-Radio Andrea, die Berg, mit »Tango amore«.

Dann wurde das Programm unterbrochen – für eine Eilmeldung! Der Nachrichtensprecher verkündete, dass Gesundheitsministerin Helene Fischer ... oops, Lapsus, sorry! Unsere Helene hatte ja, wie ich als gut informierter Schlagerfreund weiß, erst zwei Jahre nach meinem Geburtstag die Prüfung zur staatlich anerkannten Musicaldarstellerin abgeschlossen und wiederum drei Jahre später ihr erstes Album »Von hier bis unendlich« herausgebracht. Also, will sagen:

Im Radio war die Rede von Andrea, der Berg … oops, jetzt ist aber gut!

Versprecher sind ja auch so ’n Thema, davon werde ich Ingo noch berichten … Also von Andrea Fischer, der Grünen, war die Rede! Sie sei vor dem Hintergrund des BSE-Skandals zurückgetreten; dabei ginge es um eine Rinderkrankheit, die unbemerkt unser Land heimgesucht habe.

Mama kommentierte betont trocken: »Rinder sind keine Schweine.

»Guten Appetit, Junge!«

»Hahaha!«, kommentierte ich ihren Kommentar.

»Hahaha!«, kommentierte Mama meinen Kommentar zu ihrem Kommentar.

Ach ja, dachte ich mal wieder, Mama ist eine heitere Frau. Und zudem war sie, so denke ich bis heute, ziemlich modern eingestellt. Mama billigte mir viel Freiraum zu. Nüchtern betrachtet wäre ihr allerdings auch gar nichts anderes übriggeblieben, da sie den Kopf ziemlich voll hatte mit ihrem eigenen Schlager-Café (das nicht zufällig am Nettelbeckplatz, nahe dem *Magendoktor*, sein Domizil hatte).

Paul hatte ihr das kleine Ladenlokal vermittelt gehabt; da passten drei Tische (mit Stühlen) und ein kleiner Verkaufstresen (mit verglaster Kuchenablage) hinein. Hinterm Tresen befand sich der Zugang zur kleinen Küche – mit Blick auf große Mülltonnen im schmalen Hinterhof, der mit einer Backsteinmauer vom gegenüberliegenden Hinterhof abgegrenzt war.

Paul hatte seine Pinte inzwischen unterverpachtet, machte nun in Immobilien, und weil er Mama nach wie vor »knorke« fand, hatte er ihr sozusagen als indirektes Startkapital die Vermittlungsprovision so gut wie erlassen. Der Deal war: Paul durfte im Schlager-Café kostenlos frühstücken, was er auch tat – und zwar immer dann, wenn er eh in der Gegend war, um die Pintenpacht einzutreiben (häppchenweise, also einmal pro Woche in aller Herrgottsfrüh). Paul schaute gerne früh-morgens bei Mama vorbei, wenn einerseits der *Magendoktor* schloss und andererseits das Café öffnete.

Sagen wir, wie es war: Paul war in Mama vernarrt, ebenso in ihre Schlager-Brötchen (mit Käse oder Salami oder Schinken); und er kam zudem gerne mittags vorbei, dann zahlend wie alle Gäste: auf 'n Schlager-Würstchen (Wiener Art) mit Schlager-Salat (Kartoffeln und Ei). Auch am Nachmittag machte Paul bei Mama gerne Stippvisite – auf 'n Schlager-Kuchen (mit Pflaumen). Von Getränken wie Schlager-Säften (Orange, Apfel oder Tomate aus'm Karton), Schlager-Mineralwasser (mit oder ohne Sprudel) oder Schlager-Kaffee (mit oder ohne Koffein) ließ er aber die Finger – er zog Schlager-Bierchen (Flasche) vor, denn aus dem Schlager-Piccolöchen (lieblich) machte er sich nichts, und den Weinbrand (Verschnitt) vertrug er nach eigener Auskunft schon lange nicht mehr.

Auf meine Nachfrage bestätigte mir Mama, dass Paul zwar ihrem Empfinden nach in sie verknallt war, es aber seinerseits niemals zu einem verbalen oder körperlichen Annäherungsversuch gekommen sei.

Der einstige und einzige Bauchgrabscher beim Bewerbungsgespräch zählte für sie nicht, weil es Paul nur um das »Testen« ihrer »Wehrhaftigkeit« gegangen sei. Paul sei zwar nett, meinte Mama, aber »für mich viel zu alt« (modern eingestellt hin oder her). Das hatte Paul vielleicht gespürt, aber sich dessen zu vergewissern schien ihm offenbar nicht notwendig, da ihm Mamas Gegenwart im Schlager-Café voll und ganz genügte.

Mama hatte mir in diesem Kontext auch gesteckt: »Es gibt Männer, die genießen und schweigen.«

»Ach so«, hatte ich darauf nur erwidert, obschon ich keine Vorstellung davon gehabt hatte, was damit gemeint gewesen sein könnte.

Aber eigentlich will ich ja nur sagen: Einerseits schmiss Mama den Laden allein und andererseits lobte sie mich an meinem Sechzehnten dafür, dass ich die Herausforderungen des Alltags relativ selbstständig gemeistert hatte: Im Nachhinein wisse sie es durchaus zu schätzen, dass ich mich ein Jahr zuvor – ich war gerade fünfzehn geworden – vorm Kadi selbst vertrat.

Vom Gerichtstermin hatte Mama nichts gewusst. Wie hätte sie davon auch wissen können sollen? Ich hatte sie da ja herausgehalten, weil sie – so dachte ich damals (wohl zurecht) – mit dem Schlager-Café genug um die Ohren hatte. Damit Mama vom anstehenden Prozess nichts erfuhr, hatte ich ein paar Tage lang die Schule geschwänzt, denn die Vorladung war beim Postboten abzufangen. Ich wusste, dass der Briefträger immer vormittags kam; Mama war dann schon längst im Café zugange. Den notwendigen Entschuldigungszettel für die Schule hatte ich mir selbst geschrieben, was kein Ding war, weil Mama eine ziemlich akkurate Handschrift hatte.

Sicherlich möchten Sie nun wissen, warum mich das Jugendgericht sozusagen kennenlernen wollte und was das mit Schlager zu tun hat, nicht wahr? – Sehr gut! Also, es war so gewesen: Mein Schulfreund und späterer Vereinskamerad im

Schlager ist geil! e. V., Jens – er wurde schon damals DJ-Jens gerufen, weil er die Schulpartys sämtlicher Jahrgänge schmiss – wohnte, wie Mama und ich, in Klein-Manhattan. So nannte man ironisch diese Berliner Trabantenstadt, die korrekt Merkwürdiges … oops, meine Güte – Märkisches Viertel heißt sie! Im Zentrum des Quartiers, nahe dem von uns besuchten Gymnasium, gab es ein Kaufhaus namens Horten, und eines schönen Tages – DJ-Jens und ich hatten den Unterricht hinter uns gebracht –, fragte er mich: »Kommst du mit zu Horten, um zu horten?«

Ich nickte bejahend. Ich dachte, DJ-Jens wolle sich frische Schlageralben für irgendeine anstehende Schlagerparty kaufen.

Irgendeine insofern als sich DJ-Jens mittlerweile schon über Klein-Manhattan hinaus einen Namen als Discjockey gemacht hatte und auch für Geburtstags-, ja sogar Hochzeitsfeiern im Umkreis von bis zu zehn oder elf Kilometern angefragt wurde. »Auf zu Horten, um zu horten!«, bestätigte ich – und schon standen wir im Konsumtempel.

DJ-Jens gab sogleich die Marschrichtung vor: Den Kaufhausdetektiv auskundschaften.

»Warum das denn?«, fragte ich.

»Ich hab eine Idee, wie man Geld sparen kann«, sagte DJ-Jens und hatte wenig später den Kaufhausdetektiv identifiziert: einen kleinen, drahtigen Mann um die dreißig mit mittellangem, straßenköterblondem Haar, schokobrauner Cordhose und beigefarbener Windjacke.

»Woher weißt du, dass das der Detektiv ist?«, fragte ich. DJ-Jens verriet mir, was den Cordhosen-Mann verraten hatte: »Plastiktüte, rechte Hand«, flüsterte er mir zu.

Könnte sein, dachte ich, denn niemand sonst lief im Kaufhaus mit einem in eine Plastiktüte gewickelten Gegenstand umher.

Nachtijall, ick hör dir trapsen, dachte ich (auf Berlinerisch, obwohl ich wie Mama – eben im Rahmen des einem Urberliner Möglichen – Hochdeutsch sprach). Aufgeregt raunte ich DJ-Jens zu, dass sich der Cordhosen-Mann die Tüte ans rechte Ohr lege. »Ein Funkgerät?«, fragte ich.

»Was sonst? Für einen Eierkocher ist das Teil zu eckig«, erwiderte DJ-Jens. Er grinste schief und signalisierte mir damit, dass ich über seine Aussage nicht weiter nachzudenken bräuchte.

»Thommi, natürlich ist das der Sheriff hier«, meinte er. »Hör zu, ich mache jetzt meinen Job und du machst deinen, okay?«

Wir hatten zwar draußen vorm Kaufhaus auch darüber gesprochen gehabt, um was es DJ-Jens grundsätzlich ging, aber im Detail fehlten mir noch Instruktionen. Ich schaute fragend.

DJ-Jens verdrehte die Augen. »Schlager, was sonst?«, sagte er. »Aber nur die Top 10!«

Ich nickte, und er machte sich auf den Weg. Am Regal für Anglerzubehör schwänzelte DJ-Jens dann auffällig unauffällig herum; er wollte den Cordhosen-Mann auf sich aufmerksam machen. Ah, dachte ich. So ist gleich bewiesen, dass der Cordhosen-Mann der Detektiv ist – Eierkocher hin, Funkgerät her! Und bingo! Ich freute mich, als ich über die niedrig gebauten Regale und Kleiderständer hinweg beobachten konnte, dass sich der Cordhosen-Mann an DJ-Jens' Fersen heftete. Das Anglerzubehör war gut dreißig Meter Luftlinie entfernt von jenem Schlager-Warentisch, den ich gemäß meiner Auftragslage ins Visier zu nehmen hatte. Auf ihm standen hintereinander die neuen Alben, beispielsweise von Andy Borg – der sich fragte: »Wie kannst Du mich bloß lieben?« –, von Hansi, dem Hinterseer, der postulierte »Ich will nur dich«, bis hin zu Stefan Raabs »Maschen-Draht-Zaun«.

Vorab mal eben zum besseren Verständnis dessen, was jetzt folgt: Ich war, müssen Sie wissen, damals schon ein eher visueller Typ – soll heißen, ich ließ mich bei der Auswahl von Alben weniger von der Musik und mehr von der Aufmachung ihrer Cover leiten. Ich ignorierte die Sänger, fokussierte mich auf Sängerinnen und sortierte sie von daher auch aktuell nach vorne. Ich fand ja überhaupt, dass Schlagerinterpretinnen viel authentischer herüberkommen als die Schlagerinterpreten mit ihrem in der Regel überzogenen Colgate-Grinsen nebst treudoofem Dackelblick.

Auf Platz 1, also ganz vorne an den Rand des CD-Tisches, platzierte ich das Abbild von Nicole. Mir gefiel ihr von unten nach oben geneigter, von der Rechten im Nacken gestützter, frisch geföhnter und vermutlich rotbraun eingefärbter Schopf. »Versinken in dir« stand auf dem Cover zu lesen.

Oh, oh, oh, Nicole, dachte ich, dein Titel klingt jetzt aber schon etwas invasiv (sinngemäß natürlich, denn das Wort invasiv kannte ich damals noch gar nicht). Ich fragte mich: Will Nicole etwa zum Ausdruck bringen, dass sie mit mir auf mein Zimmer kommen möchte? Mama als modern eingestellte Frau hätte nichts dagegen gehabt, da war ich mir sicher. Nicole mitzunehmen wäre aber auch insofern durchaus pässlich, dachte ich zudem, als ich sturmfreie Bude hatte (weil Mama nachmittags im Schlager-Café noch gut zu tun hatte und erst abends nach Hause kommen würde). – Als Nächste platzierte ich Michelle – genauer gesagt: Ich sortierte sie unmittelbar hinter Nicole ein. Auf Michelles Cover titelte die Frage »Wirst du noch da sein?«

Oh, oh, oh, Michelle, dachte ich, wie kess dir dein Strähnchen ins Stirnchen fällt; wie lasziv du auf der Bettkante sitzt … Von dieser würde ich dich (in meiner pubertären Fantasie, denke ich heute) nie und nimmer stoßen! Michelle, du machst mich noch wuschiger als Nicole! Dein Abbild ist so ausgesprochen sexy, wie du zu mir hin- und vornübergebeugt posierst mit diesem engelweißen, einem Pyjamahemd ähnlichen, jedenfalls bis hin zu dem in kontrastreichem Schwarz gehaltenen BH-Ansatz offenstehenden Kostüm! Oh, oh, oh …!

Ich erinnere mich auch: Als i-Tüpfelchen floss im Bildhintergrund weiße Satin-Bettwäsche nur so dahin, wie das Nass einer umgekippten Kanne Milch (die ich damals sehr gerne trank), und aufgrund eines Testosteronschubs sortierte ich mit feuchten und zittrigen Fingern um: Sorry, Nicole, aber du musst hinter Michelle!

Dann erspähte ich Mary, die Roos, mit »Vorsicht zerbrechlich«.

Sie wiederum stellte ich hinter Nicole auf meinen persönlichen Chart-Platz 3.

Oh, oh, oh, Mary, dachte ich, dein langes Blumenkleid gefällt mir sehr gut – Mama hat ein ganz ähnliches Kleid. Wirklich hübsch anzusehen – auch, wie du mir mit deinem Oberkörper entgegenbrandest, während du dich vor weißem Hintergrund auf einem schwarzen Stuhl rekelst. Mir scheint aber, du magst mich nicht sonderlich, denn du guckst weg, nach links, als würdest du die Ankunft eines Taxis erwarten. Oh, Mary, das verstehe ich nicht! Es ist doch zu erkennen, dass du in einem Fotostudio sitzt. Mal ehrlich, wie sollte denn da ein Taxi hinkommen? Oder sitzt du an einer ÖPNV-Haltestelle und siehst den Omnibus kommen? Mary, Mary, Mary!

In meinem Kopf rumorte es: Unabhängig davon, dass in ein Fotostudio kein Taxi und schon gar nicht ein Bus hineinpasst, kannte ich keinen einzigen ÖPNV-Haltepunkt, der einen Stuhl als Sitzgelegenheit zum Warten offerierte. Was für rätselhafte Signale (für einen Fünfzehnjährigen!), denke ich heute. Aber immerhin: Marys Titel »Vorsicht zerbrechlich« konnte ich für meinen Bedarf als Mahnung dekodieren, die vor meinen Oberkörper gestapelten, mit den Armen umschlungenen und mit den Händen oben und unten gesicherten CDs bloß nicht fallen zu lassen. Wenig später trug ich behutsam wie rohe Eier (und ohne zu bezahlen) Mary, Nicole, Michelle und weitere sieben Sängerinnen aus dem Kaufhaus hinaus.

Der Diebeszug hatte sich so unkompliziert gestaltet und war derart reibungslos verlaufen, dass DJ-Jens und ich am nächsten Tag erneut vorstellig wurden beim Cordhosen-Mann. Diesmal war es mein Job, den Detektiv abzulenken – jedoch nicht wie DJ-Jens beim Anglerbedarf, um mit einer Wiederholung dieser Finte nach so kurzer Zeit nicht gleich aufzufliegen. Ich zog es vor, woanders herumzustromern.

Anfangs schlenderte ich so vor mich hin durch die Reihen der Regale, Ständer, Tische; blieb mal dort, mal da stehen … Aber dann – möglicherweise war mir urplötzlich Michelles betörender BH-Ansatz durch den Kopf geflitzt – begab ich mich wie ferngesteuert in die Abteilung für Damenunterwäsche; dort tat ich dann so, als wolle ich mir einen BH kaufen. Nein, nicht mir kaufen im Sinne von für mich, sondern für meine Freundin, die ich zwar noch nicht hatte, aber irgendwann schon haben würde, wie ich dachte – vielleicht zur Weihnachtszeit, und dann hätte ich für meine Freundin, die vielleicht auch Michelle heißen würde, sogleich ein Geschenk parat. Und wenn meine Michelle vom Typ her wie die Michelle auf'm Cover aussieht, dachte ich, dann steht sie sicher auch auf schwarze Unterwäsche.

Nachdem ich mich zwei oder drei Minuten lang umgeschaut hatte, getraute ich mich, an dem einen und anderen BH durch Ertasten die Qualität von Körbchen und Spitzengewebe zu prüfen – und bevor ich mich's versah, stand neben mir auf einmal der Cordhosen-Mann. Ach du Scheiße, dachte ich erschrocken, obwohl ich es ansonsten nicht so mit Fäkalworten hatte.

»Hübsch, nicht wahr?«, flötete der Detektiv süffisant.

Intuitiv gab ich den Coolen (der ich zwar nicht war, aber ich hatte mir das von DJ-Jens abgeguckt): »Ich guck' nur – für meine Freundin.« Über den Grad der mir ins Gesicht geschossenen Färbung von Nervosität ist mir nichts bekannt, aber ich erinnere mich, dass ich eine Hitze wie Monate zuvor die Glut des Vulkans Hekla auf Island in mir aufsteigen fühlte.

»Was für eine Größe wird denn gebraucht?«, grinste der Cordhosen-Mann. Das hätte ich wohl als übergriffige Frage empfunden, hätte ich damals von verbalen Übergriffen schon was gehört gehabt.

»Ja … also … ähm …«, stotterte ich.

Was wusste ich damals über BH-Größen? – Nix! Eine

weibliche Brust hatte ich in natura noch nie gesehen gehabt, ausgenommen vermutlich Mamas – vermutlich deshalb, weil ich an meine Säuglingzeit keine Erinnerung haben konnte (wegen kindlicher Amnesie, wie ich heute als informierter Schlagerfreund weiß). Hatte Mama mich zum Stillen an die eine oder andere Brust angelegt? Oder hatte sie mir das Fläschchen gegeben? Träfe Letzteres zu – man sagt, die ersten drei Jahre seien für Kinder prägend! –, dann erschlösse sich mir auch, warum ich eine Hopfenkaltschale aus der Flasche der vom Fass vorziehe.

Im Kaufhaus fragte ich mich jedenfalls: Wie bloß aus dieser Nummer hier wieder rauskommen?

Zu allem Überfluss kam nun eine Verkäuferin um einen freistehenden Rundständer mit luftigen Sommerkleidern herum. Ich nahm sie just in dem Moment wahr, als ich dem Cordhosen-Mann mit weit geöffneten, parallel gegenüberliegenden Händen andeutete, um was für eine Brustgröße es bei meiner (eingebildeten) Freundin ginge.

»Hahaha!«, prustete der Cordhosen-Mann.

Eher aus Verlegenheit als aus Überzeugung äffte ich ihn nach: »Hahaha!«

Sodann äffte er mich nach: »Hahaha!«

Und ich: »Hahaha!« – Ich glaubte wohl, das letzte Wort haben zu müssen.

Jedenfalls wurden ob unseres Radaus Kunden auf uns aufmerksam; interessierten Blickes kamen sie zu uns herüber, um zu gucken, was denn bei uns so lustig sei.

»Fußbälle!«, grölte der Mann neben mir. »Fuußbäällee!«

»Übergröße nennt man das«, sagte die Verkäuferin. Sie hatte wohl versucht, das Thema zu versachlichen.

»Holz vor der Hütte!«, steuerte ein älterer Herr aus der (zweiten) Reihe der Neugierigen bei.

Die Dame, die neben ihm stand – wohl seine Frau – stieß ihm mit einem »Horst, bitte!« zurechtweisend in die Seite.

»Das heißt Vorbau!«, dachte ein anderer, noch älterer Herr laut nach, der wiederum von einem noch viel älteren Herrn mit »Quatsch: Glocken!« korrigiert wurde.

Unter den umherstehenden Herren und Damen entbrannte eine heftige Diskussion darüber, wie man eine große Oberweite umgangssprachlich oder volkstümlich nannte – und mittenmang der dauergrinsende Cordhosen-Mann!

Die Verkäuferin trat dicht an meine Seite, beugte sich diskret zu mir hin und flüsterte in vertraulichem Ton: »Deine Freundin kommt beim nächsten Mal besser mit.«

Ich nickte stumm, vergrub meine Hände in die Hosentaschen, und trat dann – peinlich berührt davon, die Unterwäscheabteilung überhaupt betreten zu haben – den geordneten Rückzug an. Da ich DJ-Jens nicht am Schlager-Verkaufstisch stehen sah, machte ich mich schnurstracks auf den Heimweg.

Ich war vielleicht drei- oder vierhundert Meter vom Kaufhaus entfernt, als DJ-Jens hinter einer Hecke hervorsprang.

»Thommi, wo bleibst du denn?!«, herrschte er mich an.

»Hab dir den Rücken freigehalten«, sagte ich.

»So lange? Bei den Anglern?«

»Angler? – Kinderkram!«, blies ich mich auf. »Ich war bei den Büstenhaltern!« – DJ-Jens blickte ungläubig oder irritiert oder beides, dann trat er ohne weitere Nachfrage zurück hinter die Hecke und holte den Stapel Tonträger hervor, den er hatte mitgehen lassen. »Auch zehn Stück!«, verkündete er mit einem gewissen Stolz. Aber schlussendlich sollte sich die Binsenweisheit bewahrheiten, dass Übermut selten gut täte. Das kam so: DJ-Jens und ich scherzten nach diesem Coup nicht nur, dass »aller guten Dinge drei« seien, sondern machten sogleich kehrt Marsch, um am Ausgang des Kaufhauses die Lage bei den Sonnenbrillen zu peilen, die dort auf einem Ständer mit kleinem quadratischem Spiegel offeriert wurden.

Beschwingt von unserem bisherigen Erfolg – 20 Schlager-CDs! – suchte ich mir ohne lange zu fackeln eine Brille aus, wie ich sie bei Schlager-Stars oft schon gesehen hatte: Pilotenbrille mit Goldrand und verspiegeltem Glas. Ich schob sie mir lässig auf die Stirn, während sich DJ-Jens eine Art Show-Brille tief auf die Nase schob, um über den Brillenrand zu gucken (und im Ergebnis dabei intelligenter auszusehen, als wir beide zusammen in Anbetracht unseres Tuns waren). Es war ein rechteckiges Modell in Rosa – breite Bügel, weißer Schriftzug: Elton John.

DJ-Jens nickte mir kurz zu, was das verabredete Zeichen zum Abzug war. Ergo drehten wir uns um, um in gewohnter Ruhe und Gelassenheit die Flucht anzutreten – aber daraus wurde nichts, weil wir nun direkt in die Visage des dicht hinter uns stehenden Cordhosen-Mannes blickten.

»Jungs«, sagte er, »Katz und Maus ist ein Spiel, und jedes Spiel hat einmal ein Ende.« – Er wies uns mit der Rechten freundlich, aber bestimmt hinein ins Kaufhaus. Dort führte er uns in den Bürotrakt im Obergeschoss und platzierte uns mit Fingerzeig auf die beiden Stühle vor seinem Schreibtisch.

»Und? Wo habt ihr die CDs hingeschleppt?«, fragte er.

Ich blickte DJ-Jens an. »Weißt du was von CDs?«

»Nö! – Du?«

»Auch nicht!«

DJ-Jens versuchte, die Regie zu übernehmen – vielleicht wähnte er sich in diesem Moment auf dem Podium eines Discjockeys: »Alles ein Missverständnis«, sagte er. »Wir wollten die Brillen gerade bezahlen, Sie standen aber im Weg zur Kasse.«

»Netter Versuch – aber die Kasse wäre die entgegengesetzte Richtung gewesen.« Der Cordhosen-Mann übernahm wieder die Spielleitung: »Erstens: Brillen abgeben! Zweitens: Macht's nicht noch schlimmer! Das Kaufhaus ist videoüberwacht!« Er nahm die Brillen entgegen. »Für den versuchten Diebstahl der Brillen bin ich Zeuge«, sagte er, »und in Sachen CDs seid ihr auf'm Video!«

»Video? Ist doch gar nichts zu sehen gewesen!«, sagte DJ-Jens und klang dabei so, als fühle er sich vom Cordhosen-Mann getäuscht oder gar betrogen.

»Neueste Technik: Mikrochips, Mini-Optik und so weiter. Hat sonst nur 007 zur Verfügung!«

»Verstehe ich nicht«, sinnierte ich laut, »007 ist doch bloß ein Film?«

DJ-Jens stieß seinen Ellenbogen in meine Rippen und erklärte: »Mein Freund ist nicht dumm, er denkt nur gründlich nach.« Dann ließ er übergangslos den Super-Ganoven 'raushängen und klang nun so, als gäbe es etwas zu verhandeln. »Vorschlag: Sie lassen uns gehen, und im Gegenzug bringen wir die CDs zurück.«

»Gegenvorschlag«, sagte unser Gegenüber. »Ihr zeigt mir schon mal eure Ausweise, damit es mit der Anzeige schneller geht, wenn die Polizei hier ist.« Oh, oh, oh – da sah ich DJ-Jens und mich im Geiste schon hinter Schwedischen Gardinen sitzen … Lebenslänglich ich, denke ich heute, sehr frei nach Roli.

Die beiden Polizisten, die wenig später das Büro betraten, waren nett, und nachdem der Detektiv DJ-Jens und mir gegenüber ein Hausverbot ausgesprochen und der eine Polizist alles notiert hatte, was zu notieren war, fragte sein Kollege: »Sollen wir euch nach Hause fahren oder findet ihr den Weg alleine?« Er schmunzelte verschmitzt.

Ich schaute DJ-Jens an. Mir lag auf der Zunge, zu fragen: »Mit Blaulicht? Wie im Fernsehen?« Aber DJ-Jens kam mir zuvor und schlug das (freundliche, wie ich fand) Angebot des Polizisten aus.

Ich widersprach nicht, denn DJ-Jens war von uns beiden der Ältere (sechs oder sieben Monate unterschieden uns), und ich schlussfolgerte daraus, dass er die Offerte besser einschätzen könne als ich. Rückblickend betrachtet, hatte DJ-Jens durchaus Recht, denn in Klein-Manhattan sprach sich in Windeseile herum, wer von den Jugendlichen (mal wieder) von Polizisten abgeführt oder heimgebracht worden war.

Der Sechzehnte, dachte ich nun an meinem Jubeltag, ist eine gute Gelegenheit, Mama den Diebeszug und was daraus folgte zu beichten. Und nach dem dritten Bierchen hatte ich auch den Mut dazu gefasst.

»CDs und Brillen gingen zurück ans Kaufhaus«, schloss ich meinen Bericht.

»Keine Strafe?«, hakte Mama nach. Wie schon erwähnt, war sie nicht nur eine heitere und moderne, sondern auch eine kluge Frau.

»Acht Stunden soziale Arbeit«, informierte ich. »Auf'm

Abenteuerspielplatz – hab ich locker abgerissen.« – Mit nachdenklicher Miene schüttelte Mama den Kopf.

Oh, oh, oh, dachte ich. Ich erwartete, dass nun doch noch ein Donnerwetter über mich hereinbrechen würde – das wäre das erste Mal gewesen! Mama hatte bisher immer alles in Ruhe mit mir besprochen.

»Thommi, Thommi, Thommi …«

»Ja?«

»… du warst also schon vor einem Jahr ein ganz Großer.«

»Wie meinst du das?«

»Für sich selbst einstehen, nicht kneifen wie die Flitzpiepe, das ist was für Große!«

»Du sprichst von …«

»… deinem Erzeuger, richtig!«

Ich nickte verstehend und hatte, so glaube ich heute, Mama tatsächlich auch verstanden. Puh, dachte ich dann und war sehr froh darüber, dass Mama trotz des Negativen so positiv reagiert hatte.

Für sich selbst einstehen klang in meinen Ohren anerkennend. Ich war happy!

»Noch ’n Piccolöchen, Mama?«, fragte ich, und Mama nickte. Ich holte uns eine neue Runde, und mein Sechzehnter wurde dann doch noch ein fröhlicher Geburtstag. Und während ich dies schreibe, wird mir auch bewusst, von wem ich es hatte, eigene Verse schmieden zu wollen: von Mama! Wie hatte sie so schön gesagt? – »Andys Reime sind auch ganz feine!«

4.
Kalbsleder

Infolge eines Schlager-Syndroms allgemein und des Schlager-Burnouts im Besonderen spielen bei meinem Schlager-Leid viele Schlager-Aspekte eine Schlager-Rolle; und damit wäre ich auch schon bei meiner Schlager-Bemühung angelangt, das Schlager-Liedgut als Weltkulturerbe anerkannt zu bekommen. Im Gegensatz zu der noch folgenden Schlager-Episode, Schlager-Roli interviewen zu wollen, war diese Schlager-Unternehmung kein Schlager-Alleingang, sondern im Schlager-Auftrag des gesamten Schlager-Vereinsvorstands ins Schlager-Rollen gebracht worden.

Oh, oh, oh – ich sehe gerade: Das Wort Schlager kommt im vorangegangenen Absatz selbst für meinen Geschmack ein bisschen oft vor. Sie meinen, das kommt davon, dass ich wahrlich kniehoch in der Schlager-Misere Schlager-Burnout feststecke? – Warten wir ab, was Ingo später dazu meint.

Es war so gewesen: Der UNESCO sollte ein aussagekräftiges Bewerbungsdossier zugespielt, genauer gesagt zu ihr nach Paris auf den Weg gebracht werden. Am besten, so hatte ich gedacht, adressiert man unser hochrangiges Anliegen sogleich an die Generaldirektorin Audrey, die Azoulay – denn wollte man vergleichsweise bei der Arbeit eine Gehaltserhöhung durchsetzen, würde man ja auch nicht den Pförtner bequatschen, sondern beim Chef um einen Termin bitten. Ohne Umwege war hier an die Entscheidungsebene heranzutreten. Ich dachte, wenn erst die Chefin der UNESCO – der Organisation der Vereinten Nationen für Bildung, Wissenschaft, Kultur und Kommunikation – überzeugt werden könnte, dass der deutsche Schlager das Zeug zum Weltkulturerbe hat, dann wäre der Rest reine Formsache.

Ein Jahr vor dem späterhin noch in Rede stehenden Interview-Fiasko mit Roli kniete ich mich also richtig rein, um eine qualitativ hochwertige Argumentation für Audrey hinzubekommen. Die Idee war, neben einem Motivationsschreiben historische Belege zur Herkunft des deutschen Schlagers zur Verfügung zu stellen: von besagtem Liedgut unserer Operetten-Marie 1873 über historisches Bild- und Tonmaterial der ersten deutschen Boygroup Comedian Harmonists 1928 bis hin zu Künstlerporträts wie jenem von unserer Helene 2023 – Letzteres in Form von TV-Aufzeichnungen. Eine Liste ausgewählter Sendungen – präziser: Links zu den Mediatheken der Sender und den Videokanälen – sollten als finale Illustrationen meines Anliegens eingebracht werden, denn Bilder sagen bekanntlich mehr als tausend Worte. Die Eingabe des *Schlager ist geil! e. V.* sollte also ganz im Sinne der UNESCO'schen Intention erfolgen: Menschen tanzen, feiern und singen. So ist es! Dabei erhalten und gestalten sie ihr kulturelles Erbe mit Schlagerpartys, bei denen sie ihr Wissen an die nächsten Generationen weitergeben, und veranstalten Schlagerwettbewerbe – Stichwort Stauferkrone!

Wie gut informierte Schlagerfreunde wissen, fand in der Tourismusregion Stauferland in Baden-Württemberg selbsterklärterweise »einer der bedeutendsten Schlagerwettbewerbe im deutschsprachigen Raum« statt: Fortsetzung der legendären Schlagerfestspiele von Baden-Baden. Noch nie von gehört? – Ach so. Nun, es können sich ja nicht alle Schlagerfreunde und -feinde ebenso gut im Thema auskennen wie ich. Das einstige Kaisergeschlecht der Staufer, wohnhaft in der Burg zu Hohenstaufen, beherrschte vor vielen, vielen Jahren das Gebiet, auf dem heute das musikalische Wetteifern alle zwei Jahre stattfindet. Austragungsort war ein Städtchen, das sich bescheiden Dorf nannte: Donzdorf, 11.000 Einwohnende, traumhaft gelegen in der Schwäbischen Nordostalb. Wer meinte, Donzdorf klänge nun aber schon etwas provinziell für ein kulturelles Ereignis dieser Größenordnung, irrte – aber dazu gleich.

Außer Donzdorf waren fürs UNESCO-Bewerbungsdossier noch weitere Wettbewerbe zu identifizieren. Ich recherchierte im Netz, um mich zu vergewissern, ob die Stauferkrone allein auf weiter Flur war, aber denkste! Das Stichwort »Schlagerwettbewerb« lotste mich zum Deutschen Schlagerwettbewerb. Oh, oh, oh! dachte ich, eine Bildungslücke? – Nicht wirklich! Denn ich war nicht beim Wettbewerb, sondern auf'm Fernsehserien-Archiv gelandet. Der besagte Schlagerwettbewerb war längst Geschichte, weil erstens anno 1969 von der ARD ausgestrahlt und zweitens ein singuläres Ereignis. Mit am Start waren Roberto, der Blanco, mit »Heute so, morgen so« und France, die Gall, mit »Ein bisschen Goethe, ein bisschen Bonaparte« sowie Pat, die Simon, die vom »Glück, dass man Glück nicht kaufen kann« sang. Und? Klingelt's? Immer noch nicht? – Ja gut, liegt alles zu weit zurück …

Das war's dann wohl, dachte ich. Aber Halt! Nach einer weiteren Suchanfrage ploppte ein weiterer Hinweis auf die ARD auf: Internationaler Musikwettbewerb. Aber auch hier Pusteblume: Da war Schaulaufen gefragt, wobei es ausschließlich um Klassik ging.

Weil bekanntlich Gründlichkeit vor Eile geht, ergänzte ich das Stichwort »Musikwettbewerb« um ein weiteres, nämlich »Jugend«. Jugend, natürlich! Der Zukunft zugewandt, das wird im besonderen Interesse der UNESCO stehen, dachte ich – ohne jetzt Senioren-Bashing betreiben zu wollen. Ich landete bei Jugend musiziert und machte mich über dieses Förderformat schlau. Respekt, dachte ich, da ist man bundesweit aktiv – nicht nur mit Klassik, sondern auch mit zeitgenössischem Liedgut. Ja gut, Schlager tauchte da explizit nicht auf, aber in den Kategorien »Singer und Songwriter« sowie »Open« wurden immerhin deutschsprachige Lieder und ebensolcher Rap prämiert! Was ich da las, war durchaus brauchbar: Schlager, Rap, Ballermann … Musikstile vermischen sich ja nicht erst seit gestern miteinander.

Ich dachte mir: Jugend – unbedingt für Paris mit eintüten! Ich sinnierte stante pede, was weiterhin gefördert werden könnte – es müsste ja nicht notwendigerweise institutionalisiert sein. Die Stichworte »Schlager« und »Lernen« führten mich zu Video-Tutorials, beispielsweise zu dem von Oli, der behauptete, er produziere seit 15 Jahren Schlager. In den ersten drei Minuten seiner Ansprache erfuhr ich, dass er den Raum, in dem er saß, jetzt neu habe, und dass dieser Raum für das »Abmischen« von Schlager »akustisch besser« sei als der Raum, den er vorher nutzte. Allerdings klängen nun »die Abhörmonitore komischerweise komplett anders«, woran er sich »noch gewöhnen« müsse. Aber im Keller habe er weitere Lautsprecher, die er nun noch mit hineinstelle. Von daher, so Oli, könne er »den Bassbereich sehr schön beurteilen«. Er habe »auch schon mal im Auto probegehört«. Oh, oh, oh! dachte ich, eine Menge Infos! Wobei sich mir der Zusammenhang zwischen dem Raum, in dem Oli saß, und der Akustik in seinem Auto nicht wirklich erschloss. Das mochte aber daran liegen, dass ich von Musikproduktion keinen blassen Schimmer habe.

Frage: Könnte man auch Oli bei der UNESCO als Schlager-Förderer präsentieren? Je länger ich ihm zuschaute, desto unsicherer wurde ich. Plötzlich sprach er von seinem Newsletter, den ich abonnieren könne; darin würde ich erfahren, mit was für Sounds er arbeite, und als Goodys gäbe es später noch ein paar Claps, Kickdrops, Snares und Bässe dazu. Das sei aber »noch alles in Planung, um einen Online-Schlagerkurs erstellen zu können«, sagte er und fragte gleich, womit er diesen Onlinekurs am besten beginnen solle. Ach ja, doch, das machte ihn mir irgendwie sympathisch – Ingo hätte ihm vielleicht zugerufen: »Oli, beginnen Sie am Anfang!« Final fragte Oli, ob es mir – und natürlich auch den anderen Zuschauern – um »normale Schlagerproduktion« oder »mehr um Pop-Schlager« oder, noch mal anders, »mehr um die Ballermann-Geschichte« ginge. Und so waren einige Minuten ins virtuelle Land gegangen, ohne dass ich – Sympathie hin oder her! – erfahren hätte, welche Titel er bisher überhaupt produziert hatte; auch zu seinem pädagogischen Konzept hatte er nichts vorgetragen. Ich verstehe zwar nichts von Musikpädagogik, aber ich fragte mich dann schon, ob Olis Ansatz funktionieren könne: Förderung des Schlager-Nachwuchses ohne eigenen Plan? War das nicht ein Widerspruch? – Ich war unsicher. Andererseits hatte ich in sozialen Netzwerken Werbeclips gesehen, in denen Sängerinnen und Sänger um Schülerschaft buhlten: Wortgewaltig, wohl als Beleg für ihre Kompetenz, wiesen sie auf ihre außerordentlichen, nicht zuletzt ökonomischen Singerfolge hin. Warum aber jemand, der – so hatte es den Anschein – mindestens Millionär war, überhaupt um Nachwuchs trommelte, erschloss sich mir auch nicht (ebensowenig wie bei den selbsterklärterweise extrem erfolgreichen Coaches für Business, Baumumarmung und Büchermachen).

Ich hoppte zu weiteren Tutorial-Anbietern; wenige Stunden später konstatierte ich, dass es – sorry, Oli! – online auch Schlager-Bildung gab, die durchaus seriös schien. Ich blieb also am Ball! Was auch sonst? Eine Schlagerbildungsrecherche erfordert eben, alle – wirklich alle, auch die dunkelsten – Schlagerbildungsecken auszuleuchten (dunkel jetzt nicht im Sinne von Zwielichtigem, sondern von Unbekanntem), auch Offline-Offerten!

Private und staatliche Musikschulen waren da mit an Bord, die zwar nicht explizit von Schlager sprachen, aber sie fabulierten immerhin »Popularmusik«. Damit bewegten sie sich im Gleichklang zu »Jugend musiziert« (wie gesagt: »Singer und Songwriter« nannte man das dort). Vermutlich wollte man sich weniger vom Schlager als solchem abgrenzen – etwa weil Schlager Opium fürs Volk sei, wie einst, wenn ich mich jetzt nicht irre, Wladimir Iljitsch, der Lenin, in Abwandlung von Karl Marx' Absage an die Religion gesagt haben soll –, sondern man ging wahrscheinlich deshalb auf Distanz, weil Schlagersingende ihre Lieder in der Regel nicht selbst komponieren und texten, was Singer und Songwriter dagegen schon immer und ausnahmslos tun.

Im Übrigen hießen Singer und Songwriter (liebe Kinder, wieder aufgepasst!) im deutschsprachigen Raum mal Liedermacher: Franz-Joseph Degenhardt, Hannes Wader und Reinhard Mey waren damals, in den Sechzigern des letzten Jahrhunderts, Protagonisten einer Heerschar von Bänkelsängern auf der Burg Waldeck beim gleichnamigen Festival. Ebendort, im rheinland-pfälzischen Schankraum-Dreieck Beulicher Hof, Schorfelder Hof und Gasthof Am Fohlbach schafften die Barden ein Gegengewicht zum Schlager; es heißt, sie seien von amerikanischer Folkmusik sowie vom französischen Chanson inspiriert gewesen oder animiert worden.

Das sagt Ihnen wieder nichts? – Nicht schlimm, als gut informierter Schlagerfreund helfe ich gerne aus: Degenhardt war der Mann, der – ironisch intendiert – davor warnte, mit den Schmuddelkindern zu spielen; Wader machte sich einen Kopf darüber, warum er heute hier und morgen dort war; Mey hob dann so richtig ab und konnte von daher berichten, wie es über den Wolken um die Freiheit bestellt wäre und dass der Mörder immer der Gärtner sei. Zudem hatte er sehr erfolgreich auch als Sandmann »Gute Nacht, Freunde« gewünscht.

Bitte? Natürlich kennen Sie Reinhard Mey? Er habe immerhin einen Knaller nach dem andern gelandet und stehe sogar heute noch, mit 80 plus, zweieinhalb Stunden auf der Bühne? Kennen Sie also doch? Ja, was denn nun?! – Ihnen hat nur die Burg Waldeck nichts gesagt – ach so …

Jedenfalls: Auf der Waldecker Bastion gibt es, so habe ich auf ihrer Webseite gelesen, auch heute noch einen Singewettstreit. Nebenher würde gefeiert, tagsüber unter der Spätsommersonne und abends am Lagerfeuer. Ach schön, dachte ich, schließlich sind alle warmgesungen und haben ihre Instrumente eingespielt – klingt nach Pfadfinder. Aber Schlager? Nicht wirklich! Ergo schien mir diese Location nebst Programmatik – damals wie heute – nicht lohnend fürs UNESCO-Dossier.

Von daher zurück zum Label »Singer und Songwriter«. Dass es Liedgut aus der Singer-und-Songwriter-Ecke durchaus mit der Qualität eines Schlagers aufnehmen kann, bewies eine Songwriterin, die als Preisträgerin bei »Jugend musiziert« brillierte: Leona Heine! Mit »Nie wieder« landete sie meiner Meinung nach einen potenziellen Gassenhauer – musikalisch ein Ohrwurm, textlich gewieft und doch überschaubar: »*Denn jeder Streit war / Perfekt, solang er mit dir war / Auch wenn das nie das Ziel war / Vielleicht kommen wir nie wieder.*« Zweifelsohne bestand Leonas Kniff, die textliche Anspruchshöhe des Schlagers halten zu können, darin, die letzte Zeile eines jeden Verses sechs Mal (!) zu wiederholen; das Wort »vielleicht« brachte sie dabei fünf, das Wort »wieder« sechzehn Mal unter. Traumhaft, dachte ich, keine Frage: Als Referenz für gelungene Schlager-Nachwuchsförderung kommt Leona mit ins Dossier – nicht zuletzt deshalb, weil sie mit Nachnamen so heißt wie ein anderer Lieddichter: Heine, der Heinrich. Ja gut, es war nicht anzunehmen, dass Leona mit Heine mithalten kann, der, wie ich als gut informierter Schlagerfreund weiß, Lyrics für Robert Schumann verfasst hatte – beispielsweise für »Schöne Wiege meiner Leiden«. Zwar wäre dieser Text für einen Schlagerboom heutiger Zeit eher weniger tauglich, aber für eine gediegen depressive

Grufti-Party könnten die Lyrics von 1817-21 durchaus was hergeben: »*Schöne Wiege meiner Leiden, / Schönes Grabmal meiner Ruh, / Schöne Stadt, wir müssen scheiden, / - Lebe wohl! ruf ich dir zu.*« Schön, schön! – Aber doch: Der alte Heine, so wurde mir klar, käme ob seiner melancholischen Anfälle (gegenüber dem bewusst auf Spaß bis die Schwarte kracht abonnierten Schlager) nicht mit nach Paris – die junge Heine hingegen, also Leona, unbedingt!

Aber zurück nach Donzdorf. Dass der dortige Wettbewerb als Referenz für Nachwuchsförderung brauchbar war, lag auch daran, dass er sich international aufgestellt hatte. Egal, ob der Schlager aus Österreich, Holland, der Schweiz oder Feuerland herkam – was allein zählte, war, dass der Text in deutscher Sprache performt wurde. Das öffnete Tür und Tor für abwechslungsreiche wie auch künstlerische Schöpfungshöhen in multinationaler Ausprägung und bewies, dass die Idee von Provinz als Ort von Hinterwäldlern allgemein ein dummes Klischee ist und hier im Besonderen ganz ins Leere läuft. Sie zweifeln dennoch? Dann bedenken Sie doch bitte einmal Folgendes: Der Sprecher der Donzdorfer Wettbewerbs-Jury war – Sie halten sich jetzt besser fest! – unser Ralph, der Siegel, bekanntlich der Schlager-Komponist, -Produzent und ESC-Mann der ersten Stunde: 25 Teilnahmen und die Plätze 1, 2, 3 im Sack! Man muss Ralph zwar nicht weiter vorstellen, aber es ist, wie ich finde, auch an dieser Stelle eine Frage von Würdigung seiner Leistung, für den Erhalt des deutschsprachigen Liedguts alles gegeben zu haben; unser Ralph (liebe Kinder, wieder aufgepasst!) arbeitete mit allen einstigen Größen des Schlager-Business zusammen: Peter Alexander, Roy Black, Costa Cordalis, Karel Gott, Heino (der mit der Haselnuss) und, und, und! Aber wie gesagt, das müsste man im Grunde nicht erläutern – und auch nicht (liebe Kinder, Ohren gespitzt!), dass Ralph zuerst Dschingis Khan, dann unsere Katja Ebstein, aber auch das Friedenstäubchen Nicole unter seine erfolgsgarantierenden Fittiche genommen hatte. Zusammengefasst: Auch Donzdorf sollte mit hinein in die UNESCO-Waagschale, und so wären dann ausreichend vielseitige wie auch belastbare Fakten beigebracht, dachte ich, dass Paris überhaupt nicht umhinkäme, sich für die Anerkennung des deutschsprachigen Schlagers als Weltkulturerbe zu entscheiden.

Wenig später hatte ich bei meinem Vorstandskollegium vom *Schlager ist geil! e. V.* mannigfaltige Ideen eingebracht, auch in Belangen der Gestaltung des Bewerbungs-Konvoluts: Motivationsschreiben einerseits, andererseits Erläuterungen und Dokumente heftfadengebunden und in einen Umschlag aus feinstem Kalbsleder hineingeleimt. Auf der Vorderseite hätte sich, meiner Vorstellung nach, ein in goldfarbenen Lettern gestanztes Zitat als Titel ganz hübsch gemacht: »Ein Lied geht um die Welt«. Der Trick wäre, dass es sich dabei sowohl um ein Schlagerzitat als auch um einen Filmtitel handelt. Den Anstoß, unseren papierenen Kessel Buntes mit der von Richard Oswald 1933 verfilmten Geschichte von Heinz Goldberg und Ernst Neubach titeln zu lassen, hatte Vereinsmitglied Gilbert gegeben.

Es war so gewesen: Gilbert, der Fuchs … oops! Reinicke heißt der Mann mit Nachnamen, PR-Fritze von Beruf – also, Gilbert hatte gesagt: »Wir sollten in Frankreich nicht mit der Tür ins Haus fallen. Das wäre kommunikativ fahrlässig und käme vermutlich auch aus historischen Gründen nicht gut an.« – Ich fragte mich: Auf was will Gilbert hinaus?

Und als hätte er meinen Gedanken erraten, erläuterte er: »Wir sollten an die Sache behutsam herangehen … bedachtsam neugierig machen, moderat auch die multimedialen Potenziale des Schlagers hervorheben. Eine Umverpackung aus Kalbsleder allein genügt nicht! Der betriebene Aufwand müsste sich inhaltlich rechtfertigen, verstehst du?«

Ich dachte: Ach wie gut, im Verein einen PR-Fritzen zu haben! »Rechtfertigung, sehr einverstanden!«, sagte ich. »An was denkst du konkret?«

»Begründung!«, schob Gilbert nach und legte einen Gesichtsausdruck auf, als sei damit alles gesagt.

Dann erläuterte er: »Stellen wir uns vor, wir wollten Klaviere verkaufen, Thommi, und …«

»Das entspräche nicht unserem Vereinszweck«, unterbrach ich ihn. »Da verstehe ich, ehrlich gesagt, den Zusammenhang nicht.«

»Sinnbild, jetzt!«, sagte Gilbert. Er klang beschwichtigend. »Also, Klaviere zu verkaufen würde weniger gut funktionieren, wenn wir den Leuten auf den Kopf zusagen, dass sie sich bei uns ein Piano kaufen sollen. Wirkungsvoller wäre, auf den allgemeinen Trend hinzuweisen, für die Kinder ein eigenes Musizierzimmer einzurichten. Die Nachfrage nach einem Klavier kommt dann von ganz allein!«

»Ja, nur … ähm …« – Ich blickte wohl etwas ratlos.

»Wir erzählen Geschichten, Thommi!«

»Was denn auf einmal für Geschichten, Gilbert?«

»Vom Schlager!«

»Oh …!«

»Nix Oh! – Schau mal: Der Schlager ist nur eine Sache …«

»… ah! …«

»… ein Ding …«

»… Klavier! …«

»Exactement, mon cher ami de la bonne chanson allemande!«

»Gilbert, nun lass mal den Franzosen stecken, ich versteh nur Bahnhof!«

»Les gens se soucient des gens, vous savez?!«

»Hallo?«

»Ich sagte, dass du's mit dem Klavier geschnallt hast: Menschen interessieren sich weniger für Objekte, mehr für Menschen!«

Ich tat so, als müsste ich einen Moment lang darüber nachdenken. Dann haute ich 'raus: »Na, das sag mal 'nem Misanthropen – hahaha!«

»Hahaha! – Super blague, merci!«

»Super … was?«

»Witz.« – Gilbert klang plötzlich etwas verschnupft, und ich fragte mich, ob er sich mit seinen Ausführungen nicht ernstgenommen sah.

Das finde ich heraus, war ich mir gewiss, und ließ erst mal das Vorstandsmitglied raushängen: »Gilbert, nun sei mal nicht so spröde. Laut unserer Satzung ist die Ausübung von Ernsthaftigkeit verboten. Paragraf 1: Alles Kalte ist verbannt, jetzt tanzt, singt, lacht!«

»Thommi, Du nimmst mich auf die Schippe«, sagte Gilbert gespielt betroffen. »Der Spruch stammt von Roli – hab ich im Spiegel gelesen.«

»Stern«, korrigierte ich.

»Das weißt du sicher?«

»Wäre ich sonst im Vorstand?«

Gilbert schaute zerknirscht, gespielt leidend.

»Fang jetzt bloß nicht an zu weinen!«, erbat ich gespielt vorwurfsvoll.

»Tränen lügen nicht«, erwiderte Gilbert und begann dann, wie verträumt die zu den Worten gehörende Melodie zu summen.

Gut, dachte ich, Gilbert bringt eine Retourkutsche ins Rollen! Die Spezialität, während einer Konversation das eine und andere Schlagerzitat einzubringen, hatte er sich von mir abgeguckt. Jetzt setzte er sogar noch eins drauf: Er erhob sich vom Stuhl, schritt zwei, drei Meter weg vom Tisch und baute sich mitten im Raum auf – dekorativ, das heißt breitbeinig, bevor er langsam den rechten Arm vorstreckte, ihn anwinkelte und seine rechte Hand zur Faust schloss, um im nächsten Moment den Daumen hervorschnellen zu lassen. Ah, ein Mikro, dachte ich. Tatsächlich: Gilbert begann – relativ kontextlos, aber hübsch frei von der Leber weg – zu singen: »*Dreh Dich einmal um / Schau in Ihr Gesicht / Und Du wirst seh'n: / Tränen lügen nicht.*«

Ich applaudierte. Gilbert bedankte sich mit einem braven Diener.

»War ich gut?«, fragte er, während er sich zurück an den Tisch setzte.

»Unser Michael, der Holm, wäre stolz auf dich!«, lobte ich.

»1973, Platz 2 der Charts«, behauptete er.

»1974, Platz 1!«, korrigierte ich.

»Sicher?«

»Wie gesagt: Wäre ich sonst Vorstandsmitglied?«

Auch Gilbert war bekannt: Nur Schlager-Profis wurden beim *Schlager ist geil! e. V.* in den Vorstand gewählt. Es gab da nur eine Person, die mehr als ich auf'm Schlager-Kasten hatte: Rehkopf, Schriftführer – und zugleich unser Schlagerfachberater. Von ihm war hier schon mal die Rede als DJ-Jens – wahrlich ein wandelndes Schlager-Lexikon!

»Wo waren wir stehengeblieben?«, fragte ich.

Gilbert guckte zu Boden, als suchte er den roten Faden; scheinbar hatte auch ihn unser fröhliches Holm-Intermezzo aus der Gedankenbahn geworfen. Es gelang ihm, zum Thema zurückzufinden: »Wir sollten die Schlager-Machenden in den Schlager-Mittelpunkt stellen: Schlager-History!«

»Die Idee ist verdammt gut – so gut, dass sie von mir sein könnte! Aber keine Bange, ich werd sie dir nicht klauen. Du weißt doch: *Oh Mann, ich bin viel zu bescheiden, / Dabei kann ich das gar nicht versteh'n. / Wenn ich mich im Spiegel betrachte, / Etwas Bess'res hab' ich nie geseh'n* – Hahaha!«

»Hahaha!«, prustete Gilbert – und fuhr fort: »*Man sagt zwar ›Nobody is perfect‹, / doch scheint mir das zu allgemein, / denn wär' ich nicht viel zu bescheiden, / würde ich einfach vollkommen sein.*«

Ich überlegte, wer die Nummer gesungen hatte: »Der Song ist … ist von Peter, dem …«

»Maffay?«, fragte Gilbert.

»Quatsch!«

»War 'n Scherz, Thommi: Petrel heißt der Mann!«

»Ach was?« – Ich grinste schief, aber auch wissend.

»Farceur! – Hahaha!«

Ich hatte Friseur verstanden und quittierte mit »Hahaha!«

Knapp drei Monate später war es vollbracht: 100 repräsentative deutschsprachige Schlager mit Noten, Lyrics, Porträts und so weiter lagen vor uns – auf 1000 Seiten, gebunden in Kalbsleder. Ich übernahm den Job, zu checken, an wen das Konvolut der guten Laune zu gehen habe, und nur eine Woche später brachte ich unser Dossier zur Post-Filiale bei mir ums Eck. Da wir bei der Ausstattung des Innenteils nicht gegeizt hatten – Grammatur 125 g/m^2! – und ich den Einband im Paket mit zwei, drei Meter Luftpolsterfolie gesichert hatte, waren rund 10 Kilogramm auf die Reise zu bringen. Wäre beinahe Sperrgut geworden! Aber zum Glück hatte ich beim Einpacken des Schlagerbündels die Maximalgröße für Pakete (120 x 60 x 60 cm) zufällig getroffen gehabt.

Sicher ist sicher, dachte ich jetzt und wollte bei der Dame hinterm Schalter einen Rückschein dazubuchen.

»Das geht nicht«, sagte sie.

»Warum?«, fragte ich.

»Ihre Sendung ist international.«

»Eher national«, widersprach ich lächelnd.

Das linke Augenlid meines Gegenübers begann, nervös zu flattern; die Miene der Dame vis-a-vis verwandelte sich in ein Pokerface. Geschmeidig glitt ihr rechter Arm vom Tresen, die Hand verschwand unter selbigem. Oh, oh, oh – ich vermutete, dass sich da ein Alarmknopf befände. Ich ziehe besser die Reißleine, dachte ich.

»In meinem Paket geht's um deutschsprachige Schlager«, klärte ich auf.

Die Dame lächelte gequält und verbrachte ihren Arm wieder an Deck. »Grad noch mal die Kurve gekriegt«, sagte sie. »Gestern war einer hier, der hatte auch was von national getönt: Er wolle sich beim Deutschen König, Sitz im Königreich Sowieso bei Wittenberg, bewerben, um die Heimatgrenze zu schützen und so weiter. Als er seine Briefmarke nicht bezahlen wollte, weil die Briefmarke illegal, da nicht vom König autorisiert vertrieben würde, habe ich Alarm ausgelöst.«

»Mich betreffend brauchen Sie keine Sorge zu haben«, sagte ich. »Mit Königen gebe ich mich nicht ab; habe es eher mit einem Kaiser, nämlich Roland Kaiser – hahaha!«

»So, so – das finden Sie nun komisch«, sagte die Schalter-Frau, etwas unlustig aus der Wäsche schauend. Sie klebte das von mir vorbereitete Adress-Etikett aufs Paket.

Mit Humor, dachte ich, verhält es sich ähnlich wie mit Geschmack: Man hat ihn oder hat ihn nicht … Es herrschte fade Stille. Um diese zu überbrücken, fragte ich wie nebenbei:

»Mögen Sie Schlager? Gehört demnächst zum Weltkulturerbe!«

»Recht so«, brabbelte die Dame und druckte das Porto aus. »24 Euro und 49 Cent«, sagte sie.

»Eine Frage hätte ich noch«, sagte ich. »Da Rückschein nicht möglich ist, überlege ich, ob ich das Paket versichern sollte. Was meinen Sie?«

»Transportversicherung von 500 Euro sind inklusive.«

»Ob das ausreicht?«

»Wofür?«

»1000 Seiten Schlager, gebunden … in Kalbsleder, müssen Sie wissen!«

»Nee, dat muss die Dame nich wissen, du Jurke!«, rumorte es mir in den Nacken. »Komm mal langsam zu Potte, ick ess' zeitich, wa!« – Ich drehte mich um. Ein kräftig gebauter Mann, der mich gut zwei Köpfe überragte, stand hinter mir – und hinter ihm standen noch weitere Kunden. Ach herrje, dachte ich, vor vier, fünf Minuten war da doch noch keine Schlange! Die Leute guckten allesamt grimmig aus der Wäsche, es roch nach Konflikt!

An Gilbert denkend, der mir einmal gesteckt hatte, dass es bei Konflikten wichtig sei, die Kommunikation aufrecht zu erhalten, entschloss ich mich zu einer kurzen Ansprache: »Liebe Mitkunden, bitte entschuldigt, aber es geht hier um das Weltkulturerbe und …«

»Pass mal uff, du Knilch«, unterbrach mich der Mann, der mittlerweile auf Zentimeterbreite zu mir herangerückt war, »det Jesabba einstell'n, wieda umdreh'n, dein Zeuch für'n Franzmann uff'n Weg bringen, jut is', wa!« – Oh, oh, oh, dachte ich, ein unlustiger Zeitgenosse.

Ein kurzer Blick auf sein schwarzes Langarmshirt, auf dem eine Frau in Strapsen und Krankenschwesterkittel posierte – vorm Schritt prangte das Logo von Rammstein –, ließ mich unken: Mit dem Typ ist vermutlich nicht gut Kirschen essen! Unter diesen widrigen Umständen verzichtete ich auf die Richtigstellung, dass das Paket an keinen »Franzmann«, sondern an die Generaldirektorin der UNESCO, Madame Azoulay, gehe, und zahlte rasch, um mich ebenso rasch zu trollen.

Nur zwei Wochen später kam Antwort aus Paris: retourniertes Schlager-Dossier! Ein Anschreiben lag bei: »Bonjour M. Andras, nous ne sommes pas le bon destinataire. […] Je te salue de Paris!«

Dem Brief war – dank Gilberts Übersetzungshilfe – zu entnehmen, dass ich mich an den falschen Adressaten gewandt hatte: Ich müsste mich zuvorderst an die zuständige Stelle meines Bundeslandes wenden. Dort träfe man eine Bewerber-Vorauswahl und reiche diese an das Sekretariat der Deutschen Kultusministerkonferenz weiter, welches wiederum ein Fachkomitee draufgucken ließe, damit sich die Kultusminister gebotenenfalls mit dem Vorschlag beschäftigen würden, um dann ihrerseits wiederum ... Oh, oh, oh! – Ich spare mir das Aufzählen aller zu involvierenden Institutionen; es ist wohl klar geworden, wie kompliziert sich der Vorgang gestaltet hätte – aber Schwamm drüber!

Wenig später war ich aus der Bewerbungs-Nummer draußen – hatte den Staffelstab an Rehkopf, also DJ-Jens, abgegeben. Denn auf einmal hatte ich nicht mehr gewusst, wo mir der Kopf stand; dachte ich früh, mittags, abends, auch nachts daran, das Dossier auf den Weg nach Paris gebracht zu haben, so flitzten mir Go-Go-Gazelle-Lyrics durchs Hirn: *Klapp dein Visier hoch, Erika ...* Hinter dem einen und anderen sinnbildlichen Vereins-Gebüsch lauerte ein Heckenschütze. *Wir ziehen mutig in die Schlacht ...* Es waren auch Menschen darunter, von denen ich angenommen hatte, sie zu kennen, aber ich hatte sie partout nicht mehr erkannt. *Klapp dein Visier hoch, Erika ...* Auch Gilbert war unter ihnen. *Wir beide gegen die Nacht ...* Ich fragte mich: Mensch, Gilbert, das war's? Mit Wehmut erinnerte ich mich daran, wie wir uns ins Zeug gelegt hatten, um das Dossier hinzubekommen. Aber half nichts, Gilbert! Beim letzten Telefonat machte er mir den Vorwurf, dass ich mich gründlicher darüber hätte informieren müssen, wie sich das Bewerbungsprozedere im Detail darstellt – das sei mein Job gewesen! Dann sagte er, dass er – im Nachhinein – die Lage selbst gepeilt hätte: Auf den offiziellen Seiten der UNESCO sei idiotensicher beschrieben, wie es geht.

»Mal ehrlich, Thommi, wie kann es sein, dass unser Verein die Generaldirektorin belatschert?«, fragte mich Gilbert bei unserem letzten Telefonat zwei, drei Wochen vor meinem Aufenthalt bei Johann. »Azoulay hat mit dem operativen Prozedere gar nichts zu tun! Hoffen wir mal, dass die Presse von diesem Patzer nicht noch Lunte riecht. Oh Gott, Thommi! Ich sehe die Schlagzeilen schon vor meinem geistigen Auge: ›Schlagerfans einfacher gestrickt als ihre Lieder‹ oder ›Schlagerclub ist überhaupt nicht geil, sondern nur ein bisschen doof!‹ oder ›Beim Schlagerverein steht das e. V. für eingeschränkten Verstand‹!«

Alles richtig, Gilbert, dachte ich – aber hinterher ist man bekanntlich immer klüger. Auch darüber, dass es jährliche Bewerbungsfristen zu einem bestimmten Stichtag gibt, weiß ich inzwischen Bescheid – was erklären mag, warum auch nach DJ-Jens' Staffelübernahme der See still ruht. DJ-Jens ist eine der Personen, die immer noch zu mir halten. Mir gegenüber meinte er, dass wir bei diesem Bewerbungsverfahren eben Geduld bräuchten; er sei aber optimistisch, sagte er, auch in Belangen meiner Gesundheit, er drücke mir die Daumen. Und dann stimmte er, wohl zur Aufmunterung, die Hip-Hop-Gruppe Urbanize an: »*Was immer du tust, / wo immer du bist, / ich werd hier bleiben und warten auf dich. / Wie weh das auch tut, / und fehlt dir auch Mut, / ich werd hier bleiben und warten auf dich.*«

Ich hatte überlegt, ob sich DJ-Jens als Mutmacher für mich (oder sich selbst) da die richtige Band auf den Schirm geholt hatte: Als gut informierter Schlagerfreund wusste ich, dass sich die Jungs aus'm Ruhrgebiet als Formation 2021 aufgelöst hatten. Aber DJ-Jens wäre nicht DJ-Jens gewesen, wenn er es nicht noch besser als ich gewusst hätte. Nachdem ich ihm meine Skepsis offenherzig kundgetan hatte, klärte er mich auf, warum diese Musikgruppe dennoch als positives Beispiel was hergäbe: Der Gründer der Kapelle, wusste DJ-Jens, hatte im Netz verkündet: »Alles ist offen. Aber bis dahin folgt jeder seinem Weg. Meiner ist German R&B.«

Ach so, dachte ich, alles ist offen! Passt ja dann doch irgendwie ganz hübsch: Nur wer hinfällt, hat die Chance, wieder aufzustehen! Den Part hatte nun, sinnbildlich und dankenswerterweise, DJ-Jens für mich übernommen – ich könnte auch sagen, den Karren aus dem Dreck zu ziehen. Vielen lieben Dank, DJ-Jens – und: Viel Erfolg!

5. Walzerkönige

Auch das Vorstandskollegium vom *Schlager ist geil! e. V.* war überzeugt davon: Was 2018 dem vergleichsweise jungen, erst in den Sechzigern des letzten Jahrhunderts von Bob Marley berühmt gemachten Reggae in Jamaika gelang, solle doch wohl auch dem bedeutend älteren deutschsprachigen Schlager gelingen: UNESCO, Weltkulturerbe!

Als Wirtschaftsinformatiker mit Arbeitsschwerpunkt Statistik stelle ich mal eben fest: Die Zahlen hätten dafür gesprochen! Dem Meinungsforschungsinstitut Allensbach zufolge wohnten in Deutschland damals 13 Millionen Schlagerfans – also Personen, die Schlagermusik sehr gerne hören –, was bei 71 Millionen Bundesbürgern ab 14 Jahren 9,23 Prozent ausmachte. Hinzu kamen 18,56 Millionen Personen, die Schlager immerhin gerne hören. Das deutschsprachige Ausland – beispielsweise Österreich, aber auch die ehemaligen deutschen Kolonien in Südwestafrika – waren da nicht mit erfasst worden. Ein Bild von Welt lässt sich von daher nicht malen, was eigentlich schade ist – denn auch in Namibia war der deutsche Schlager durchaus präsent!

Eine Reise- und Show-Agentur konnte 2022 versprechen: »Das Konzert ›Stars unter Afrikas Sternen‹ zugunsten einer Stiftung werden Sie noch lange in Erinnerung behalten. Erleben Sie eines der schönsten Länder der Welt und die einzigartige Atmosphäre eines Konzertes auf einer namibischen Lodge, mit drei Highlights der deutschen Schlagerwelt: Ireen Sheer, Tim Toupet und Patrick Lindner. Lassen Sie sich von der Vielfalt eines Landes fesseln, in dem Deutsch sogar noch oft gesprochen wird.«

Als ich das las, dachte ich spontan: Nur gesprochen, nicht gesungen? Bedenken wir bitte einmal: Deutsch-Südwestafrika war ab Mai 1884 eine deutsche Kolonie auf dem Gebiet des heutigen Staates Namibia. Mit einer Fläche von 835.100 km^2 war es ungefähr anderthalbmal so groß wie das Deutsche Kaiserreich. Es ist zumindest eine Frage wert, finde ich: War in besagter Zeit auch der Erfinder des deutschsprachigen Schlagers, Johann Strauss der Jüngere, auf dem Territorium des heutigen Namibia zugegen? Hatte er dort, am Südatlantik, womöglich Fledermaus- und damit Schlager-Spuren hinterlassen? War er dort vielleicht, von Frühlingsgefühlen ergriffen, verliebt unterwegs gewesen wie 80 Jahre später Howi, der Carpendale? »*Deine Spuren im Sand, / Die ich gestern noch fand, / Hat die Flut mitgenommen. / Was gehört nun noch mir?*« – Anders gefragt: War Johann möglicherweise zwar zum Musikmachen angereist, dazu jedoch gar nicht gekommen, weil heillos verstrickt in eine liebestolle Affäre? »*Deine Liebe sie schwand, / wie die Spuren im Sand, / was ist mir nur geblieben? / Nur die Sehnsucht nach dir.*«

Sollte es sich so oder so ähnlich auch bei Johann zugetragen haben, wäre natürlich auch zu fragen: Mit wem genau war

Johann nach Südwestafrika gereist? Alleine oder mit Marie, der Sopranistin aus der »Fledermaus«, also dem ersten deutschsprachigen Schlagerstar? Oder gar mit dem gesamten Wiener Hof-Orchester? Und was wäre dann gewesen, wenn sich Johann abgesetzt hätte, weil seine Libido – in welchem Takt auch immer; als Walzerkönig vermutlich im Dreiviertel! – den Ton angab? Was hätte unterdessen seine mitgereiste Crew gemacht? Vermutlich hätte die Kapelle erstens nicht Däumchen gedreht, sondern zweitens neue Saiten aufgezogen und drittens geprobt.

Als gut informierter Schlagerfreund weiß ich: Wenn sich ein so großer Klangkörper in Schwingung versetzte, wird die Musik auf unverbauter Steppenfläche vermutlich kilometerweit zu hören gewesen sein. Frage: Leuchtete auch ohne offizielles Konzert der allererste deutschsprachige Schlager-Star, Marie Charlotte Cäcilie Geistinger, am nigelnagelneuen Schlager-Firmament in Afrika? Erstrahlte dort unser Ur-Schlagerstar am Sternenhimmel wie heute unser Sirius Roli?

Obwohl: Wäre es überhaupt denkbar, dass Johann als Österreicher mit von der kaiserlichen Partie hätte sein können? Wie gut informierte Schlagerfreunde wissen, gehörte damals der westliche Teil der Alpenrepublik seit knapp zwei Jahrzehnten nicht mehr zum Deutschen Bund. Dennoch frage ich mich, ob ein Afrika-Trip Johanns möglich gewesen wäre. Ich meine: Hätte sich ein Künstler von derartigem Rang und Namen nicht über die politischen Verhältnisse hinwegsetzen können? Zumindest theoretisch hätte Johann – dann eben vor der Bismarck'schen Ausrufung deutschen Schutzgebiets in Afrika – dem Küstenstreifen von Adolf Lüderitz, einem unehrenhaften Hamburger Kaufmann, eine musikalische Stippvisite abstatten können. Lüderitz hatte bewusst, zu Ungunsten des Stammes Nama, missverständliche Größenangaben in den Kontrakt zum Landerwerb gepinselt: Er hatte »Meilen« geschrieben und somit offen gelassen, ob von der englischen oder der bedeutend größeren deutschen Maßeinheit die Rede war. Sein Vertragspartner, der Stammesführer der Nama, war von Ersterer ausgegangen.

Aber genug von den hinterfotzigen Machenschaften dieses Kolonialisten! Hier fokussiere ich mich auf einen für den deutschen Schlager relevanten Aspekt: 1883 war unser Johann erst 59 Jahre alt und sollte noch 15 Jahre vor sich haben. Für ihn hätte es vermutlich mehr als eine Gelegenheit gegeben, musikmissionarisch in Erscheinung zu treten. Ob er sie nutzte, ist mir nicht bekannt.

Jetzt aber zurück in die Gegenwart! Mit Bestimmtheit lässt sich sagen, dass Johanns musizierender Nachlassverwalter, Walzerkönig André Rieu mit seiner Kompanie von rund einhundert Kämpen – Musikern, Technikern, Fahrern und so weiter –, 2010 der Wiege der Menschheit seine Aufwartung machte: Johannesburg und Kapstadt! Auf die Frage von kapstadt.org, ob es bei seinen Konzerten auch afrikanische Musik-Elemente geben würde, hatte André geantwortet: »Ich bringe natürlich mein eigenes Programm mit, werde aber, wie in all meinen internationalen Konzerten auch, Couleur locale dabeihaben, Lieder aus dem jeweiligen Land, die jeder kennt.« Sehr gut, dachte ich nach der Lektüre.

Wie ich als gut informierter Schlagerfreund weiß, liegt einerseits Kapstadt nicht in Namibia, und andererseits war André, der Holländer, aus dem Norden angereist. In Namibia hätte er also durchaus einen Zwischenstopp einlegen können: Die Luftlinie beträgt nur rund 1.300 Kilometer, die hätte er mit dem Flieger in rund 2 Stunden bewältigt. Aber war dem so? – Auch das weiß ich nicht.

Anzunehmen ist jedoch – wenn André schon mal in Afrika aufschlägt –, dass auch bei der Bevölkerung in Namibia wenigstens ein Hauch Schlagergeruch … oops, sorry, Schlagergefühl muss es heißen. Also, dass André einen wohltemperierten Eindruck hinterlassen hätte haben können – und das nicht nur wie Howi mit »Spuren am Strand« oder »im Sand«; das wäre meines Erachtens den sprichwörtlichen Perlen gleichgekommen, denn an jedweder Küste kommt das nächste Hochwasser bestimmt!

Oh weh, sehe gerade: Jetzt waren es schon wieder so viele Zahlen! Ich werde ab jetzt darauf achten, deren Gebrauch aufs Notwendigste zu beschränken und sie nötigenfalls über kontextuale Metaphern oder Gleichnisse zu vermitteln. Beispielsweise hätte ich meinen 16. Geburtstag statt mit einer Ziffernfolge auch in Form eines Zeitbezugs zum Ausdruck bringen können: ZDF, Hitparade, Folge 184 … oops, Mist, schon wieder eine Zahl – suboptimales Beispiel! Nehmen wir es trotzdem, es geht mir ja nur ums Prinzip. Dass da eben schon wieder eine Zahl auftaucht, ist auch gar nicht meine Schuld, sondern liegt an einem historisch verbürgten Spleen von Dieter Thomas Heck: Als Moderator der Hitparade hatte er zur Begrüßung der Schlager-Gemeinde Ausgabe für Ausgabe die laufende Nummer der Sendungsfolge angesagt – in einem Tonfall, als hätten diese Zahlen die Relevanz derer vom Lotto.

Und? Haben Sie meinen Geburtstag anhand der Hitparade-Folgennummer nachvollziehen können? Nicht? – Ja gut, derartige Schlager-Nüsse knacken zu können, ist ausschließlich gut informierten Schlagerfreunden vorbehalten. Und wenn Sie es erkannt hätten, dann hätten Sie wohl nicht nur zu sagen gewusst, wann die Folge 184 übern Bildschirm flimmerte, sondern auch, welcher Startplatz 1 im Halbplayback über die Bühne des Studio 1 der Berliner Union Film gefegt war: Denise mit »Genug ist genug!«

Ich bemerke eben, dass ich schon wieder etwas zu berichten vergessen habe – also noch mal zurück zu Namibia: An der Flächendifferenz zwischen Namibia und dem Deutschen Kaiserreich hat sich seit der deutschen Wiedervereinigung nichts wesentlich geändert: Namibia steckt die Bundesrepublik mit ihren schlappen 715,184 km² locker in den Sack – folglich wäre es schon interessant, zu wissen, in welcher Quantität aktuell der deutschsprachige Schlager in Namibia als liebgewonnenes Brauchtum gepflegt wird; jetzt mal ganz unabhängig von André Strauss … oops, Blödsinn – Rieu heißt der Stehgeiger!

Auch diesbezügliche Erkenntnisse könnten mit in die Waagschale der Weltkulturerbe-Kommission geworfen werden. Wenig zitierfähig scheint mir in diesem Kontext allerdings Wikipedia zu sein – dort wird behauptet: »Deutschsprachige Musik spielt vor allem aufgrund des kleinen Heimatmarktes in Namibia eine untergeordnete Rolle.« Die besagte Online-Enzyklopädie meint weiterhin, ein eigenes deutschsprachiges Musikgenre habe sich in Namibia nicht entwickelt. Tatsächlich? – Na, ich weiß ja nicht: Auf Wikipedia kann im Strom der Schwarmintelligenz ja jeder Hobby-Statistiker mitschwimmen! Soll heißen, hier wäre Allensbach mal wieder gefragt (oder GfK oder Infas oder infratest dimap

… Nicht dass mir hier vorgeworfen wird, ich mache mittels Wiederholung des Firmennamens Allensbach Schleichwerbung für Allensbach, denn Allensbach ist ja nur eine von vielen Firmen im Marktsegment der Sozialforschung, zumal Allensbach präzise IfD-*Institut* für Demoskopie *Allensbach* heißt).

Noch mal zur UNESCO-Kommission: Seit 2020 steht auch die traditionelle Musik der Nama auf der sogenannten Repräsentativen Liste. Erst Marley, dann Nama – gut und schön, aber richtig ist auch, dass sich mangels seriöser statistischer Erhebung nicht sagen lässt, wie es 2024 in Afrika tatsächlich, also aufgrund aktuell valider Datenlage, um den deutschsprachigen Schlager steht.

Tröstlich mag von daher sein, dass wir nach aktuellem Kenntnisstand unterm statistischen Strich in Deutschland von 31,56 Millionen Schlagerfans ausgehen können – auch wenn diesen Schlagerfreunden 37,86 Millionen Schlagerfremdelnde und -totalverweigernde gegenüberstehen. Das ist aber kein Grund zum Trübsal-Blasen, denn wenn wir mal eben die Statistiken der Vorjahre betrachten, lässt sich erkennen, dass sich aktuell eine sagenhafte Beliebtheit des Schlagers übers Land legt wie ein sommerliches Hochdruckgebiet: Lokalsender, auch die öffentlich-rechtlichen, zollten mit Open-Air-Schlagerboom und Konzertübertragungen dem Schlager den Respekt, den er mehr als verdient hat. Es liefen Schlagersendungen – unterschiedliche, versteht sich! – sogar parallel, also genau zur selben Zeit. Ach, schön! Beim Durchzappen der Sender hätte man den Eindruck gewinnen können, dass das nationale Label »Land der Dichter und Denker« inhaltlich neu verortet wurde zum »Land der Fischer und Kaiser«. Was für eine beeindruckende Demonstration, warum es so wichtig und richtig ist, Gebühren für die Öffentlich-Rechtlichen zu zahlen!

Als größte Konkurrenz des Schlagers nahm sich statista.com zufolge der deutsche Fußball aus: Laut einer bestimmten Markt- und Werbeträgeranalyse (nein, der Name Allensbach wird jetzt nicht wiederholt!) gab es im Jahr 2023 in Deutschland hochgerechnet rund 46,28 Millionen Fußballfans. Das ist Wahnsinn! Hölle, Hölle, Hölle, wie unser Wolfgang, der Petri, sagen würde. Aber Hand aufs Herz: Wenn es analog zur Sportschau auch eine sportive Schlagerschau gäbe, wäre vermutlich auch die mediale Vormachtstellung des Fußballs zu knacken. Auch Jux-Fußballspiele mit 22 echten Schlagerstars könnten den Fun-Faktor erhöhen: Ein Wildecker Herzbube – der größere, breitere, also Wolfgang, unser Schwalm – käme ins Tor natürlich, denn der Ball ist rund und muss ins Eckige … haha! Na, das würde eine Gaudi … hahaha! … bei einem Torhüter dieses Ausmaßes! Gäbe es von der anderen Seite Stürmer-Alarm, hätten Wolfgangs Verteidiger nur eine Statistenrolle und könnten sich derweil darauf konzentrieren, die Angreifer mit Ausdruckstanz aus dem Konzept zu bringen. Das wären doch herrliche Aussichten, finde ich.

So auch, wenn es im bekannten News-Format endlich mal Schlagerthemen gäbe: Relevante Ereignisse kämen in die breitere Öffentlichkeit, also raus aus den Schmuddelecken des Internets und hinein ins seriöse Umfeld gediegenen TV-Infotainments. Das wäre eine mediale Schlager-Innovation, wenn zusätzlich zu den bisher nur statisch aufbereiteten Facts wie denen von schlagerplanet.com nunmehr auch Bewegtbilder zu knallharten News hinzukämen, wie die über Anthony Ross: 18 Kilo runter! Gewichtsverlust-Enthüllung: Schlagerstar verrät sein Abnehmgeheimnis. Oder: Wer singt für Deutschland? – ESC-Vorentscheid: Die Kandidaten stehen fest! Auch eine Schlagersängerin ist dabei: Marie Reim.

Auch Ereignisse, die uns Schlager-Gemüter erregen, hätten im investigativen Journalismus ihren Platz: Fans richten Beschwerden direkt an die ARD wegen der Regie bei den Schlagerchampions – und das nicht ohne Grund! Der skandalträchtige Vorgang, so schlagerplanet.com, war: Während der vielfältigen Auftritte, wie beispielsweise Andrea Bergs viel diskutiertem Hit-Medley mit Live-Gesang, wandte die Kamera sich wiederholt dem Publikum zu – möglicherweise, um die lebhafte Stimmung vor Ort authentisch einzufangen. Doch für das Millionenpublikum vor den TV-Bildschirmen bedeutete dies gleichzeitig, dass das Geschehen auf der Bühne oft im Verborgenen blieb, was zu Unmut führte: Der Unmut äußerte sich in zahlreichen Kommentaren auf der Website daserste.de, insbesondere unter einer Video-Vorschau zu »Schlagerchampions – Das große Fest der Besten«. Ein Nutzer äußerte bereits um 20:47 Uhr seine Beschwerde: »Warum werden die Zuschauer gezeigt und nicht die Künstler?« – Eine gute Frage! Das Gerücht unter uns Schlagerfreunden, dass ob dieses Eklats zumindest die Programmdirektion ihren Chefsessel hatte räumen müssen, ließ sich später allerdings nicht bestätigen.

Aber auch die Omnipräsenz des TV-Krimis könnte der deutsche Schlager für sich nutzbar machen, indem er sich dort mehr einbringt. Ich will ja nicht gleich von originären Schlager-Krimis träumen – sagen wir mal von einer vorabendlichen Cosy-Crime-Reihe wie »Hochseilermittlung – Der Fischer-Krimi« oder »Sex & Crime – Der Kaiser-Krimi« oder so ähnlich. Das wäre allerdings gar nicht so weit hergeholt, wie Schlagerfremdelnde vielleicht denken könnten: Die beiden genannten, aber auch andere Stars kämen endlich heraus aus ihrer performativen Unterforderung bei Tatort-Gastauftritten. Erinnern wir uns bitte: Unser Roli verkörperte 2013 souverän den Schlagersänger Ronald König in »Summ Summ Summ«, 2016 trumpfte unsere Helene als ambivalente Clan-Lady namens Leyla Rudienka in »Der große Schmerz« auf, und zwischen diesen beiden aktuellen Big-Shots gab 2014 unser Frankie, der Zander, den Zuhälter Bruno Vogler. Der Vollständigkeit halber sei angemerkt, dass dieses mordsfidele Mitwirken unserer Stars Tradition hat: Den Start machte 1971 unsere Gitte, die Henning, 1974 dicht gefolgt von unserm Panik-Udo, dem Lindenberg, und dann – nachdem 1977 noch Vico Torriani mitgemischt hatte – brachten 1987 Die Toten Hosen, als klangvolles Sondereinsatzkommando sozusagen, frischen Wind in den Krimi, was offenbar so erquickend war, dass sich die Band 1994 ein weiteres Mal bei Mord, Totschlag & Co involvieren ließ. Zwei Mal! Respekt! – Das schaffte sonst nur unser Hugo Egon, der Balder, in den Jahren 1992 und 2009. Und zwischendurch waren noch mindestens 7 weitere Stars im Umfeld der Ermittelnden präsent – wohlklingende Namen wie Nina Hagen (1997), Rio Reiser (1995) und zum Millennium unser aller Karl, der Moik. Aber seit Hugo Egon blieb für unsere Stars das Licht aus, was insofern schade war als des Schlagers mediales Abschöpfungspotenzial damit versiegte. Nicht wirklich nachvollziehbar, finde ich – denn immerhin hatte der Schlager den Krimi in Deutschland groß gemacht. – Erinnern wir uns bitte: »*Ohne Krimi geht die Mimi nie ins Bett!*« Unser Bill, der Ramsey, reagierte 1962 damit auf die Suspense im Flimmerkasten; damals natürlich (liebe Kinder, wieder aufgepasst!) noch in Schwarz-Weiß. Ein bekanntes deutsches Nachrichtenmagazin spiegelte das Ereignis folgendermaßen: »Am 3. Januar 1962 schnürte sich auch Millionen Deutschen der Hals zu – vor Spannung. Wer war der Mörder, der ein Halstuch für seine Taten benutzte? Das fragte sich in jenen Tagen buchstäblich jeder – denn ›Das Halstuch‹ sollte in den kommenden zwei Wochen im Schnitt fast 90 Prozent Einschaltquote erreichen. Nie zuvor und nie danach gelang das einer Produktion in Deutschland.« Bill verbreitete seine Begeisterung darüber singend und gab so dem Krimi, wie man heute sagt, einen ordentlichen Booster: »*Ohne Krimi geht die Mimi nie ins Bett, nie ins Bett, nie ins Bett. Ohne Krimi tut's die Mimi leider nicht. / Und es brennt die ganze Nacht das Licht.* « So war das! – Ich denke, es wäre wieder an der Zeit, die friedliche Kooperation zwischen Schlager und Krimi wieder aufleben zu lassen. Wie gesagt: 2009 war der letzte Musiker beim Tatort zu Gast. Ja, unser Hugo Egon war Musiker! Schlagzeuger bei der Krautrockband Birth Control. Gut informierte Schlagerfreunde wissen aber auch: Hugo Egon brillierte auch als TV-Moderator. Mit der quietschvergnügten Striptease-Show »Tutti Frutti« zeigte er sich als eines der rar gesäten Multitalente guter deutscher Fernsehunterhaltung.

Ich finde, nun wären die Fernsehleute mal wieder am Zug. Genügend Schlagersängerinnen und -sänger stünden zur Auswahl, und so könnte der deutschsprachige Schlager am

Krimi-Hype partizipieren, was als interdisziplinäre Kulturarbeit wiederum ebenfalls positiv einschlagen könnte im weltkulturerblichen Bewerbungs-Kontor.

Hochverehrte Programmleiter von ARD und ZDF, liebe Werbeleiter der Privaten, bitte übernehmen Sie! Solidarisieren Sie sich mit dem kulturerhaltenden Ansinnen des *Schlager ist geil! e. V.*; treten Sie, wie es heutzutage so heißt, proaktiv für die Wiederbelebung der alten Songs-and-Crime-Connection ein – der guten Sache wegen! Bedenken wir bitte einmal: Der Popularitäts-Peak des Schlagers schien 2023 erreicht – mehr noch (liebe Kinder, Trigger-Warnung!): Der statistische Fels der Noch-gerne-Fans begann, zu bröckeln. Heißt es nicht zurecht, dass man aus der Vergangenheit lernen sollte, um die Gegenwart zu begreifen und die Zukunft zu gestalten? – Jawoll! Wir sollten der Geschichte ins Auge sehen: Anfang 1980 wurde der Schlager vom Phänomen NDW (liebe Kinder, das steht für Neue Deutsche Welle!) überrollt und versank nahezu in der Bedeutungslosigkeit. Wir müssen neidvoll – oops, ich verkaufe ein »voll« und kaufe ein »los«: »neidlos« muss es heißen! Also, es ist anzuerkennen, dass bei der NDW hörbar mehr Wumms hinter saß und die Lyrics ganz andere Perspektiven offerierten als die gewohnten Romanzen. Die Nase vorn hatten Rock-'n'-Roll-Bands wie Spider Murphy Gang mit Liedern wie »Skandal im Sperrbezirk«.

Könnte sich der Niedergang des Schlagers wiederholen? Steht ein Abschmieren bevor? – Jetzt mal ganz unabhängig von der biologischen Überalterung unserer Mega-Stars: Es lässt sich kaum überhören, dass der Schlager aus der einstigen Verdrängung gelernt hat, sich auf Trends schneller einzustellen: Pop- und Rockelemente hat man mittlerweile auf'm

Schirm und zeigt sich vom Sound und den Arrangements her durchaus flexibel, um nicht zu sagen mit der Zeit gehend (wie im Übrigen ein jedes gutes Kunsthandwerk). Nun aber meine bange Frage: Würde das denn genügen, wenn es wirklich Spitz auf Knopf stünde? Hat der deutsche Schlager in Belangen der Innovationskraft eher Potenzial oder Defizit? Sind vielleicht die Texte die eigentlichen Schwachstellen? Ist diese – wie Spötter sagen: auffallend humorfreie – Zone von Herz und Schmerz das, was die Leute irgendwann wieder sotthaben werden? Wie ich als Wirtschaftsinformatiker weiß, folgt gemäß dem Lebenszyklus von Gebrauchsmusik allgemein – und dem des Schlagers im Besonderen – nach einem vitalen Höhepunkt der Abfall … oops, sorry, ich verkaufe A und b; kaufe V, e und r: Verfall muss es heißen! Also, es käme dann des Schlagers Siechtum.

In dem Moment, wo ich dies schreibe, drängt sich mir folgende Frage auf: Kam 2018 das Einstellen des von der GEMA-Stiftung ausgelobten Willy-Dehmel-Preises für Liedtexter, Textdichter genannt, einem Einläuten des Schlager-Abgesangs gleich? Oder war einfach nur die Stiftungsschatulle leer? Das Preisgeld betrug immerhin 10.000 Mäuse und bewegte sich damit, nebenbei bemerkt, zufällig im Bereich der von mir zur Rettung des Schlagers verursachten Kosten. Die Existenz dieses Preises wäre wunderbares Futter fürs Bewerbungs-Dossier gewesen.

Der Namenspatron des Preises, also Willy, hatte Liedtexte für Filme wie den Knaller »Das Wirtshaus im Spessart« mit Liselotte Pulver beigesteuert, aber auch Lyrics für Marika, die Rökk, ersonnen: »*In der Nacht ist der Mensch nicht gern alleine, / denn die Liebe im hellen Mondenscheine / ist das*

Schönste. Sie wissen, was ich meine. / Einesteils und andererseits und außerdem. / Denn der Mensch braucht ein kleines bisschen Liebe, / grade sie ist im großen Weltgetriebe / für das Herz wohl der schönste aller Triebe. / Einesteils und andererseits und außerdem.«

Marika war bekanntlich einst die deutsche Antwort auf Hollywood-Diven – aber Vorsicht! Frage: Taugt Marika als historischer Schlager-Beleg etwa fürs UNESCO-Dossier? Ich sehe mich etwas verunsichert, weil sich Marika, wie ich als gut informierter Schlagerfreund weiß, an Adolf rangeschmissen hatte. Nach einer Mucke beim Diktator schrieb Marika Selbigem: »Wenn ich Sie, mein Führer, für ein paar Augenblicke erheitern und von Ihrer verantwortungsvollen Arbeit ein wenig ablenken konnte, so bin ich darüber unendlich stolz und glücklich.« Eijeijei!

Gilbert, der PR-Fritze aus'm Verein, würde sicher dazu raten, im Dossier besser kein Marika-Porträt zu platzieren, denn das könnte der UNESCO-Chefin Audrey sauer aufstoßen. Gilbert hielte es wohl für ausreichend, wenn Marika diskret, also im Rahmen des historischen Zeitstrahls, als Fußnote geführt würde. Gilbert würde zudem auch meinen, dass sich in Anbetracht von Marikas Distanzlosigkeit zum Faschisten auch nicht gut vermitteln ließe, wieso die ARD 2004 für Marika zum Neunzigsten eine eigene Revue geplant hatte. Der Sender hatte aber sozusagen programmatisches Glück im menschlichen Unglück insofern, als Marika mitten in den Vorbereitungen zur Sendung verstarb.

Blicken wir nun aber weiterhin betont positiv nach vorne: Der Verfall von Kulturgütern allgemein und vom Schlager im Besonderen kann, packt man es visionär an, verlangsamt oder gar gestoppt werden. Das Zauberwort dazu – wie ich jetzt zwar nicht als Schlagerfreund, jedoch als Wirtschaftsinformatiker weiß – heißt »Diversifikation«! – Schauen wir mal eben zum eingangs genannten Weltkulturerbe Jamaikas: Bob, der Marley, verstarb zwar Anfang 1981, aber seine Musik ist auch heute noch nicht nur in den Herzen von Millionen Reggae-Fans präsent, sondern sein Wirken dank proaktiver Erinnerungskultur auch in Jamaika gegenwärtig: Bob-Marley-Museum! Ich denke, als potenzielles Weltkulturerbe sollte der Schlager ruhig mal über den eigenen Tellerrand schauen und sich hiervon zum Aufbau eines eigenen Schlager-Museums inspirieren lassen. Einfach mal hingehen! Bobs Museum wäre mit dem Auto in nur knapp zwei Stunden erreichbar – also, von Kingston aus –, und lediglich die Flüge von Berlin über Amsterdam und Atlanta in die Hauptstadt Jamaikas kämen zeitlich noch obendrauf. Für mich hatte sich der Trip im Auftrag des *Schlager ist geil! e. V.* leider nicht mehr realisieren lassen, da mein Vereins-Terminkalender eng gestrickt und die Vereins-Kasse schon ziemlich klamm war.

Schlager-Museum? In Deutschland? – Ja, das wäre was! Als Vorläufer könnte durchaus die 2008 von Schlagerforscher Ingo Grabowski im Bonner Haus der Geschichte kuratierte Schlager-Ausstellung gelten: »Melodien für Millionen: Das Jahrhundert des Schlagers«. Zu bestaunen waren 1.500 Exponate – darunter der gläserne Flügel unseres Udo, des Jürgens, die Gitarre Caterina Valentes und nicht zuletzt das Bühnenkostüm von Zara Leander. Auch Plattencover, Fotos, Plakate und vieles mehr zeugten von über 120 Jahren Schlagergeschichte. Großer Zuspruch! Nachzulesen in der Frankfurter Rundschau, die mit Bezugnahme auf eine dpa-Meldung, welche sich wiederum auf die BILD bezog, verkündete, nach der Bonner Ausstellung 2013 sei beim Kurator die Idee gereift, in der Dortmunder Brückstraße ein Schlagermuseum zu eröffnen. Das Museum, wolle laut Grabowsky Exponate wie DJ Ötzis Mütze oder Foto- und Noten-Unikate sowie viel Interaktives und Filmisches zeigen.

Ich habe inzwischen im Netz nachgeguckt, wie zwischenzeitlich der Stand der Dinge ist. Ohne spoilern zu wollen: So richtig weitergekommen ist Ingo noch nicht. Aber immerhin hat es sein Schlagermuseum ins amtliche Dortmunder Gremieninformationssystem geschafft, im Kontext Entwicklung des Brückstraßenviertels. Der Ausschuss für Umwelt, Stadtgestaltung und Wohnen verlautbarte: Ob sich ein deutsches Schlagermuseum im Brückviertel ohne ein finanzielles Engagement der Stadt realisieren ließe, befände sich als Projekt derzeit in der Prüfung. Interessant! Aber wer warum wie bis wann genau was prüft, blieb des Ausschusses Geheimnis, denn weitere Hinweise auf das Museum waren dem System nicht zu entlocken. Frage: Versandet oder gestrandet? »*Wie Flaschenpost*? « So beklagt die norddeutsche Musikgruppe Santiano, zufällig zum Vorgang passend, in ihrem Lied »Wir sind gestrandet«: »*Ins Meer geworfen.* « Nach der Ausschusssitzung? »*Der Wind kommt von Ost.* « An diesem Tag? »*Wir sind abgetrieben.* « In dieser Stunde? »*Wo ist das Licht?* « In dieser Sekunde? Aber genug der düsteren Vision! Es geht auch anders, wie dieselbe Band in dem seemännischen Lied »Wir werden niemals untergehen« stolz und kampfeswillig proklamiert: »*Im Herzen die Liebste, den Kompass im Blick. / Und Gott weiß, wir kehren zurück …*« Richtig so!

Ingo kletterte 2020 als Dr. Schlager auf die Bühne; seinen

musikalisch-literarischen Abend kündigte eine Ticket-Plattform öffentlichkeitswirksam an: »Amüsante und keineswegs übertrieben nachdenkliche Texte zeigen die Entwicklung des Schlagergedankens in den vergangenen fünf Jahrzehnten.« Im Weiteren führte man aus, dieser Unterhaltungsabend sei der Idee zugeeignet, dem Deutschen Schlagermuseum in Dortmund eine Heimstatt zu schaffen. Chapeau! Gut Ding will nun mal Weile haben. Von daher: Von ganzem Herzen, lieber Ingo, wünsche ich dir weiterhin viel, viel Ausdauer!

6.
Pirouette

Ach herrje, beinahe hätte ich's vergessen – die Geschichte mit Marlene! Diese Episode ist aber so was von wichtig, weil Marlene ja mitkommen wollte nach Dresden, zu Rolis Mania – genauer gesagt: zum Interview mit ihm. Also Marlene!

Es war so gewesen: Im Sinne der UNESCO war der Schlager mit Leben zu erfüllen, was auch wesentlicher Vereinszweck des *Schlager ist geil! e. V.* war: Gemeinschaft, Gemeinsinn, Glücksgefühl; Schlagerpartys ein-, zweimal im Monat! Und einmal im Jahr »Die Große Schlagerparty«, dann mit Retro-Motto: Wer an der großen feucht-fröhlichen Zusammenkunft im Glanze eines Brillantfeuerwerks mit guter Laune teilnehmen wollte, ging zuvorderst in eine Retro-Boutique oder klopfte bei einem Kostümverleiher an. Beim ersten großen Vereins-Event vor gut zehn Jahren hatten wir beispielsweise die Schlager-Mode der Fünfziger auf'm Schirm – das heißt: Die Herren gockelten im gediegenen Gentlemen-Style – also im feinen Dreiteiler mit Lederschnürschuhen, Hut und Zigarre – durch die Party-Zone. Wegen des Zigarrenqualms sprang alle fünf oder zehn Minuten der Rauchmelder an, so dass wir ihn kurzerhand abschraubten. Die Damen mischten in engen Korsagen und farbenfrohen Petticoats mit. Bei der darauffolgenden Jahresparty blickten wir auf die Sechziger zurück – eine Augenweide! Auch die Ladys ab 50 plus zwängten sich in Miniröcke, Papierkleider, Batikfummel und steckten die Frisuren hoch wie einst Brigitte Bardot, indes wir Kerle Hippies gaben und uns mehr oder minder dazu passend Pilzkopf-Perücken der Beatles aufsetzten. Ach ja, so ein Retro-Abend war immer eine ganz heitere Angelegenheit!

Für mich war die letzte Große Schlagerparty 2023. Ich verkleidete mich als Flori, trug ein weißes Jackett und schwarze Hosen. Ein paar Schlagerfreunde, die sich in das rosa Geglitzer eines Ross Anthony zwängten, meinten wohl, ich sähe aus wie ein Kellner vom Traumschiff – jedenfalls riefen sie mir »Steward, noch 'n Feigling, bitte!« hinterher. Die Damen hatten zeitgeistgemäß viel Haut zu bieten: mindestens bauchfrei! Und Marlene war ein echter Hingucker – was sie angezogen hatte, stand ihr prächtig: betont wenig verhüllt, und das dann hauteng … Lederfummel, Strapse bis zu den Ohren und Stöckel so hoch wie der Fernsehturm. Gut, das ist jetzt etwas übertrieben gesagt, aber ich hatte mir gedacht: Wer kann, der kann – also von der eigenen Figur her –, und wer nicht kann, macht's trotzdem. Wir Schlagerfreunde sind eben eine total tolerante Gemeinschaft: Knochig dünn zu sein oder unübersehbar aus dem Leim gegangen, musste kein Hinderungsgrund sein, sich im Outfit eines Sexbömbchens zu präsentieren. Das galt auch für uns Kerle, versteht sich: Selbst wenn ein Bierbäuchlein das unterm Jackett getragene T-Shirt zu Zerbersten spannte wie ein Segeltuch bei hartem West- oder Ostwind, war alles in bester Ordnung: bumsfideler Spaß stand an erster Stelle. Die komische alte Tante oder den noch komischeren alten Onkel zu geben, ging auf unseren Partys immer klar. Selbstironie war bei den einen und anderen Schlagerfreunden eine Frage von Haltung dem Mut, sich selbst nicht allzu ernst zu nehmen. Humor ist ja bekanntlich, wenn es so richtig kracht (oder so ähnlich).

Aber zurück zu Marlene! Weit vor dem Fiasko mit der kalbsledernen UNESCO-Bewerbung und auch lange vor dem Fehlschlag, in Dresden Roli interviewen zu wollen, traf sich wie jedes Wochenende im vereinseigenen Partykeller eine heitere Runde (ohne Kostümzwang). Ein paar Schlagerfreunde saßen schon vorzeitig an einem der Tische abseits des Tresens und hatten die Köpfe zusammengesteckt. Just in dem Moment, als ich den Raum betrat, begann die Gruppe, sich demonstrativ laut zu unterhalten – über mich!

»Stellt euch vor«, sagte ein Schlagerfreund, »Thommi will Roli in unser Vereinsblättchen bringen: Konzertbericht, Backstage-Story, Interview! Aber mal ehrlich: Muss er sich dazu auf Vereinskosten zwei Wochen in Dresden aufhalten? Würde eine Videoschalte nicht genügen? Roli bringt doch bei seinen Mania-Konzerten immer dasselbe Programm.«

Ich setzte mich dazu und ließ sogleich die Spaßbremse ’raushängen. Muss auch mal sein, dachte ich, denn Spaß und Ernst liegen nun mal dicht beieinander und mein Anliegen war ein verdammt ernstes. »Irrtum!«, klärte ich die Runde auf. »Roli singt nicht nur, sondern er spricht auch.« Ich erntete irritierte Blicke. »Zum Publikum, meine ich: Zumindest das ist nicht immer gleich!«

»Ja, ja, und im Schlaf schnarcht er«, haute Marlene launig heraus – und als wäre er ein Beleg für ihre Behauptung, wies sie mit ausgestrecktem Zeigefinger zur Theke, wo ihr Göttergatte Eike stand, den alle außer ihr Eiki riefen; sie nannte ihn immer und überall Schatzi. – Ach, da fällt mir, zufällig passend, ein: »Alle wissen, dass ich dein Schatzi bin!«, titelte kürzlich eine Wochenzeitung. Der Autor, vielleicht einer dieser notorischen Kulturpessimisten, machte sich über sprachliche Verniedlichungsformen allgemein und über Kosenamen im Besonderen lustig. Er ätzte was von »sprachlichem Kontrollverlust«, der sich von »einem enthemmten Drang« nähre, »Inneres nach außen kehren zu müssen«. – Ach nö! Hätte ich Ingo schon gekannt, den Hinrichsen, hätte ich mich daran erinnert, was er mir steckte – nämlich, dass ein Problem nur dann existiere, wenn entweder Betroffene mit ihrem eigenen Verhalten oder aber ihr Umfeld damit ein Problem hätten. Will sagen: Selbst wenn »Schatzi« als kindisch verniedlichende Ausdrucksweise wie »Mutti« und »Papi« einzuordnen wäre, wäre das auch aus psychologischer Sicht gar kein Aufreger: Kindisches Verhalten ist gesellschaftlich akzeptiert – ganz egal, wie alt die sich kindisch verhaltenden Personen sind. Und im Gegensatz zu dem zitierten Frotzel-Hansel denke ich, dass sehr wohl alle wissen dürfen, wer wessen Schatzi ist. Die Annahme, dass Kosenamen nur im häuslichen Bereich als Codes der Vertrautheit in Gebrauch sind, stammt aus längst vergessenen Zeiten der Prüderie.

Der besagte Autor bekam sich aber gar nicht mehr ein! Er verstieg sich gar in die These, dass es »nur eine Frage der Zeit« sei, bis »selbst intimste Ansprachen zwischen Mann und Frau in aller Gehörgänge Einzug halten«. Es fehle bloß noch, dass sich andere Gäste der Gastronomie als unfreiwillige Zeugen dieses die Umgebung ausblendenden privaten Rituals genötigt sähen, vorbeugend den Biertisch freizuräumen, damit sich niemand bei einer zu erwartenden Kopulation an zu Bruch gehenden Bierkrügen verletze. Ach nö, dachte ich wieder, immer diese Übertreibungen! Öffentliches Knutschen geht doch zumindest in unserm Kulturkreis nicht erst seit gestern in Ordnung, und auch ich habe nichts dagegen einzuwenden – solange sich dabei nicht Dritte ungefragt involviert sehen und sich fragen müssen, was die Zunge einer Person, die vom Beziehungsgrad her nur als fernere Bekanntschaft anzusehen ist, im eigenen Mund zu suchen hat.

Meine Güte! – Immer dieser Ruf nach Etikette. Gut informierte Schlagerfreunde, die zugleich aufgeklärte Zeitgenossen sind, halten es jedenfalls mit Knutschen … »Ich kann nichts dafür« von Linda Hesse: »*Ich wollte doch nur kurz reden mit dir / Doch du sagtest gleich, komm gehen wir zu mir / Ich wollt dir nen Vogel zeigen, doch da knutschten wir schon vor deiner Tür.*« Etwas anders formulierte das Hermann, ebenfalls Hesse, in seinem Gedicht Liebe: »*Wieder will mein froher Mund begegnen / Deinen Lippen, die mich küssend segnen …*«

Nun ja, etwas geschraubter formuliert, aber so ist das nun mal: Sprache und das Gefühl zu ihr verändern sich im Lauf der Zeit. Linda noch mal: »*Ich wollte doch nichts mehr wissen von dir. / Ganz sicher mein Herz nicht wieder verlieren. / Auf keinen Fall bei dir bleiben, / doch da knutschten wir schon vor deiner Tür. / Ich kann nichts dafür …*«

Und neben der Sprache verändert sich eben auch immer und immer wieder das übliche Verhalten im öffentlichen Raum. Dennoch spräche im Kontext Begrüßungsritual durchaus etwas gegen Spontan-Kopulation auf'm eingedeckten Biertisch: Im Moment besagter Liebestollerei wäre zumindest unklar, wohin auf die Schnelle mit den Krügen. – Denken wir darüber mal nach!

Jetzt aber zurück zum vereinseigenen Partykeller: »Sachlich bleiben!«, erbat ich in die Runde der Schlagerfreunde. »Bevor Roli musikalisch zur Sache geht, begrüßt er in Hamburg die Hamburger, in München die Münchner und in Dresden die Dresdner und so weiter – schon von daher kann das gar nicht immer dasselbe sein. Ich weiß das!«, schob ich sogleich nach, um einen möglichen allerersten Funken des Widerspruchs gleich ausgetreten zu haben. »Ich habe Roli in Hamburg gehört, auch in München, auch in Dresden ...«

Daraufhin rief Eike, hinterm Tresen stehend und sich Schaum von der Oberlippe wischend, zu uns herüber: »Quelle? – Hier!«

Ich blickte zu ihm hinüber: »Gib Bescheid, wenn du meinst, für uns wäre auch noch was da.« Eike nickte – und zapfte sich nach. »Wo war ich stehengeblieben?«, nuschelte ich vor mich hin.

Das war ein Trick! Ich spekulierte, dass Marlene anspringt – und sie sprang: »Begrüßungen von Roli«, soufflierte sie.

»Richtig, danke! – Aber, genau genommen: Dazu habe ich gar nichts weiter zu sagen.« Marlene lächelte, und Eike, seines Zeichens nicht nur Bierzapf-, sondern auch Beschallungsbeauftragter des Vereins, ließ den neuesten Roli anlaufen; es ertönte sein Duett mit Maiti ... oops, sorry, Maite heißt sie, die Kelly. Eine ganz heiße Nummer, dachte ich, und mit unzweideutiger Geste forderte ich Marlene zu einem Tänzchen auf.

Marlene und ich traten zwei, drei Schritte in den Raum, standen uns gegenüber. Sie schaute mir tiefgründig in die Augen, ich blickte bedeutungsvoll in die ihrigen ... Roli sang: »Warum hast du nicht nein gesagt?« Ich fragte Marlene nonverbal, also mit meinem Blick: »Wie oft schon sind wir uns hier begegnet?« Und Roli: »*Du solltest nicht allein auf 'ne Party geh'n ...*« – Ach Gottchen, da ist guter Rat aber teuer, dachte ich.

An dieser Stelle lege ich Wert auf die Feststellung, dass Eike immer dabei gewesen war auf unseren Partys. Er war jedoch hinterm Tresen immer schwer beschäftigt, so dass ich mich, nicht zuletzt als Vorstandsmitglied, verpflichtet sah, mich um Marlene ein wenig zu kümmern.

Roli warf ein: »*Du solltest nicht so nah bei mir steh'n / Wir wünschten, dass wir beide alleine sind.*«

Korrekt, sinnierte ich.

Es war so gewesen: Auf der vorvorletzten Party hatten es Marlene und ich zu vorgerückter Stunde vorgezogen, uns mal eben zurückzuziehen. Als wir dann im Vereinsbüro standen, flitzte mir spontan ein ehemaliger Tennisprofi durchs Hirn, der eine Besenkammer als Liebeslager auserkoren hatte. Ich dachte, dass es Marlene und ich vergleichsweise luxuriös getroffen hatte, denn um wieder mit Roli zu sprechen: »*Wir brannten so voll Leidenschaft*« – soll heißen: Der Schreibtisch der Ersten Vorsitzenden war für unser Anliegen groß genug und – im Gegensatz zu oben genanntem Biertisch – aufgeräumt.

Aber zurück zur aktuellen Zusammenkunft im Partykeller: Plötzlich stand Eike neben Marlene und mir, und mittlerweile tönte Roli: »Manchmal möchte ich schon mit dir ... « – Eike grinste Marlene breit und süffisant mitten ins Gesicht, und er stimmte mit ein, als Roli unkte: »*Du verlierst den*

Mann, ich verlier den Freund.« Dann sagte Eike: »So, ihr Turteltäubchen, dann klatsch ich mal ab!« – Marlene und ich unterbrachen unser eng aneinandergeschmiegtes Schwofen. Dass wir plötzlich Händchen hielten, fiel mir erst auf, als Eike auf meine rechten, mit Marlenes linken verschränkten Finger starrte. »Habt ihr mit Sekundenkleber gespielt?«, fragte er. »Hahaha!«

»Hahaha!«, erwiderte ich.

»Hahaha!«, erwiderte Marlene.

Ich versuchte, mich von Marlenes Hand zu befreien, aber sie hielt meine Hand fest und fragte mich mit gespielt ernstem Gesichtsausdruck: »Hast du Lösungsmittel dabei?«

»Hahaha!«, prustete Eike erneut, und dann gaben er, Marlene und ich im Partykeller das Trio Infernale. Wie ich als gut informierter Schlagerfreund weiß, hinkt der Vergleich, denn erstens war das besagte Trio keine Gesangsgruppe, sondern zweitens der Titel eines Films mit Romy Schneider, und drittens war es in dem Streifen um zwei Frauen und einen Mann gegangen und nicht um zwei Männer und eine Frau.

Marlene ließ dann doch noch meine Hand los und bot sich Eike, wie von ihm gewünscht, zum Tänzchen an. Er stellte sich vor Marlene, umschlang ihre Hüften und zog sie besitzergreifend an sich heran. Eng umschlungen schaukelte Eike sich und Marlene im wiegenden Rhythmus von Rolis Musik zuerst hoch und sodann in rasanten 360-Grad-Drehungen quer durch den Raum und wieder zurück.

»Autsch!«, entfleuchte Marlene. »Du latschst mir auf die Füße, Schatzi!«

»'Tschuldigung«, sagte Eike und legte, das von Roli vor gegebene Tempo ignorierend, noch ein, zwei Gänge zu. Er beschleunigte seinen Kreiseltanz derart sportiv, dass es ihm schließlich unmöglich wurde, die in Schwung gebrachte Pirouette unter Kontrolle zu halten: Nach der vierten oder fünften Umdrehung trug es ihn aus der Kurve – was auch insofern verständlich war, als er einfach zu viel getankt hatte, um hier den souveränen Eintänzer geben zu können.

Marlene und ich halfen Eike auf die Beine und hakten ihn, ihn in unsere Mitte nehmend, unter. Er schwankte wie ein Boot in brausender See, und wir steuerten ihn erfolgreich in den nächstgelegenen sicheren Hafen: Tresen!

»Alles bestens, danke«, brabbelte Eike. Er hielt sich am Thekenrand fest – ähnlich einem kleinen Fratz am oberen Rand seines Kinderställchens. »Einer geht noch, einer geht noch ’rein …«, stimmte er an.

»Sicher, Schatzi?«, fragte Marlene.

»Schatzi, warum fragst du?«, fragte Eike.

»Weil du eben umgekippt bist.«

»Quatsch, bin nur gestolpert! Mit dem linken Schuh aufn rechten offenen Schnürsenkel getreten.«

»Aber Schatzi!« Marlene strich Eike mit flacher Hand über den Hinterkopf. »du trägst seit Jahren Klettverschluss.« Eike blickte hinab auf seine weißen Sportschuhe. »Ich könnte schwören«, lallte er, »da waren eben noch Schnürsenkel dran!« – Marlene und ich schauten uns fragend an und schienen beide das Gleiche zu denken: Ist Eiki noch ganz sauber? Müssen wir uns Sorgen machen? Benötigt er einen Notarzt? – Aber Gott sei Dank löste Eike die Situation selbst auf, indem er stammelte: »Hahaha … angeschmiert … mit … Klopapier!«

Marlene quittierte das mit sachtem Schlag ihrer flachen

Hand dorthin, wo sie ihn gerade noch gestreichelt hatte. Eikes Kopf wippte nach vorne und wieder zurück. »Heute schon genickt?«, fragte Marlene rhetorisch.

Eike versuchte mit einiger Verspätung, die unlängst erfolgte Attacke mit seiner überm Kopf herumwedelnden Rechten abzuwehren, und er klang einsichtig, als er sagte: »Bin ziemlich besoffen, was?«

»Vielleicht mal 'n Wässerchen, so zwischendurch?«, fragte ich.

»Thommi, nun werde mal nich komisch!«, protestierte Eike.

»Aber 'n Käffchen, Schatzi?«, bot Marlene an.

Eike nickte: »Schatzi, Käffchen geht immer!«

»Mache ich«, sagte Marlene und stöckelte in die Küche, deren Zugang unmittelbar neben dem Tresen lag. Die Kaffeemaschine stand nicht am Tresen, weil Kaffee bei Schlagerpartys, sagen wir mal aus programmatischen Gründen, weniger bis gar nicht benötigt wurde.

Dann zog sich Eike am Rand des Tresens hoch und auf den vor ihm stehenden Barhocker. Er neigte sich etwas zur Seite und ich dachte: Er kippt mir gleich weg! Von daher griff ich ihn stützend am Arm, aber Eike machte eine abwehrende Bewegung. »Finger weg!«, fauchte er, »ich hol nur mein Handy raus.« Geschafft: Er legte das Gerät zwischen uns auf den Tresen.

»Willst du ein Taxi rufen?«, fragte ich. »Machst du schon Feierabend? Soll ich für dich das Zapfen übernehmen?«

»Lass mal gut sein, Thommi – vertrittst mich ja schon: Du spielst mit Marlene Roli und Maike!«

Er klang nun nicht mehr nur angesäuselt, sondern auch

angesäuert. – Oh, oh, oh, dachte ich, hat Eiki etwa Lunte gerochen? Ich versuchte ein Ablenkungsmanöver: »Es gibt Roli-Fans, die fragen sich, ob da was lief zwischen ihm und Maike.«

Wie gut informierte Schlagerfreunde wissen, hatte Maike nach diesen aufgekommenen Mutmaßungen kundgetan, dass sie den Gedanken, sie könnte was mit Roli haben, als verstörend empfinde. Ihr erster und letzter Titel im Duett mit Roli, »Warum hast du nicht nein gesagt?«, hatte Anlass zu wilden Schlager-Spekulationen gegeben: Hatte Roli tatsächlich nicht nein gesagt? Die betont authentisch wirkende Performance von Roli und Maike hatte unter uns Schlagerfans Anlass zu den wildesten Spekulationen gegeben; die kuschelartige Nähe, die Maike und Roli beim Singen zelebrierten, war gut gespielt und hob sich erfrischend ab vom ansonsten meist wenig knisternden Sich-Angrinsen von weiteren Schlager-Duett-Partnern. Bei einigen Fans waren aber die Fantasieknospen aufgesprungen und trugen wenig später bunte Blüten. Dabei hätten sie wissen können, was Roli dem Fachportal liebenswert-magazin.de erzählt hatte – nämlich, dass er zwar vor seiner dritten Ehe mit Silvi »bei anderen Frauen« nichts habe »anbrennen lassen«, diese »rastlosen, wilderen Zeiten« seien »nun aber endgültig vorbei«. Der Silvi, so wird Roli zitiert, sei er »hundertprozentig treu« – denn: »Seit über zwanzig Jahren« fühle er sich dank Silvi »endlich angekommen«. Er müsse nicht mehr »nach anderen Frauen Ausschau halten«, weil »Silvia die Richtige« sei.

In diesem Punkt war mir Roli im Übrigen weit voraus: Ich hatte zwei Ehen geschrottet, für eine dritte sah ich mich noch nicht bereit. Das war so gewesen: Susi, meine erste Frau, ebenfalls ein großer Schlagerfan, sang nach zweieinhalb Jahren Ehe vorm Scheidungsrichter Du kannst nicht treu sein von den Funky Marys: »*Nein, nein, das kannst du nicht. / Wenn auch dein Mund mir wahre Liebe verspricht. / In deinem Herzen hast du für viele Platz. / Darum bist du auch nicht für mich der richt'ge Schatz.*«

Franzi, meine zweite Frau, reagierte schon nach einem Jahr Zweisamkeit eindeutig – also wieder Scheidung, bloß weil ich etwas mit Moni, einer Praktikantin im Statistik-Amt, zu laufen gehabt hatte. Was war für Franzi das Problem? – Klarer Fall: Im Gegensatz zu mir konnte sie mit der Auffassung eines einstigen Präsidenten der USA offenkundig nichts anfangen, was ich im Nachhinein sehr bedauere. Konkret vertrat der Mann die Meinung, Oralverkehr sei nicht zwingend Sex. Erinnern wir uns bitte: Billie-Boy und Blow-Job-Monica waren aufgeflogen. Der Präsi wäre beinahe des Amtes enthoben worden, und der strittige Punkt dabei war, ob er mit »I did not have sexual relations with that woman, Miss Lewinsky« einen Meineid geleistet habe. Nee, hatte er nicht! Denn weit vor dem Bekanntwerden der Affäre hatten Umfragen bereits bewiesen, dass es sehr wohl möglich ist, Oralverkehr individuell nicht als Sex einzuordnen. Infolgedessen wurde Billie-Boy am Ende des Amtsenthebungsverfahrens attestiert, nicht vorsätzlich gelogen zu haben, und dass er von daher die Geschicke seines Landes weiter lenken dürfe.

Nachdem ein Mann von derartigem Rang und Namen mit einer solchen Nummer durchgekommen war, sah ich mich in einer Gesellschaft bester Reputation. Aber das Fass zum Überlaufen gebracht hatte dann Kathi, eine nette Kollegin im Statistik-Amt: Bei der Weihnachtsfeier waren wir uns näher gekommen ... ich hatte sie nach Hause gebracht ... na ja, und dann ... – Sie können sich bestimmt denken, was dann geschah. Zwei, drei Tage später kam unser Techtelmechtel jedenfalls heraus.

Das trug sich folgendermaßen zu: Ich stand gerade unter der Dusche, als mein Handy klingelte, das im Wohnzimmer lag, wo sich auch Franzi aufhielt. Gut gelaunt, wie ich war, rief ich Franzi zu: »Schatz, geh' ruhig 'ran!« – Und das tat sie. Frisch geduscht und geföhnt, in flauschigen Jogginganzug gewandet, schlenderte ich kurz darauf ins Wohnzimmer. Franzi berichtete mir brühwarm, dass an meinem Handy eine Frau dran gewesen sei, die wohl gedacht hatte, ich sei am anderen Ende der Leitung. Und statt abzuwarten, wer sich tatsächlich meldet, habe die Frau ihr, ohne ihren Namen zu nennen, sofort Michelle ins Ohr gehaucht: »*Ich komm nicht runter, komm nicht los, / die Versuchung ist einfach zu groß. / Du heilst mich und du machst mich krank, / bringst mich völlig um den Verstand. / So heiß, so kalt – Fieber, / du gehst und kommst wieder, / und ich bin schon viel zu lange auf Entzug.*« Da habe sie selbst kommentarlos aufgelegt, berichtete Franzi.

Dann sah ich, dass Franzi, während ich unter der Dusche stand, bereits meinen Koffer gepackt hatte. Ach du Scheiße, dachte ich und sagte: »Das kann ich dir erklären, Franzi!« Aber als dann meinerseits nur Stottern und Herumstottern kam, also heiße Luft, sagte Franzi, dass es ihr nun endgültig reiche. 15 oder 20 Minuten später wies sie bei geöffneter Wohnungstür demonstrativ auf meinen Koffer und ließ dann, als Begleitmusik zu meinem Auszug, volle Pulle Nina Hagen anlaufen. Während ich die Schwelle der Wohnungstür überschritt, röhrte mir Nina auf ihre unnachahmliche Art und Weise in den Rücken: »*Spritz Spritz / Das is'n Witz / Schätzchen, wir müssen auseinander geh'n / Tschau Tschau / Du alte Sau.*«

Ich flüchtete ins Hotel und dachte, Franzi kriegt sich schon wieder ein. Aber als ich den Koffer geöffnet hatte, war mir klar, dass Franzi Ernst machen würde: Sie hatte mir benutzte Hemden, Hosen und Socken mit auf Reisen gegeben. Bevor ich zu Marlene zurückkomme – versprochen! –, sei nur mal eben noch festgestellt: Neben meinem wohl etwas übertriebenen und damit sehr zeitintensiven Engagement für den *Schlager ist geil! e. V.* war auch dieses notorische Fremdgehen eines meiner selbst kreierten Liebes- oder besser Beziehungstöter. Mein Therapeut bei Johann, also Ingo, empfahl mir diesbezüglich, mal zu überlegen, ob für mich eine monogame Beziehung überhaupt erstrebenswert sei. Falls nicht, sei das kein Problem – es gebe ja verschiedene Lebensentwürfe und traurige ... oops, nee, also traute Zweisamkeit sei nur eine von mehreren Möglichkeiten. Was allerdings niemals gutgehe, sei, wenn ein Mann einer Frau oder umgekehrt ein Treueversprechen abgibt, aber dennoch keine Affären anbrennen lässt.

Diesen Input musste ich erstmal sacken lassen – wie auch jenen, dass einer Studie zufolge 49 Prozent der Männer und (Ladys, aufgepasst!) 55 Prozent der Frauen in ihrer aktuellen Beziehung zur Seite hüpfen; Letztere im Gegensatz zum Mannsbild in der Regel aber immerhin nur einmalig. Eine Ursache für notorisches Fremdgehen liegt Ingo zufolge darin, als Kind nur mangelnde elterliche Geborgenheit oder latente Zwistigkeiten zwischen den Erwachsenen wahrgenommen zu haben: Daraus könne ein grundlegendes Misstrauen gegenüber emotionalen Bindungen erwachsen und Bindungsunfähigkeit resultieren. Dennoch würden auch notorische Fremdgänger meistens erst mal das gesellschaftlich vorgelebte Partnermodell Monogamie anstreben, denn sich offen dagegen zu entscheiden koste mehr Kraft als sich ein Doppelleben zu konstruieren.

Ingo empfahl mir, mal bei einer auf Seitensprünge spezialisierten Webseite vorbeizuschauen, was ich gerne tat – und ebendort dann las: »Die Ehefrau als stabile Homebase erfüllt die Funktion einer Energietankstelle und Mutter-Ersatz, während die ständigen Außenbeziehungen für den erotischen Kick und genügend Egopolitur sorgen. Das ständige Hin und Her im Spannungsfeld zwischen häuslicher Intimität und aufregenden Außenbeziehungen, dieses Spannungsfeld wird von Menschen mit einem gesunden Nähe-Empfinden als stressig empfunden, bedeutet aber für Bindungsunfähige ein wahres Biotop.«

Aha, elterliche Geborgenheit also! Ja gut, für diesen Part war mein Vater nicht zu gebrauchen, da er sich, wie berichtet, schon vor meiner Geburt aus dem Staub gemacht hatte. Und Mama? Hatte sie den Kopf derart voll gehabt mit ihrem Schlager-Café, dass sie weniger für mich da sein konnte, als ich bisher dachte? Ab und an hatte Mama im Übrigen einen Freund mit nach Hause gebracht, der dann auch bei uns übernachtete. Das waren, so erinnere ich mich, immer ganz sympathische, weil heitere Typen, die erst gar nicht versuchten, einen auf Ersatz-Daddy zu machen. Mama hatte Geschmack, wenn ich das so sagen darf – obschon sie ein-, zweimal auch patzte und Typen anschleppte, die Ähnlichkeit mit dem an deren Thomas, dem Anders, hatten. »Diese Heulsuse!«, würde Gitti aus'm Magendoktor sagen – und solche Typen switchten wiederum, spätestens beim gemeinsamen Frühstück, meine Hyperakusis in Alarmstellung.

Jetzt aber wirklich wieder zu Marlene!

»War wirklich gut performt, wie sich Roli und Maike bei ihren Auftritten dicht auf die Pelle rückten, nicht wahr?«, fragte ich Eike.

»So wie du und Marlene, meinst du?« Eike tippte aufs Handy und startete den Mediaplayer: »Das hier ist nicht im Partykeller!«, sagte er. Ich blickte aufs Display und schon nach dem ersten Bruchteil der Filmsekunde dachte ich: Ach du Scheiße! Jemand hatte offenbar durch die Spaltbreit geöffnete Bürotür hindurchgefilmt. Wer da sexuell zugange war, erkannte man wegen des bemerkenswerten Bildausschnitts nicht – es war nur ein wackelndes wie auch verwackeltes Hinterteil zu sehen. Details? – Gleich mehr!

»Wo hast du das her?«, fragte ich.

»Blumenladen«, sagte Eike flapsig. Dann sprang er aus dem sinnbildlichen Hemd: »Es ist doch schnurzpiepegal, woher das Material stammt, Thommi! Wesentlich ist doch, was darauf zu sehen ist! Der Clip wurde mir vertraulich zugespielt – genügt die Info?!«

»Eiki, geschmeidig bleiben«, bat ich. »Wie kommst du denn darauf, dass das Marlene ist? Und dass das was mit mir zu tun hat?«

»Bist du blind oder was?! Da liegt doch jemand unter ihr – auf'm Schreibtisch ... mit über den Tischrand herunterbaumelnden Beinen, während Madame auf ihm hockt und der Sonne entgegenreitet!«

»Ja, gut – jetzt, wo du's sagst …«, druckste ich herum. Ich ließ das Gesagte sacken, blieb dann aber beharrlich: Aber noch mal: Wer sagt dir denn, dass das Marlene ist?«

Zugleich schwirrte mir durch den Kopf, dass ich offenbar vergessen hatte, die Tür hinter Marlene und mir nicht nur zu schließen, sondern auch abzuschließen. Ach, wie bekloppt! Dass es jemandem gelungen war, die Tür unbemerkt ein Stückchen zu öffnen, um nicht nur zu spannen, sondern das, was er spannte, auch noch zu filmen – das hatte ich, mitten in libidinöser Action stehend oder, besser gesagt, liegend, weder gehört noch gesehen. Das war auch kein Wunder, denn wir waren von der Tür abgewandt und mit uns beschäftigt gewesen: Wie im Thriller »Im Rausch der Sinne« frönten wir einer Leidenschaft, die dann und wann auch Leiden schafft. Aber dass uns hier kein Missverständnis aufkommt, sei mal eben noch klargestellt: Ging es im besagten Film um das Drama einer Prostituierten und ihres Freiers, so war es bei Marlene und mir überhaupt nicht um Sex gegen Geld gegangen – Marlene und ich waren im Vergleich dazu geradezu altruistisch bei der Sache.

Und Eike zoomte das Videobild heran, dabei intonierte er leise und genüsslich unserer Fischer, der Helene, neckisches Soft-Pornochen »Rausch«: »*Ich fühl mich wie im Rausch, / ein Sturm auf meiner Haut / Du musst nichts sagen, / was du willst, will ich auch / Ich seh den Durst in dein'n Augen / und spür hunderttausend Explosionen / Bitte hör nie auf.*« Abrupt stellte Eike sein Brabbeln ein und wechselte übergangslos in den Vortragsmodus eines Erklär-Videos: »Thommi, du kannst nicht wissen, was ich weiß, denn du liegst mit deinem Kopf nicht hinter, sondern vor Marlene.«

»Bitte?!«, gab ich den Entrüsteten. »Bist du vielleicht zu oft auf Fatzebuch unterwegs? Da weiß ja auch kein Schwein Genaues, aber alle haben genau dazu eine Meinung!«

»Schwein, genau«, nuschelte Eike. Dann präzisierte er: »Du … bist … ein … Schwein! – Jetzt hab ich's!« Er meinte den Bildausschnitt, den er einzustellen versucht hatte: »Schau mal, du Drecksack: linke Gesäßhälfte – Herzchen-Tattoo!« Eike atmete schwer. »Das hätte ich dir nicht zugetraut, Thommi«. Nun klang er schon etwas wehleidig.

»Wovon sprichst du, Eiki?«, stellte ich mich nach wie vor dumm.

»Mit Marlene was anzufangen!«

»Ich weiß, ich wiederhole mich, aber noch mal: Wer sagt denn, dass ich da auf dem Filmchen bin?«

»Kleiner Feigling!«, behauptete Eike.

Ich ließ das mal so stehen und merkte noch an: »Von dem Mann ist außer den Schienbeinen und den Bündchen seiner Socken nichts zu sehen.«

»Socken, genau!«

Scheiße, dachte ich wieder. Denn auf den Sockenbünden war ein in der Tat verräterischer Schriftzug zu erkennen – wenn auch nur teilweise zu lesen, da im Rund der Bünde verlaufend: »*Schlager …*«, war da zu lesen, und hinzudenken konnte man sich mühelos, wenn man darum wusste: *»… ist geil! e. V.«* – Vor einem halben Jahr hatte der Verein auf meine Initiative begonnen, auch in Merchandising zu machen: Stoffbünde und Trägerriemchen von feingerippter Unterwäsche waren mit dem Vereinsnamen bestickt worden; am Start waren Nachthemdchen für die Dame, Boxershorts und Socken für den Herrn. – »Hör' mal, Eiki«, gab ich zu bedenken, die 100 Paar Socken waren im Nu ausverkauft gewesen. Den Kandidaten zu ermitteln, der da auf'm Filmchen zu sehen ist, ist schwieriger, als du denkst.«

»Schade, Thommi! Warum stehst du nicht zu dem, was du machst?«

»Wieso stehen?«, fragte ich. »Der Typ auf dem Video …«

»… liegt«, grätschte Eike rein und hatte damit den von mir begonnenen Kalauer schneller dekodiert als ich ihn hatte zu Ende bringen können. Auch Eike war, aber das nur nebenbei, im Ergänzen eines angefangenen Satzes geübt. Das muss jetzt aber auch nicht verwundern: Auf unserer Großen Schlagerparty, also auf'm alljährlichen Sommerfest der guten Laune, gehörte das beliebte Spiel Spruchfinder fest zum Programm. Das Ganze war relativ einfach gestrickt, um auch nach drei, vier Halben und zwei, drei Feiglingen noch mit von der Partie sein zu können: Es wurde der Anfang von Trinksprüchen aufgesagt – »Zwischen Leber und Nierchen …« (»… passt immer ein Bierchen«), »Unser letzter Wille …« (»… noch mehr Promille«) oder »Sport ist Mord …« (»… nur Sprit hält fit«). Wer zuerst das Spruch-Ende auf'm Schirm hatte, gewann einen Kleinen Feigling. Das Spiel verlief normalerweise in zehn Runden, konnte aber auch – je nach Laune und Kondition der Teilnehmenden – auf das Doppelte gesteigert werden. Der eigentliche Witz dabei war: Wer am Ende die meisten Likörchen gesammelt hatte, durfte bestimmen, wer von den mitspielenden Verlierenden die gewonnenen Flüssigfeigen wegknallen musste. Was für ein Spaß!

Ich grinste Eike an, er grinste mich an. »Hahaha!«, prusteten wir synchron – es klang in meinen Ohren nach Erleichterung, Entspannung, Entlastung. Ach schön, alles wird gut, dachte ich. Aber dann gefror Eikes Lächeln zu Eis.

»Du willst es also nicht anders«, fabulierte er und wischte auf'm Smartphone herum. Er konnte vom Gerät aus die Musikanlage des Vereins steuern – und das hieß nun: Rolis Mucke wurde ausgeblendet, und eingeblendet wurde ein ganz anderer Sound, nämlich der meiner Stimme: »Ah ... oh ... uh ... hu!«, erschallte es plötzlich über die fetten Boxen des Partykellers.

Die weiteren Schlagerfreunde unterbrachen abrupt ihre Gespräche; selbst das Feigling-Geklapper wurde eingestellt. Über die hinterm Tresen angebrachte Spiegelwand sah ich, wie sämtliche Köpfe hin zu den überm Tresen von der Decke hängenden Lautsprechern gereckt wurden. Erwartungsfroh wurde nun kollektiv gelauscht, was da wohl noch kommen würde.

»Den Ton hatte ich dir bisher vorenthalten«, stellte Eike trocken fest.

»Das ist mir gleich aufgefallen: Stummfilm war ja gestern. Aber warum hast du mir das Filmchen eigentlich gezeigt?«, hakte ich nach.

»Um dir die Chance zu geben, die Sache friedlich aus der Welt zu schaffen.« – Indessen kam ich gleich noch mal, akustisch: »Ja, komm ... jaja, mach mich fertig ... jajaja, Marlene ... Maaarleeeneee!«

Mucksmäuschenstille – man hätte einen Feigling ... oops, sorry, also eine Stecknadel hätte man fallen gehört. Eike deaktivierte den Sound des Videos, blendete Roli wieder ein, und aus allen Partyecken schwappte lautes Lachen gen Tresen. Er grinste mich an, wie nur Sieger grinsen können, und ich grinste verlegen zurück – also so, wie nur Verlierer grinsen können. Ich stützte mich mit parallel angewinkelten Armen auf dem Tresen ab und legte reflexhaft die Handinnenflächen aufeinander, als wolle ich Buße tun: Mein Gott, aus ganzem Herzen bereue ich alle meine Sünden, nicht nur wegen der gerechten Strafen, die ich dafür verdient habe, sondern vor allem, weil ich dich beleidigt habe, das höchste Gut, das würdig ist, über alles geliebt zu werden.

Aber ich schwieg – und Eike schwieg.

Marlene kam mit einem Pott voll dampfendem Kaffee zurück. »Jungs, wer hat mich eben gerufen?«, fragte sie. »Bin schon da!«

Erneutes Grölen, Gejauchze, Gelächter schwängerte den Raum. Sie stellte zwischen Eike und mir ihr Heißgetränk ab und blickte mit sichtlich irritierter Miene zuerst in die Runde der anderen Schlagerfreunde, dann zu uns Tresenhockern.

»Habe ich was verpasst, Schatzi?«, fragte sie Eike, schaute dabei jedoch mich an. Ich signalisierte ihr mit rollenden Augen, dass es besser wäre, nicht mich, sondern ihren Mann anzusehen.

Marlene hatte wohl verstanden. Sie stellte sich rechts an den Tresen und blickte Eike erwartungsvoll an. Vielleicht dachte Eike in leichter Abwandlung des zitierten Gebets – als ob er meine Gedanken lesen oder zumindest erahnen könnte –, dass Thommi nun seine gerechte Strafe entgegenzunehmen habe.

Jedenfalls drehte er sich von mir weg und hin zu Marlene. Dabei stieß er mit dem linken Ellenbogen den Pott Kaffee um, so dass sich das Heißgetränk über meinen rechten Handrücken ergoss, den ich inzwischen flach auf den Tresen gelegt hatte.

»Aua!«, rief ich – wieder Szenenapplaus.

Anscheinend war sich die Schlagergemeinde einig in der Bewertung meines nun öffentlich gemachten Verhaltens. Mein Vergehen war, nicht unterschieden zu haben zwischen Rolis fiktionaler Diktion von »Sehnsucht, Sex und Seitensprüngen« einerseits und seiner … oops, meiner muss es heißen – also, Thommis nonfiktionaler Triebhaftigkeit.

Eike drehte sich wieder zu mir. »Ach du liebe Güte!«, heuchelte er Anteilnahme. »Wie konnte das denn nur passieren?«

»Hahaha!«, brauste es durch den Partykeller.

»Du hast mir die Flosse verbrüht!« Ich hielt ich mir die rechte Hand unter die linke Achsel. »Das war Absicht – hab ich genau gesehen!«

»Ooooooh!«, summte die Gemeinschaft. – Ach wie gehässig, sich am Schmerz eines Mitmenschen zu laben, dachte ich. In Konflikten offenbart sich der Charakter des Menschen – aber nicht nur jener der Konfliktparteien, auch der ihrer Zaungäste! – »Das ist doch noch harmlos«, sagte Eike, »das war nur der Anfang!«

»Erst die Nummer mit den Lautsprechern, dann der Kaffee über meine Flosse – ja, was denn noch?!«

»Aller guten Dinge sind drei, Thommi. Mal gucken, ich denke mir noch was aus!«

»Jungs!«, mischte sich Marlene ein. »Ich war keine zehn Minuten in der Küche, und auf einmal hängt hier der Partysegen schief? Was um Himmels Willen ist denn zwischenzeitlich geschehen?«

»Ich hab mit Thommi übers Handy ein Video geguckt«, informierte Eike.

»Deshalb ist hier dicke Luft?«

»Genau!«, sagte Eike.

»Genau!«, sagte ich.

Offenbar schien es, unsere Konversation nähme eine sachbetontere Richtung, was für Außenstehende wohl weniger spannend war. Die weiteren Schlagerfreunde kümmerten sich wieder um sich selbst – das heißt: Der Feigling klapperte erneut. Gut so, dachte ich: Die Angelegenheit weiterhin auf der Bühne auszutragen, wäre zumindest mein Interesse nicht. Ich gab Marlene wieder mit rollenden Augen ein Zeichen, aber diesmal verstand sie nicht, was es zu bedeuten hatte. Wie hätte sie es auch verstehen können? – Sie kannte ja das Video nicht!

Eike stieg vom Barhocker herunter. »Ich gehe nach Hause, Schatzi«, sagte er zu ihr, schaute dabei aber mich an. Gott sei Dank, dachte ich, aber er drehte sich dann doch noch zu Marlene hin: »Und?«

»Was?«, fragte Marlene.

»Kommst du mit?«, fragte Eike.

»Natürlich komme ich mit, Schatzi!«

»Natürlich?«, echote Eike in süffisantem Tonfall. »Schön zu hören.«

»Ich verstehe nur Bahnhof, Schatzi«, sagte Marlene.

»Geisterbahnhof?«, fragte Eike.

Er dachte vielleicht an eine Bahnstation, die nur so aussah, als wäre dort noch Leben in der Bude, aber tatsächlich schon aufgegeben war.

»Was ist los mit dir, Schatzi? Ich kann dir nicht folgen.«

»Willst du mir denn noch folgen?«

»Wie meinst du denn das jetzt schon wieder?«

»Nach Hause – gehen wir gemeinsam nach Hause? Oder willst du lieber hierbleiben, bei Thommi?«

»Aber Schatzi, natürlich komme ich mit! Was ist denn nur los mit dir?«

»Das zeige ich dir zu Hause«, sagte Eike.

»Du machst es aber spannend«, sagte Marlene.

»Es ist spannend«, erklärte Eike. »Oder willst du es lieber sofort sehen?«

»Videochen, Schatzi?«, fragte Marlene.

»Pornochen!«, sagte Eike und machte Anstalten, auf seinem Handy die App zu suchen, mit der er nicht nur die Musikboxen, sondern auch den Beamer ansteuern konnte.

»Lass es gut sein, Eiki«, schlug ich vor, »Marlene zuliebe!« Eike dachte einen kurzen Moment lang nach und brabbelte:

»Ist der Ruf erst ruiniert ...« Dann steckte er Gott sei Dank sein Handy wieder weg.

»Danke, Eiki!«, sagte ich. »Das hätte Marlene wirklich nicht verdient.«

»Na, wenn du das sagst ...!« Es klang spöttisch.

Marlene blickte mittlerweile nicht mehr nur irritiert, sondern ganz desorientiert. Sie hatte ja keine Ahnung, was hier soeben zwischen Eike und mir verhandelt worden war. »Mir reicht's!«, sagte sie. »Komm', Schatzi, lass uns zu Hause drüber reden, was dich so stinkig macht.«

»Herzchen-Tattoo, Hintern ...«, lallte Eike. »Das gucken wir uns gemeinsam an, Schatz!«

Das klang nun schon drohend.

»Ja, Schatzi, das machen wir ... komm schon.«

»Geil!«, sagte Eike. »Über den neuen Fernseher!«
Weil Eike erst vor kurzem von seinem neuen Flimmerkas-

ten geschwärmt hatte, wusste ich, dass hier von einem LCD, 70 Zoll, 19:6 die Rede war. »Das Video ist etwas unscharf«, stellte ich fest und empfahl: »Ihr solltet euch dann weiter weg setzen als sonst.«

Wenn Blicke töten könnten, hätte mich der von Eike, den ich daraufhin erntete, sogleich leblos vom Hocker kippen lassen.

Marlene lenkte seine Aufmerksamkeit wieder auf sich: »So, Schatzi, jetzt gehen wir aber wirklich!« Entschlossen hakte sie sich bei Eike unter – wohl auch, um seine Schlagseite abzufedern.

Marlene und Eike schoben los. Vorm Kellerausgang drehte er sich noch einmal um zu mir und gestikulierte mit seiner Rechten: Seine zum V gespreizten Zeige- und Mittelfinger hielt er zuerst vor seine Augen, streckte sie mir dann entgegen. Das sollte wohl heißen, dass er mich von nun an besonders im Blick behalten werde. Wieder Szenenapplaus der angesäuselten Partygäste – und Vorhang!

7.
Gloria

Dass Marlene mitkommt zur Mania – genauer gesagt: auf meine Recherche-Reise für die Backstage-Story nebst Exklusiv-Interview mit unserem Schlager-Sirius –, hatte sich leider zerschlagen. Nach dem Video-Skandal hatte Eike Marlene unter Androhung von Scheidung untersagt gehabt, mit mir je wieder Kontakt aufzunehmen. Sehr bedauerlich, hatte ich gedacht, aber das darf mein Vorhaben nicht negativ tangieren! Einerseits hatte ich dem Verein gegenüber angekündigt, zum Zehnjährigen unseres Blattes Roli in selbigem zu platzieren – und andererseits unlängst auch schon die Buchungen für die Fahrt nach Dresden und die Unterkunft im dortigen Hilton getätigt.

Die Limousine vom Fahrdienst Gloria fuhr Glockenturmstraße Ecke Friedrich-Friesen-Allee vor. Ich hatte den gebuchten Chauffeur dorthin bestellt, weil ich das für einen würdigen Ort hielt, um die Reise nach Dresden zu beginnen. Bedenken wir bitte einmal: Die Waldbühne war Rolis Stamm-Location, wenn er – der einstige Weddinger Junge und der Liebe wegen nach Münster ausgewanderte Mann – seiner Geburtsstadt die Ehre erwies. Um der Disponentin des

Fahrdienstes den Treffpunkt plausibel erscheinen zu lassen, hatte ich ihr erläutert, dass ich mit dem Veranstalter vor Ort ein paar Ideen für die Inszenierung des nächsten Berlin-Konzerts zu diskutieren hätte, bevor ich mich von dort nach Dresden zum Kaiserufer … oops, nee, zum Königsufer aufmachen wolle.

»Wir holen Sie ab, von wo Sie wollen, Herr Kaiser!«, sagte Gloria.

Dass sie mich für Roli hielt, mag auch daran gelegen haben, dass ich mich etwas zu reduziert ausgedrückt hatte: »Guten Tag, Gloria! Kaiser … Mania … Dresden … Königsufer!« Gloria sagte, dass man mich hinbringe, »wohin Sie wollen, Herr Kaiser.«

Zuerst empfand ich es als gewöhnungsbedürftig, dass sie mich für Roli hielt, dann fand ich es interessant und zu guter Letzt ausbaufähig. Ich dachte: Warum eigentlich nicht? Mich als Kaiser auf den Weg nach Dresden zu machen, könnte der Recherche insofern das gewisse Etwas geben als die eigenen Impressionen vom Unterwegssein als Star, also das Nachempfinden des Lebens eines Superstars, zusammen mit der Backstage-Story inklusive Interview ein wunderschönes Gesamtbild ergeben würden.

Rückblickend denke ich, mein Ansinnen hätte Gloria zu denken geben können, um nicht zu sagen sie stutzig machen müssen. Mal ehrlich: Warum sollte sich Roli denn einen Wagen mieten? Wer auch nur halbwegs auf der Höhe der Zeit war, hatte doch der einen und anderen Kaiser-TV-Doku entnehmen können, dass Roli einen eigenen Fahrer beschäftigte, der ihn angeblich rund 200 Tage im Jahr durchs Land kutschierte. Andererseits, so sollte späterhin deutlich werden, hatte Gloria ein bestimmtes Eigeninteresse daran, zu glauben, nach Auftragserledigung Roli in die eigene Referenzliste aufnehmen zu können. »Die Reise ist aber schon ein wenig speziell«, kündigte ich an.

»Wenn Sie wünschen, fährt unser Fahrer auch Umwege oder macht Zwischenstopps – nur ein Halt auf'm Mond wäre nicht machbar, Herr Kaiser!« Gloria gluckste.

Mir schien die Disponentin eine heitere Person zu sein – und von daher vermutlich eine Schlagerfreundin. Den Scherz mit dem Mond griff ich gleich auf: »Lassen Sie mich raten«, sagte ich. »Sie kennen meine Interpretation von ›Guter Mond, du gehst so stille‹?«

»Giraffenaffen!«, rief Gloria in den Hörer.

Respekt, dachte ich, da kennt sich jemand aus. Gut informierte Schlagerfreunde wie ich … Sie wissen schon – also: Der »Gute Mond« ist ein Volkslied von 1804, Komponist und Texter unbekannt. Es setzte sich aber durch und ist uns als Evergreen erhalten geblieben. Mal eben auf Roli bezogen: Wenn irgendwann, sagen wir mal nach zwei- oder dreihundert Jahren, die Urheberschaft von »Santa Maria« nicht mehr geklärt werden könnte, bliebe Rolis gemeinsam mit dem Schlagertexter Frank Hammerschmidt erarbeitete deutsche Fassung des ursprünglich italienischen Hits im kollektiven Musikgedächtnis haften – ebenso fest verankert wie Christoph Kolumbus' gleichnamiges Segelschiff vor der Küste Amerikas.

Dass das denkbar wäre, ist keine Selbstverständlichkeit. Bedenken wir bitte einmal: Roli hatte anfangs die Kolumbus-Story aus Italien ins Deutsche übertragen, und der Titel war auch produziert, aber von der Plattenfirma in den Giftschrank verbannt worden. Vermutlich hatte das Roli ziemlich doof gefunden und mochte sich gedacht haben: So viel Arbeit für nix! Aber er war offenbar mit großer Beharrlichkeit ausgestattet: Dem medialen Vernehmen nach schnappte er sich zuerst eine Flasche Wein, dann den Frank, und die beiden Männer machten sich zuerst locker, dann ersannen sie traumhaft wunderschöne Verse, die zwar mit Christoph nichts mehr zu tun hatten, dafür aber aus einem Reisekatalog hätten stammen können – in Kombination mit gewagten Andeutungen zur Entjungferung einer gewissen Maria: »*Sie war ein Kind der Sonne, / schön wie ein erwachender Morgen / Heiß war ihr stolzer Blick / und tief in ihrem Inneren verborgen / Brannte die Sehnsucht / Santa Maria (Maria), / den Schritt zu wagen / Santa Maria (Maria), / vom Mädchen bis zur Frau.*« Als die Plattenbosse den Text lasen, bekamen sie womöglich feuchte Höschen oder zumindest doch ebensolche Händchen vor Entzücken. Der Rest ist Geschichte: Als das Lied auf dem Schlager-Markt war, schlug es ein wie eine Bombe – anders gesagt: Marias Defloration, in die von bestimmten Leuten gar eine Vergewaltigung hineininterpretiert wurde, begründete Rolis Karriere!

Aber zurück zu Giraffenaffen: 2020 war Roli bei der Giraffenaffen-Serie mit von der Partie – ein Kinderlieder-Sampler, Ausgabe 6. Das Sammelalbum vereinte verschiedene Künstlerinnen und Künstler; hier war Howi, der Carpendale, mit dem »Lied der Schlümpfe« zu hören, und das DJ-Duo Gestört aber geil hauchte der Biene Maja neues Leben ein.

Gloria sagte: »Ich singe das Mondlied meinem Jungen vor – immer abends, wenn er zu Bett geht.« – Ja gut, dachte ich, ein Schlaflied morgens zu singen, ergäbe ja auch keinen Sinn.

Dann hörte ich, wie Gloria am anderen Ende der Leitung die liebliche Melodie des Liedes intonierte: »*Guter Mond, du gehst so stille / durch die Abendwolken hin. / Deines Schöpfers weiser Wille / hieß auf jene Bahn dich zieh'n …*«

»Sie haben eine schöne Stimme«, sagte ich und dachte: Zudem eher ungewöhnlich – in der Stimmlage etwas tiefer gelegt wie ein Roadster und zudem etwas kratzig wie der Sound, der beim Freilegen einer vereisten Autoscheibe entsteht. Das erinnerte mich spontan an … an … na, sag' schon … – richtig: an die raue Stimme von Hildegard Frieda Albertine, also der Knef (liebe Kinder, das war die Schauspielerin, die mal was von roten Rosen sang, die es regnen solle).

»Sie singen das natürlich viel besser«, behauptete Gloria. Ich hatte das Lied zwar noch nie gesungen, aber da ich wusste, für wen sie mich hielt, ließ ich sie in dem Glauben – regte dann aber an, die weiteren Formalitäten meiner Buchung abzuhaken. Und schon waren wir im Geschäft.

Glorias Fahrer, ein Mann Mitte dreißig, schwang sich sportiv aus der hochglanzpolierten, in feinem Hightech-Silber dastehenden Limousine heraus, schritt um die Motorhaube herum und trat dann mit einem gewinnenden Lächeln auf mich zu. Er trug einen anthrazitfarbenen Anzug, weißes Hemd und eine ebenso farblich dezent gehaltene Krawatte; seinen zum Anzug farblich passenden Lederhandschuh zog er sich von der Rechten ab, und ich dachte: Was für eine riesige Pranke! Der Mann war von großem Wuchs, schätzungsweise zwei Meter hoch, und verbeugte sich nun vor mir – genauer gesagt senkte er seinen Man-Bun-Undercut, der ihm einen Hauch verwegenen, aber dennoch gepflegten Styles verlieh: An den

Seiten des Kopfes waren die Haare auf Millimeterlänge wegrasiert; das obere Haupthaar trug er lang, streng nach hinten gelegt und zu einem Männerzopf zusammengebunden. Sein gepflegter Vollbart rundete den Gesamt-Eindruck von der dynamischen Entschlossenheit eines Türstehers ab.

»Guten Tag, Herr Kaiser!«, sagte der Chauffeur. »Ich bin Boris Dimitroff, Ihr gebuchter Fahrer und Bodyguard.«

»Guten Tag, Herr Boris!«, sagte ich. »Ich darf Sie doch Boris nennen?«

»Selbstverständlich!«

»Wir werden für einige Kilometer zusammensein«, stellte ich phrasenhaft fest. »Mein Vorschlag: Halten wir die Kommunikation zwischen uns doch möglichst einfach – nennen Sie mich gerne Roli!«

»Gut, Herr Roli«, sagte Boris. »Ich weiß: Ihre Fans nennen Sie auch so, die Agentur hat mich gebrieft. Gute Chauffeure wissen genau, für wen sie arbeiten dürfen.«

»Ich hoffe, dass nicht auch Sie noch ein Fan von mir sind«, sagte ich in launigem Ton.

»Ich hab es eher mit Hardrock«, sagte Boris.

»Sehr gut! Mit einem Fan auf Augenhöhe zusammenzuarbeiten, wäre ja gar nicht möglich«, behauptete ich. »Fan ist die englische Kurzform von ›fanatic‹, was …«

»… Fanatiker heißt«, beendete Boris meinen Satz und streifte sich den Handschuh wieder über. »Fanatiker zu dicht an sich heranzulassen, kann ins Auge gehen«, fügte er hinzu und schloss reflexhaft seine rechte Hand zur Faust, so dass der Handschuh sichtbar spannte.

»Das höchste der Gefühle an auf mich herniederprasselndem Fanatismus war bisher, dass mir, während ich in einem

Café in Dresden saß und Eis essen wollte, das Eis weggeschmolzen ist, bevor ich alle Autogrammwünsche erledigen konnte«, zitierte ich sehr frei aus einem Roli-Interview.

»Hoffen wir, dass das so bleibt«, sagte Boris, hielt mir die hintere Tür auf und wies mit einer operettenhaften Handbewegung ins Wageninnere. Als ich Platz nahm, knarzte das edle Material der Rückbank dezent unter meinen rund 80 Kilo. Boris schubste die Tür ein wenig an, woraufhin diese mit einem satten, aber unaufdringlichen Plopp geschmeidig zufiel.

Während Boris wieder die Wagenseite wechselte, überprüfte ich den Sitz meines taubenblauen Dreiteilers, der Krawatte, des magentafarbenen Einstecktuchs und meiner dunkel getönten, messingfarbenen und ebenso geränderten Pilotenbrille. Sitzt alles perfekt, dachte ich, nicht zuletzt die Roli-Latexmaske! Boris scheint keine Lunte gerochen zu haben – alles bestens! Wäre ja auch noch schöner gewesen! Hatte der Dreiteiler mit Hemd, Krawatte und Tuch von der Stange nur 500 Euronen gekostet, so lag das Visage-Imitat als Individualanfertigung immerhin bei 1.800 Mäusen. Die Perücke war mit 800 Euro noch obendrauf gekommen sowie das Honorar für die mobile Maskenbildnerin fürs Anbringen und Retuschieren der Vermummung am Morgen vor der Abreise – inklusive Anfahrt – mit 400.

Boris stieg ein und zog die Fahrertür zu, dann zog er aus dem senkrechten Fach rechts neben seinem Fahrersessel ein Tablet hervor und vergewisserte sich über das erste Fahrziel: Dresden, Elbwiesen, Königsufer.«

»Ein Ort, zwei Wochen, vier Konzerte in vier Tagen«, erklärte ich.

»Eine Menge Holz, Herr Kaiser!«

»Boris, Sie wollten mich Roli nennen!«

»Natürlich … also, Roli, der Plan ist: Ich fahre sie zuerst ins Hilton, dann ans Königsufer. Ist das so richtig?«

»Besser zuerst zur Location.«

»Okay, Roli, Sie sind der Boss!«

»Na, das sagen Sie mal meiner Frau«, sagte ich. »Hahaha!« Boris erwiderte: »Hahaha!« – Es klang pflichtbewusst.

»Ich will zuerst gucken, wie die Vorbereitungen für heute Abend laufen«, sagte ich. Und damit ich jetzt nicht als Kontrollfanatiker herüberkam, schob ich noch nach: »Aber Christina hat's bestimmt, wie immer, vorzüglich im Griff.«

»Roli, ähm … also, die Christina … so hieß doch Ihre erste Frau! Meinten Sie vielleicht Silvia, als sie eben Christina sagten?«

»Richtig, danke! Silvia!« Meine Güte, dachte ich, was ist der Boris doch gut informiert! Jetzt hab ich doch tatsächlich Rolis Beziehungen durcheinandergebracht – wie komme ich aus der Nummer bloß wieder raus? »Christina … hahaha! War ein Test, Boris«, behauptete ich. »Ich wollte nur wissen, wie gut Sie gebrieft sind.«

Boris lächelte. »Aber Roli, ich komme doch von Gloria!«, sagte er. Es klang etwas entrüstet, das war aber nur gespielt; im Rückspiegel zwinkerte er mir zu. »Also zuerst zum Ufer, danach zum Hotel«, fasste er zusammen. Ich nickte stumm. »Dann auf zum Königsufer!«, rief er und startete er den Wagen.

Wir hatten 10 Uhr vormittags, und die Sonne bretterte auf den Asphalt, dass die Luft vor sich hin flirrte. Aber im Wageninnern war es angenehm temperiert – kein Wunder: Glorias Schlitten war nicht nur gepanzert, sondern selbstverständlich auch mit leistungsstarker Klimaanlage ausgestattet. Boris gab vorsichtig Gas, und wir rollten vom sinnbildlichen Hofe. »Möchten Sie Musik hören, Roli?«, fragte Boris.

»Schlager ist mein Leben«, fabulierte ich, »aber mein Leben ist kein Schlager.« Dann rezitierte ich, etwas zusammenhangslos zu Boris' Frage, einen Song von mir – also, von Roli, meine ich: » *Worte, die Menschen verbinden / und Hass überwinden, selten genug / Worte, schon wenige Worte / sie geben so viel an Kraft und Mut.*«

»Schweigen«, nannte Boris den Titel des Songs. »›Alles Kaiser‹, Compilation, Sechser-Box, CD 2, Titel 10«, zählte er wie ein Buchhalter auf. Ich wunderte ich mich still über diesen Wissensstand – das war geradezu unglaublich!

»Geben Sie es zu, Boris, Sie sind doch ein Fan von mir!«

»Nein! DJ Ötzi ist mein Favorit.«

»Au weia!«, entfleuchte mir.

»Warum denn ›au weia‹?«

»Erwachsene Männer mit Strickmütze – im Hochsommer …«

»Hahaha!«, prustete Boris. »Der war gut! Hab Sie aber an der Nase herumgeführt.«

»Das hab ich mir gedacht, Boris. Sie sprachen anfangs von Hardrock, und der Kollege mit der Kappe hat so viel mit Rockmusik zu tun wie Klimakleber mit Braunkohlewerken!«

»Hahaha!« prusteten Boris und ich synchron.

»Verstehe ich richtig«, hakte der Fahrer nach, »dass Sie mit dem ›Schweigen‹-Zitat zum Ausdruck bringen wollten, dass Sie lieber reden, statt Musik zu hören?« – Kluger Kopf, dachte ich und sagte »Korrekt!«

Es wurde eine heitere Fahrt. Um uns die Zeit zu verkürzen, tauschten wir den einen und anderen Herrenwitz aus (aus Gründen des Jugendschutzes an dieser Stelle pssst!). Dann fiel mir erneut auf: Was für eine komfortable Kutsche! Mir war auf einmal, als schwebe ich. Schweben – ach ja, ein schönes, erhabenes Gefühl!

Im Übrigen: Mir war bewusst, dass ich eine rechte Plaudertasche bin und infolgedessen dazu neige, mich zu verquatschen. Ergo zwang ich mich, vorbeugend die eine und andere Schweigeminute einzulegen und sinnierte dann übers motorisierte Schweben. Dabei dachte ich: Dem echten Roli als ehemaligem Autoverkäufer werden Premiumkisten vermutlich nicht fremd und dieses Schweben aus eigener Erfahrung bekannt sein. Schweben kannte er aber in mehrfacher Hinsicht: Er hatte ja, wie ich als gut informierter Schlagerfreund weiß, einen Yacht… oops, nicht doch – einen Pilotenschein hatte er. Dem allgemeinen Vernehmen nach ging Roli gerne mal in die Luft, als Privatpilot, und das vornehmlich auf Sylt. Weil er aber zugleich als ein bodenständiger und damit dem Menschen zugewandter Zeitgenosse galt, gab nun auch ich mich auf den rund 200 Kilometern Strecke bei zweieinhalb Stunden Fahrzeit betont nahbar.

Auf Höhe Dresden-Neustadt entfleuchte mir dann aus unbestimmtem Grund: »Das Königsufer ist mein zweites Zuhause.«

»Dort empfangen Sie heute Abend wieder viele Freunde«, sagte Boris. »Werden es wieder rund 13.000?«

»Mal gucken«, stellte ich lakonisch fest. »Ich weiß nur: Aufs Händeschütteln der Gäste werde ich aus Zeitgründen leider verzichten müssen – hahaha!«

»Hahaha!«, erwiderte Boris.

Ach schön, dachte ich. Sein Lachen klang auf den letzten 100 Kilometern schon viel gelöster als noch vor der Waldbühne. Vielleicht hatte er verstanden, gar gespürt, dass er bei mir sein darf, wie er ist: ein ganz heiterer Mensch!

Ach Gott, die Zeit war dann auch wie im Fluge vergangen, und schon hielt Boris den Schlitten in der Nähe des Künstlerzugangs an den Elbwiesen an. Vor dem Tor zum Backstage-Bereich sah ich eine kleine Traube von Menschen stehen – allem Anschein nach Fans. Ich schaute auf die Armbanduhr. »Wir haben erst 12 Uhr 45«, stellte ich fest. »Meine Gäste sind aber zeitig dran – Einlass ist doch erst um 18 Uhr, Beginn um 20 Uhr.«

Die fette Limo von Boris war natürlich nicht zu übersehen und erregte bei den etwas planlos Herumstehenden Aufmerksamkeit. Ich ließ meine Seitenscheibe herunterfahren und blickte in Richtung der Gruppe. Vielleicht zwanzig oder dreißig Menschen – so weit bestimmbar weiblichen Geschlechts, schätzungsweise 30- bis 40-jährig. Eine Dame schaute zu mir her, und ich winkte ihr mit flacher Hand am im rechten Winkel gebeugten Unterarm – also einem wahren Kaiser gemäß.

»Da ist Roli!«, explodierte die aus der Ferne Gegrüßte, und schon setzte sich wie auf Kommando ein kreischender Tross in Bewegung. Ich ließ reflexhaft die Scheibe wieder hochfahren.

»Soll ich abdrehen?«, fragte Boris.

»Aber nein!«, sagte ich. »Es sind doch nur Fans!«

»Fanatiker!«, erinnerte mich Boris.

»Meine Fans beißen nicht …«, legte ich vor.

»… die wollen nur spielen!«, ergänzte Boris.

»Hahaha!«, lachten Boris und ich im Duett.

Ein paar Sekunden später war die Limo umringt. Boris hatte seine Seitenscheibe nur einen Spaltbreit heruntergefahren – offenbar traute er meinen … also Rolis Fans nicht.

»Uns wurde am Tor gesagt, Roli käme erst später!«, sagte eine Mittvierzigerin, die ihren Mund dabei nahe am Sprechschlitz von Boris' Seitenscheibe hielt, als stünde sie vor einer Gegensprechanlage. »Ich wäre beinahe wieder abgezogen!«, fügte sie hinzu.

»Spontane Änderungen kommen dann und wann vor, meine Dame!«, sagte Boris förmlich.

»Will hoffen, dass wenigstens das Programm bleibt wie angekündigt: Schlager!« Oha – schon wehte Boris eine steife Brise entgegen.

»Mal gucken!«, rief ich über Boris' rechte Schulter. »Ich hab auch ein paar Nummern von Dean Martin im Koffer.«

»Wer soll denn das sein?« Ein eiskalter Hauch strömte in den Wagen. Als gut informierter Schlagerfreund weiß ich, dass Roli auch Swinger-Musik … oops, Fehler! Also, dass er Swing-Musik auf der Pfanne hatte. »Könnte aber auch Sammy Davis Junior werden«, legte ich provokant nach. Der darauf folgende irritierte Blick dieser Krawallschachtel bereitete mir insgeheim große Freude.

Aber damit uns hier kein Missverständnis aufkommt: Die Dame am Fensterschlitz stellte eine absolute Ausnahme dar. Bitte bedenken wir einmal: Nach rund 20 oder 30 Roli-Events, die ich als Roli-Fan bereits besucht hatte, hatte ich bisher weder vor noch auf oder nach einem Konzert eine derartig humorfreie Person wahrgenommen. Interessant, dachte ich – ein Eindruck, den man nur als Star haben kann. Also ist es durchaus sinnvoll, dass ich als Roli verkleidet losgezogen bin.

An meiner Scheibe, in 30 oder 60 Zentimeter Entfernung – also mit gebührendem Abstand zum Wagen –, stand eine ganz andere, freundlich lächelnde Dame. Für sie ließ ich mein Fenster sogleich in Gänze herunterfahren. »Dean Martin höre ich auch gerne!«, sagte sie.

»Heute gibt's aber nur Kaiser, versprochen!«, sagte ich. »Dean war nur ein Spaß, weil sich die Dame gerade eben so echauffiert hat. Ich singe Altbekanntes, aber auch einiges aus dem neuen Album«, versprach ich.

»Ach, das wird wieder schön!«, schwärmte die Dame. »Bekomme ich ein Autogramm?«

»Selbstverständlich!« aus der Innentasche meiner Jacke nestelte ich die Autogrammkarten hervor, die ich mir als Roli-Grundausstattung für die Reise anfertigen lassen hatte. Darauf war ich im Kegel eines Scheinwerfers zu sehen – in voller Montur, versteht sich.

Ach Gottchen, der Schwung bedruckten Kartons ging dann weg wie warme Semmeln. Ja, doch, es fühlte sich gut an, so gefragt zu sein – aber nach dem zwanzigsten oder dreißigsten Autogramm tat mir dann ein wenig die rechte Hand weh. Als Informatiker hatte ich es mehr mit Computermäusen als mit Stiften – und außerdem hatte ich vergessen zu üben, die Roli-Signatur schnell und oft hintereinander auf den Karten zu platzieren. Plötzlich hysterisches Gekreische! Grund war die Dame, die eben noch bei Boris gestanden hatte. Jetzt drängelte sie auf meiner Seite ihre Vorderfrau beiseite und langte ins Wageninnere herein, grabschte singend nach mir:

»Dich zu lieben, dich berühren; / mein Verlangen, dich zu spüren; / deine Wärme, deine Nähe / weckt die Sehnsucht in mir / auf ein Leben mit dir.«

Bevor ihre Rechte meine Perücke erwischte, war ich aus ihrer Reichweite hinausgerutscht und auf der knarzenden Sitzbank nach links gehechtet.

Boris hatte mein Ausweichmanöver im Rückspiegel beobachtet. »Guter Reflex, Roli!«, lobte er. »Ich empfehle: Rückzug!« – sprachs und ließ zentral unsere Seitenscheiben ganz hochfahren.

»Ach Boris, kommen Sie!«, sagte ich. Ich hatte Blut geleckt, wie man so sagt. »Wir steigen aus, ich schüttele ein paar Hände, und dann bringen Sie mich sicher in den Backstage-Bereich.«

Als ich Anstalten machte, den Türgriff neben mir mit meinem kleinen Finger zu berühren, hörte ich Boris sagen: »Kindersicherung!«

»Boris, ich bin über 70!«

»Ich weiß, aber ich bin für Ihre Sicherheit verantwortlich. Wenn das mit dem agilen Damenkränzchen hier ein Problem wird, könnte ich meinen Job bei Gloria verlieren. Zuviel Risiko! Manche der Damen haben auffallend glasige Augen, der eine und andere Blick ist seltsam starr. Wer weiß, was sich die Ladys eingeschmissen haben! Härteres als Piccolöchen?«

»Eierlikörchen!«, sinnierte ich laut.

»Aperol Spritzchen!«, sagte Boris. »Alles denkbar – jedenfalls: vorgeglüht!« Dann stellte er einen Zusammenhang her, der mir etwas weit hergeholt schien: »Nicht dass es dann wieder heißt ›K.o.-Tropfen bei Kaiser-Konzert‹ oder so!« – Damit hatte er das letzte Jahr angesprochen: Cottbus! Dort hatte die Polizei ermittelt, nachdem sechs Anzeigen eingegangen waren. Frauen hatten zu Protokoll gegeben, dass sie zwar Alkohol getrunken hätten, jedoch nicht so viel, dass dies ihr Unwohlsein und ihre Erinnerungslücken hätte erklären können. Sie hatten sich jedoch erst rund zwei Wochen nach dem Konzert gemeldet, nachdem sie ihr Problem in sozialen Medien diskutiert hatten. Es war dann aber alles auf der Behauptungs-Ebene geblieben, und die Polizei hatte erklärt, dass Ermittlungen schwierig seien, wenn sich Betroffene erst so spät melden: Dann ließen sich anhand von Blutproben keine möglicherweise verabreichten Substanzen mehr nachweisen.

»Ging durch die Presse«, erinnerte sich Boris. »Das Verfahren wurde eingestellt, aber dennoch: Nicht gut fürs Image – bleibt immer was hängen.«

»Ein fader Beigeschmack?«, fragte ich.

»Aber so was von fade!«, sagte Boris.

»Cottbus ist ein Argument«, gab ich – weit hergeholt hin oder her! – klein bei.

Ich dachte, dass es einem Rütteln an der beruflichen Integrität des Leibwächters in Boris gleichkommen würde, auf dem Händeschütteln mit den Damen vorm Wagen zu bestehen. Das hätte der bisher vertrauensvollen Zusammenarbeit zwischen uns möglicherweise einen Knacks gegeben, und das wollte ich nicht – war ich doch, sehr frei nach den Blues Brothers gesprochen, im Namen der Eintracht unterwegs.

»Rückzug, bitte!«, ordnete ich an – und schon hupte Boris kurz. Die um den Wagen herumstehenden Fans bildeten ein Spalier, durch das die Limo langsam davonfuhr. »Das Hilton liegt ja ums Eck«, sagte ich, während ich den Damen zuwinkte. Ich hatte mich natürlich vorher schlau gemacht, wo

Roli in Dresden seit jeher nächtigt: An der Frauenkirche 5.

»Katzensprung«, sagte Boris, »knapp zwei Kilometer.«

»Keine Viertelstunde«, meinte ich, »könnte man auch bequem zu Fuß gehen. Nach der langen Autofahrt wäre mir tatsächlich nach einem kleinen Spaziergang.«

Boris blickte mich über den Rückspiegel an. »Wie stellen Sie sich das vor?«

»Zu Fuß!«

»In Zeiten von Kaisermania? – Nicht so einfach«, sagte Boris. »Wir haben ja eben vorm Eingang des Backstage-Bereichs der Location gesehen, dass hier auch speziellere Fans von Ihnen unterwegs sind. Es gibt offenbar auch Damen, die sich in einer Art Ausnahmezustand befinden.«

»Mania eben!« Ich zuckte mit den Schultern.

»Mit Wahnsinn ist nicht zu spaßen«, gab Boris zu bedenken. »Mein Opa mütterlicherseits hatte damit zu tun: organische Psychose.«

»Konkret?«

»Als kleiner Junge war ich oft mit ihm einkaufen. An der Kasse gab's dann mal Stunk: Er schrie einen anderen Kunden an, dass der sich nicht vorzudrängeln habe.«

»Recht hatte Ihr Opa! Man drängelt sich auch nicht vor!«

»Grundsätzlich richtig, aber wir waren in diesem Moment die einzigen Kunden an der Kasse!«

»Ach so, ja – schon etwas schräg«, pflichtete ich bei.

»So schräg wie die Lady, die Ihnen eben an die Wäsche wollte.«

»Perücke!«, rutschte mir spontan heraus, und ich dachte sofort: Ach, wie bekloppt von mir, solch einen Hinweis herauszuhauen!

Boris schaute wieder in den Rückspiegel. »Sieht aber verdammt echt aus – hahaha!«

»Hat auch gekostet – hahaha!« Puh, das schien noch mal gut gegangen zu sein. Um mich zu vergewissern, sagte ich: »So viel Spaß muss sein.«

»Unbedingt«, pflichtete Boris bei. »Sie können stolz sein, dass Sie in Ihrem Alter noch so viel und zudem so dichtes Haar haben.«

»Das sind die Gene – den eine trifft's halt so, den anderen anders«, schwadronierte ich. »Das mit der Dame war aber eine Ausnahme. Unsere Mania ist bloß im umgangssprachlichen Sinne Wahnsinn – ähnlich wie beim Wolfgang, dem Petry. Der hat das Wort salonfähig gemacht.«

Guter Mann, der Wolfgang, dachte ich. Waren ihm auf Dauer die vielen Freundschaftsbänder, die er am Unterarm trug, zu schwer geworden? Hatte ihm ein Orthopäde geraten, dass er diese einseitige Belastung allmählich mal sein lassen sollte?

»Wolfgang? Petri?«, hakte Boris nach. »Hm … Wie gesagt, ich höre sonst nur Rockmusik – aber auch mit deutschen Texten. Der Frontmann von den Kölsch-Rockern BAP heißt auch Wolfgang, und zwar …« Boris stockte.

Ich half aus: »Niedecken! Aber verstehen Sie ihn denn, wenn er singt?«

»Nö – ich mein' ja nur.«

»Den Wolfgang, den ich meine, den hat jeder verstanden. Zur Verdeutlichung, von wem hier die Rede war, intonierte ich: » *Wahnsinn, warum schickst du mich in die Hölle? / Eis kalt lässt du meine Seele erfrier'n. / Das ist Wahnsinn, du spielst mit meinen Gefühlen. / Und mein Stolz liegt längst schon auf dem Müll. / Doch noch weiß ich, was ich will: / Ich will dich.*«

»Ah – der Sänger ist gemeint!«, rief Boris. »Ja, doch, hab ich schon mal gehört.«

»Und verstanden, hoffe ich – hahaha!«

»Hahaha!«, erwiderte Boris. «Und?«, fragte er.

»Was?«

»Hab Sie gut ablenken können, nicht wahr?«

»Wovon?«

»Sie wollten doch eben noch zu Fuß zum Hotel gehen.«

Ich schaute aus dem Fenster und realisierte, dass wir just die Carolabrücke passiert hatten und hinter der Synagoge über den Hasenberg aufs Terrassenufer gelangt waren. Jetzt müsste gleich die Brühlsche Gasse kommen, sagte das Navi meines Smartphones, mit dem ich parallel online war.

»Da wären wir schon!«, sagte Boris kurz darauf. Er hatte gegenüber der Hilton-Tiefgarage angehalten.

Ich wandte meinen Blick nach links und schaute auf die offensichtlich in die Jahre gekommene, irgendwie abgerockt wirkende Einfahrt des Neubaus.

»Sicher, dass hier das feine Hilton steht?«, fragte ich ungläubig.

»Das ist so sicher wie dass hier früher der Dresdener Hof residierte. Noch zu DDR-Zeiten gebaut, 1990 eröffnet, 2010 saniert, renoviert und so weiter. Weit über 300 Zimmer und Appartements! Der Edelschuppen sollte der DDR notwendige Devisen über Touristen bringen – kam dann aber die Wende dazwischen: Die DDR ging, Hilton kam.«

Meine Güte, Boris ist aber ein ganz Schlauer, dachte ich. Oder hat er einfach nur fleißig gepaukt, um mir nicht nur als

Chauffeur und Bodyguard, sondern auch als Fremdenführer dienlich sein zu können?

»Wo ist denn der Eingang?«, fragte ich.

»Aber Roli, das müssten Sie doch wissen – so oft, wie Sie hier schon waren! Ihre Konzertreihe läuft seit zwei Jahrzehnten!«

»Viele Locations übers Jahr, auch Fernsehstudios – da verlaufe ich mich oft. Vielleicht das Alter?«

»Denkbar. Also, der Eingang liegt ums Eck: Töpferstraße.«

»Aber die Adresse ist doch ›An der Frauenkirche‹.« Ich klang wohl etwas skeptisch.

Boris schaute in den Rückspiegel. »Das Ganze hier ist ein riesiger Gebäudekomplex«, sagte er. »Am besten, ich zeig's Ihnen mal.«

Boris fuhr wieder an und lenkte den Wagen ein paar Meter weiter nach links hinein in die Töpferstraße und vorbei an dem linker Hand liegenden, in die Hausflucht integrierten Eingang zum Congress Center des Hotels. Wiederum ein paar Meter weiter war die weit hinausragende Überdachung des Hotel-Entrees zu sehen, dessen dunkle Glasrahmung sich vom Beige des Wandputzes vorteilhaft abhob. Beinahe ebenso auffällig nahm sich der Pulk von Menschen aus, die den schmalen Bürgersteig vor dem Eingang belagerten. Ein wesentliches Indiz deutete darauf hin, dass es sich nicht um gemeine Touristen, sondern um Roli-Fans handelte: Der überwiegende Teil der rund 100 Personen trug das Kaiser-Krönchen aus dem Fan-Shop. Möglicherweise warteten sie darauf, dass sich Roli zeigte. – Vorsichtig fragte ich: »Wollen wir mal hin zu den Fans, um …?«

»Keine gute Idee!«, unterbrach mich Boris und drehte in der engen Gasse mit gekonnt ausgeführtem Dreipunkt-Wendemanöver ab. Dass er dabei ein Trottoir mit flachem Bordstein mitbenutzte, war im Wagen kaum zu spüren. Ich dachte: Boris hat Nerven! Und: Respekt!

Während er souverän zurücksteuerte, also nach rechts wieder hinein in die Brühlsche Gasse, gab er im routinierten Tonfall eines City-Guides die Info: »Eben an einer Gedenktafel vorbeigekommen, an die Hauswand geschraubt.«

»Für mich?«, fragte ich verblüfft.

»Nee, nur für Richard Wagner – hahaha!«

»Hahaha!«, stimmte ich mit ein und scherzte: »Quasi ein Kollege von mir!«

»Hofkapellmeister!«, wusste Boris zu berichten. »Seinen künstlerischen Durchbruch hatte er hier in Dresden.« Ich nickte wissend – allerdings ohne dieses Detail gekannt zu haben. »Er soll hier seine größten Erfolge gefeiert haben. Genau wie Sie, Roli!«

»Der eine so, der andere so«, brabbelte ich versonnen vor mich hin. »Können ja nicht alle Opern schreiben.«

Mit einem gemeinsamen »Hahaha!« lenkte Boris den Wagen rechts hinein in die relativ schmale Zufahrt des unterirdischen Parkhauses, und der Wagen kam vor dem gelben, fahrerfreundlich installierten Ticketautomaten zu Halten. Wie auf Knopfdruck sprang von links ein Mann hervor, der offenbar hinter dem von außen nicht einsehbaren Mittelteil des senkrecht herunterfahrbaren Doppeltors gestanden hatte. Er trug eine gelbe Weste mit der Aufschrift »Security«.

»Guten Tag!«, sagte der Mann in Gelb. »Wir sind ausgebucht. Kaisermania – alles dicht!«

»Ich hab reserviert«, erwiderte Boris.

Er hatte ein entsprechendes Dokument parat und streckte es dem Sicherheitsmann entgegen.

»Auf wessen Namen?«

»Gloria.«

»Das sind Sie?« Der Kontrolleur schaute nun doch schon etwas skeptisch.

»So heißt die Firma, für die ich fahre.«

»Verstehe.« Er ging etwas in die Knie, schaute über Boris' linke Schulter in den Wagen hinein und hin zu mir. »Ihr Fahrgast ist wer, wenn ich fragen darf? – Ich habe Weisung, alle Personen, die das Parkhaus betreten, zu kontrollieren.«

»Sehr vernünftig«, lobte Boris. »Also: Bei mir im Wagen sitzt der Mann, wegen dem Sie hier Wache schieben.«

»Kann sich Ihr Fahrgast ausweisen?«

Boris ließ die hintere linke Scheibe herunterfahren. Damit ich für den Security-Mann besser zu sehen war, lehnte ich mich weit hinüber zur Fahrerseite.

»Bitte nicht persönlich nehmen«, sprach er mich an, »ich weiß, Sie sind ein Star, aber ich wurde angewiesen, mir die Ausweise von allen Personen zeigen zu lassen.«

»Safety first!«, ließ Boris den Fachmann 'raushängen und bot seine Ausweiskarte an, während ich noch etwas umständlich in meiner Tasche kramte. Nachdem die Gelbweste Boris' Identität gescheckt hatte, nahm er mein Kärtchen entgegen. Wie das so gemacht wird bei Lichtbildkontrollen, schaute der Mann zuerst aufs Dokument und dann mir mitten in die Maske.

»Hätten Sie noch eine Fotokarte für meine Schwägerin?«, fragte er. »Die erste Karte wäre für meine Frau. Beide Damen sind ganz große Fans von Ihnen!« Ich zottelte noch eine Karte heraus und reichte sie dem Mann hinüber. »Mit Autogramm wäre natürlich optimal«, sagte er und hielt mir mit bittendem Blick beide Autogrammkarten hin.

Ich nestelte den Stift hervor und signierte, nunmehr halb im seitlichen Liegen, den Karton. Toll, dachte ich, wenn man Menschen eine Freude bereiten kann, indem man ihnen die eigene Klaue auf ein bedrucktes Kärtchen setzt. Wirklich toll, ganz ohne Ironie!

»Vielen lieben Dank, Herr Kaiser!«, sagte der Mann. »Jetzt bloß noch Ihren Ausweis, bitte!« – Ich kramte in den Innen- und Außentaschen meiner Anzugjacke.

»Mist«, entfleuchte mir, »der ist noch in der Jacke von gestern!«

»Ich verbürge mich für meinen Fahrgast«, übernahm Boris die Regie.

»An mir soll es ja nicht liegen«, sagte der Security-Mann. »Einen kleinen Moment, bitte.« Er ging ein paar Meter weg vom Wagen und zückte ein Walkie-Talkie. Es dauerte tatsächlich nicht lange, bis er wieder zurückkam und die Schranke hochfahren ließ. »Sie bleiben zwei Wochen, richtig?«

»So ist es«, bestätigte Boris. »Vier Konzerte!«

»Ihnen, Herr Kaiser, und Ihnen, Herr Dimitroff, wünsche ich einen angenehmen Aufenthalt in Dresden!«, sagte die Gelbweste so betont freundlich, als wäre er der Front-Office-Manager des Hotels. »Und Ihnen, Herr Kaiser, zudem viel Erfolg bei ihren Konzerten!«, schob er noch nach.

»Danke!«, sagte ich lächelnd (soweit es das Latex hergab, versteht sich) und schob nach. »Weil Sie mich trotz fehlendem Ausweis hineinlassen, würde ich mich gerne erkenntlich zeigen. Darf ich Ihnen an der Rezeption des Hotels zwei Tickets für die VIP-Tribüne zurücklegen lassen?«

»Ich selbst muss zwar arbeiten, aber …«

»… Ihre Frau und Ihre Schwägerin hätten Zeit?«

»Bestimmt!« Boris nickte kurz und ließ den Wagen dann gemächlich ins Untergeschoss rollen.

»Vielen Dank, Herr Kaiser!«, rief uns der Wachmann hinterher.

Die Limo rollte die Betonschräge hinab, dann nahm Boris den von Gloria reservierten Stellplatz in Beschlag.

»Geschafft!«, sagte er erleichtert. »Das war die größte Hürde.« Ich verstand nicht recht und blickte wohl genau so aus der Wäsche, denn er ergänzte: »In die Höhle des Löwen vorzudringen.«

»Was für eine Höhle denn? Und wo sehen Sie denn hier einen Löwen?«

»Die Höhle ist das Hotel: extra Security in Zivil in der Lobby. Und der Löwe sitzt in der vierten Etage: Suite mit Blick auf die Frauenkirche – 100 Quadratmeter, drei Räume.«

»Was Sie so alles wissen!«

»Ich weiß immer einiges über meine Zielperson«, sagte Boris.

Nun fragte ich mich, was Boris wohl mit der Pistole vorhatte, die er jetzt unter seiner Anzugjacke hervornestelte. Das Röhrchen, das er da auf den Lauf schraubte, schien mir ein Schalldämpfer zu sein.

»Sie sind bewaffnet?«, fragte ich rhetorisch.

»Nein nein, das ist nur ein Grillanzünder«, behauptete er und drehte sich zu mir um. »Hahaha!«

»Hahaha!«, erwiderte ich, »genau mein Humor. Andererseits: Sie wirken nun doch schon etwas bedrohlich auf mich.«

»Das habe ich schon oft gehört, zuletzt von meiner Therapeutin im Knast. Sie meinte aber, es liege an mir, das zu ändern.«

»Nicht dass mich das was anginge, aber was denn genau ändern?«

»Meine Empathielosigkeit.«

»Sie haben kein Mitgefühl?«

»Sagte jedenfalls die Psychotante!«

»Boris, da lassen Sie sich mal nichts einreden! Wir hatten eine beschwingte Fahrt hierher – ganz toll, wirklich ganz, ganz toll! Sie haben gelacht, ich habe gelacht. Ich glaube nicht, dass empathielose Menschen mit anderen Menschen gemeinsam lachen können!«

»Warum denn nicht?«

»Gemeinsames Lachen setzt voraus, dass man sich in die gute Laune eines lachenden Gegenübers hineinversetzen kann – den Anlass des Lachens nicht nur vom Kopf her versteht, sondern erspürt und sich anstecken lässt von guter Laune.«

»Sie scheinen was zu verstehen von der Materie«, sagte Boris, während er sich mit dem Ende des Schalldämpfers an der linken Schläfe kratzte. »Und weil Sie so gerne lachen, verkleiden Sie sich als Herr Kaiser?« Boris lehnte sich ein Stück weit zu mir her und schob mir langsam den Lauf der Knarre an den oberen Perückenrand. »Beinahe perfekt!«, sagte er anerkennend. Dann schob er mir das Ding ans rechte Nasenloch und drückte auf'm Latex herum. »Wie elastisch das Zeug doch ist!«

»Ich bin sehr verwundert, was für eine Wendung unsere Zusammenarbeit auf einmal nimmt – was soll das?«

Ich klang wohl fordernd, was Boris offenbar nicht gefiel. Er blickte mich zuerst sehr, sehr ernst an, dann setzte er mir den Lauf unters Kinn, wobei er das Metall schon wieder auf dem Material herumschob, als wolle er die Reife eines Eiterpickels prüfen.

»Nicht in diesem Ton!«, sagte er ernst. »Wie heißt das Zauberwort?« Er schob nun heftiger, so dass ich das Metall schon auf meiner echten Haut spürte.

»Bitte«, nuschelte ich.

»Lauter«, forderte Boris.

»Bitte!«, rief ich.

»Pssst!« Boris schob mir den Lauf an den Mund. »Ich meinte doch nicht herumschreien! Wenn das der Schrankenwärter hört, könnte er einen ganz falschen Eindruck bekommen.«

»Was wäre denn der richtige Eindruck?«

»Dass wir zusammenarbeiten, natürlich.«

»Ach so ... ähm, aber offenbar haben sich diesbezüglich ein paar Parameter verschoben.«

»Für mich nicht!«, sagte Boris.

Er hatte seine Stimmlage nun betont höhergeschraubt, und die Stimme kam mir bekannt vor. Knef ... Quatsch, dachte ich, also, Gloria natürlich!

»Sie müssen sich nur entscheiden, ob sie kooperieren oder den Arsch zukneifen wollen«, sagte Gloria alias Boris.

Ich überlegte: Bin ich da jemanden auf den Leim gegangen? Aber warum, und was hat das zu bedeuten? Was will Boris denn von mir?

»Das nennt man Nötigung!«, haute ich heraus.

»Und was Sie da abziehen, ist Identitätsklau!«

»Wieso das denn? Es wäre auch vollkommen legal, als Schlafmütze Olaf oder Meckerheini Friedrich durch die Lande zu ziehen …«

»… wenn Sie keine strafrechtlich relevanten Dinger durchzögen! Ich habe im Knast das Strafgesetzbuch gepaukt, kenne mich da aus!«

»Ich mache gar nichts, was strafrechtlich von Belang wäre – ich bin doch kein Idiot!«

»Letzteres haben Sie gesagt. Ich bin zwar nicht Ihr Rechtsberater, aber so viel kann ich Ihnen sagen: Identitätsdiebstahl kommt im Strafgesetzbuch zwar als Einzelnorm nicht vor, setzt sich aber aus verschiedenen möglichen Delikten zusammen. Es geht dabei um Diebstahl und Gebrauch personenbezogener Daten, Vorspiegelung falscher Tatsachen, falsche Verdächtigung und das Unterstellen von Straftaten. Zudem StGB § 276: Urkundenfälschung, § 164: falsche Verdächtigung, § 269: Fälschung beweiserheblicher Daten und so weiter und so fort. Wenn's dumm läuft, wird Autogrammkarten unterschreiben als Urkundenfälschung ausgelegt und Tickets verschenken als Geschäftsschädigung …«

»Gut, gut – gewonnen, Boris!«, winkte ich ab. »Oder heißen Sie in Wahrheit Gloria? Ihre Stimme klingt …«

»… wie am Telefon, ich weiß – getürkt: Gloria gibt's gar nicht.« Bei diesen Worten war er wieder in seine normale Stimmlage zurückgekehrt.

»Aber ich habe doch selbst Glorias Webseite herausgesucht, von dort die Rufnummer abgeschrieben und bin …«

»… einem Fake aufgesessen, richtig. Mit der Webseite locke ich Leute an wie ein Misthaufen Fliegen: Personen, die mehr als gut bei Kasse sind und einen Chauffeur suchen, wobei sie aber letztlich auf ihren Entführer treffen.«

»Sie überschätzen meine finanzielle Lage, Boris.«

»Um Sie geht es gar nicht – Sie assistieren mir nur, sozusagen. Sie lenken als falscher Roli die Security ab, während ich mir den echten einsammle und ihn eine Weile verstecke. Wenn das geforderte Geld rechtzeitig bezahlt wird, kann die Show pünktlich losgehen.«

»Aber das erste Konzert ist schon heute Abend!«, gab ich zu bedenken.

»Gut so – das erhöht den Druck!«

»Au Backe, Roli soll gekidnappt werden!«, brabbelte ich vor mich hin.

»Binnen weniger Stunden kann alles schon vorbei sein, es muss nur das Geld fließen. An mir soll es nicht liegen – hahaha!«

»Also, ich weiß ja nicht«, deutete ich unbestimmt Bedenken an.

»Das ist nicht schlimm«, sagte Boris, »ich weiß es umso mehr. Bin schon seit einem Jahr auf'm Markt und konnte bisher alle Kandidaten wieder vom Haken lassen. Meine Kundschaft will keine negative Publicity – zweihundertfünfzigtausend aufs Konto, schon setze ich sie zurück in ihre sorgenfreien Planschbecken. Sind Sie bereit, Ihr Leben das Konzert zu retten? Je schneller wir loslegen, desto schneller ist der echte Roli wieder frei!«

»Das klingt plausibel«, sagte ich, »dann machen wir's so!« In meinen eigenen Ohren klang ich mal wieder so, als überblicke ich eine Aktion, auf die ich mich eingelassen hatte.

»Gut!«, sagte Boris. »Ein Tipp: Mir ist in Berlin aufgefallen, dass Sie recht große Schritte machen beim Gehen und auch eher zügig als langsam unterwegs sind. Das könnte negativ auffallen: Der echte Roli geht gemächlicher, zieht ab und an ein Bein etwas nach.«

»Welches?«

»Das ist egal! Legen Sie Ihre Performance einfach etwas geriatrischer an.«

»Das klingt Roli gegenüber etwas despektierlich, Boris!«

»Weniger dynamisch, meine ich – und nicht zu gerade, gerne etwas krumm! Zufrieden?«

Ich nickte. »Noch was?«

»Sie sind ein Laberkopp – das heißt: Reden Sie betont fokussiert, wie der echte Roli, also präzise und knapp. Schwurbeln Sie nicht so herum wie auf der ganzen Fahrt bis hierher – das war nur schwer zu ertragen!«

Meine Fresse, dachte ich, Boris hat seine Zielperson aber gut studiert! Ich unkte, dass er dazu wohl des Kaisers Leib- und Hofsender MDR geguckt habe, wo nicht nur seine Konzerte liefen, sondern auch die aufschlussreiche Doku »Roland Kaiser – Mehr als ein Leben«.

Boris stieg aus, ging heckseits um den Wagen herum und öffnete mir die Tür. »Ich kenne den Weg zum echten Roli, Roli!«

»Woher eigentlich?« Trotz meiner prekären Lage war meine Neugierde auf Roli nicht abgeebbt, und ich dachte verwundert: Erstaunlich!

»Stand in der Zeitung hier – sogar, in welcher Etage er absteigt. Recht unvorsichtig, das preiszugeben, aber mir soll's recht sein. Zur Sache: Ich gehe jetzt rechts neben Ihnen, Sie richten sich nach mir.« Sein Blick allein duldete keinen Widerspruch.

»Alles klar«, bestätigte ich, »so machen wir das!«

Offenbar war ich Willens, Boris nach bestem Wissen und Gewissen zu unterstützen. Das fand ich selbst paradox, auch wenn Boris eine Waffe auf mich gerichtet hielt. Jetzt im Nachhinein überlege ich, ob man hier schon von einem Dresden-Syndrom sprechen könnte … oops, sorry, Stockholm-Syndrom muss das heißen.

Als wir die Tür des Treppenhauses erreicht hatten, schaute sich Boris unauffällig um – wohl, um zu checken, ob die Luft noch rein sei. Der Mann in Gelb ist ja schon eine ganze Weile nicht mehr zu sehen gewesen, dachte ich. Ja gut, vielleicht hat er sich der Abwechslung halber jetzt vor der Einfahrt postiert, also draußen auf'm Trottoir.

Boris drückte die Klinke der Metalltür nach unten. Einen Wimpernschlag später knallte es ohrenbetäubend, und die Tür kam uns mit Wumms und dem Blitz einer Blendgranate entgegengeflogen.

Boris und ich stolperten ein, zwei Meter zurück. SEK-Beamte überrumpelten oder überrollten uns mit Kampfgeschrei, rissen uns zu Boden. Irgendwer hatte geschrien: »Waffe weg!« – Und mein erster Gedanke war gewesen: Ja gut, also ich kann damit nicht gemeint sein.

Aber noch bevor ich einen zweiten Gedanken fassen konnte, spürte ich etwas im Nacken, das mich am Boden hielt, und fühlte zugleich meine Kinnspitze – die echte, jetzt! – übern Betonboden schrammen. Ich wollte zwar reflexhaft an die malträtierte Stelle der Maske fassen, sah mich aber rein körperlich dazu nicht in der Lage: Wie festgetackert lag ich mit dem Gesicht nach unten auf'm Beton, und jemand hatte mir mittlerweile die Arme auf den Rücken gedreht und die Hände fixiert. Das Geräusch, das ich beim Zuziehen der Schlaufe um beide Handgelenke vernommen hatte, kam mir bekannt vor: Kabelbinder! Das deckte sich mit den Bildern im Fernsehen, wenn von Razzien bei bösen Buben berichtet wurde.

Dann hörte ich eine sonore Stimme sagen: »Guten Tag, die Herren! Hauptkommissar Martin Mayer, Kripo Dresden – Sie sind vorläufig festgenommen wegen des dringenden Tatverdachts der Planung einer gemeinschaftlichen Entführung des Herrn Kaiser.«

»Momentchen!«, protestierte ich. »Ich hab damit gar nichts zu tun! Boris hat mich gezwungen, mitzumachen.«

»Ein Detail«, sagte Martin, »das wir noch klären werden.«

Boris behauptete nun seinerseits: »Der getürkte Roli ist mein Auftraggeber. Er hat sich das alles hier ausgedacht, ich bin nur vom Fahrdienst Gloria!«

Ich dachte: Getürkter Roli? Das klingt jetzt aber schon wieder etwas despektierlich. Boris ist der Frohsinn jetzt offenbar in Gänze abhandengekommen.

»Das stimmt, ich bin der Auftraggeber«, gab ich dann zu, »aber der Kontext meines Auftrags ist ein ganz anderer! Sie müssen wissen, ich komme aus Berlin. Dort bin ich Vorstandsmitglied im *Schlager ist geil! e. V.* und …«

»Wird sich klären«, unterbrach mich Martin. »Die Garage wird mit Video überwacht, und über die geöffneten Seitenscheiben ihres Wagens haben wir ihr Gespräch mit Richtmikro abgehört. Dumm gelaufen – insbesondere für Sie, Herr

Boris! Die Kollegen in Berlin haben Sie schon länger auf'm Schirm – seit Ihrem ersten Coup mit dem Berliner Schrippen-Mogul Bäcker & Söhne. Damals sind Sie den Kollegen nach der Geldübergabe knapp entwischt – na ja, Berlin eben: Klappe groß aufreißen, aber sonst? Hier sind wir gottlob in Dresden – will sagen: Es war verdammt unvorsichtig von Ihnen, sich hierher zu wagen, um so 'n krummes Ding zu drehen. Immerhin sind die Hauptstädter geübt darin, landesweit Amtshilfegesuche auf den Weg zu bringen.« Ich fragte mich: Berlin-Bashing? Aber noch bevor ich über eine Antwort nachdenken konnte, sprach Herr Martin mir in den Rücken: »Und Sie, Herr Möchtegern-Kaiser ...«

»Hier!«, entfleuchte mir reflexhaft.

»... kommen ebenfalls mit aufs Präsidium. Ob auch Sie der Haftrichterin vorgeführt werden, entscheidet sich später.«

Erschrocken dachte ich: Später? – Und mir rutschte heraus: »Herr Kommissar, was soll das denn heißen, später? Ich will heute Abend zum Konzert des echten Roli. Sie müssen wissen: Unser Verein hat Zehnjähriges, ich arbeite an der Jubiläumsausgabe unserer Vereinszeitung und ...«

«... das erklärt, warum Sie im Faschingskostüm unterwegs sind?«, unterbrach mich der Kommissar.

In meinem Kopf echote es: Fasching? – »Das ist jetzt aber nicht nett, was Sie sagen, Herr Kommissar«, merkte ich an. »Ich wurde von einer professionellen Maskenbildnerin ausgestattet und ...«

»Abführen!«, grätschte Martin erneut hinein. »Das können Sie alles zu Protokoll geben.« – Protokoll? – So etwas kenne ich doch, dachte ich, von den Vorstandssitzungen unseres Vereins! Und schon fühlte ich mich gleich viel besser, obschon mir die Handgelenke schmerzten, und als ich von zwei Uniformierten schwungvoll auf die Beine gestellt wurde, rutschte mir die Perücke nach unten und vor die Augen. »Ich sehe nichts mehr!«, sagte ich.

Irgendjemand korrigierte mit grobem Griff an meinen Hinterkopf den Sitz der Perücke. »Besser so?«, hörte ich Martin fragen.

»Ja, danke. Aber hätten Sie vielleicht einen Spiegel? Die Maskenbildnerin hatte mir geraten, ab und an den Sitz des Haares zu kontrollieren«, erwiderte ich. »Mir scheint, jetzt wäre der Zeitpunkt gekommen.«

Martin schaute mich an. »Kann es sein, dass Sie Medikamente benötigen?«, fragte er.

»Nein, nein – wirklich nur einen Spiegel!«

»Ihre Sorgen möchte ich haben«, sagte der Kommissar. Dann gab er den Uniformierten, die links und rechts neben mir standen und mich wie zwei alte Kumpels untergehakt hatten, mit zackigem Kopfschwenk ein Zeichen hin zu dem Streifenwagen, der zwischenzeitlich in die Tiefgarage hereingerollt gekommen war.

Wenig später wurde ich erkennungsdienstlich behandelt. Das gestaltete sich gar nicht so einfach, denn die Latex-Maske war gut verklebt. Anerkennend dachte ich: Sauberer Arbeit!

Nach zwanzig oder dreißig Minuten stand ich dann als Thommi vor einem Fotografen, der mich erst von vorn und dann in den Profilen ablichtete; auf meinen Hinterkopf legte er keinen Wert. Wird schon alles seine Richtigkeit haben, dachte ich und sinnierte dann: Nun bin ich mit eigenen Bildern bei der Dresdener Polizei vertreten – wow!

Die für mich auf der Hand liegende Frage, ob ich von den Fotos wohl Abzüge haben könnte, weil sie, wie ich erläuterte, für die Vereinszeitung des *Schlager ist geil! e. V.* etwas hergeben könnten, beantwortete der Foto-Mann mit einer Gegenfrage: »Benötigen Sie Seelsorge?«

»Lieb von Ihnen, sich zu sorgen, aber nein«, antwortete ich.

»Sollen wir jemanden anrufen, der Sie abholt? Ihre Frau?«

»Ach, Frauen … Ich bin geschieden. Wenn, dann Marlene, aber das geht nicht – sie hat Kontaktverbot zu mir. Auch so eine Geschichte …«

»Haben Sie einen Betreuer oder sonst wen, der sich um Sie kümmert?«

Ach herrje, der Polizeifotograf hat wohl ein etwas schiefes Bild von mir bekommen, dachte ich – sagte aber frohgemut: »Wirklich ganz, ganz lieb von Ihnen! Mir geht's aber gut und ich sehe mich so weit orientiert, dass ich ohne Unterstützung nach Hause komme.«

Also, da soll noch mal einer sagen, bei der Polizei stehe das Wohlbefinden der Kundschaft nicht im Mittelpunkt, dachte ich.

Und zudem gab es dann sogleich noch einen weiteren Hinweis für mich – das kam so: Nach dem Foto-Shooting kam das Verhör, und das führte Martin. Auch ein ganz Lieber! Das Gespräch verlief einvernehmlich, und am Ende sagte er, er sehe nach meinem Bericht und nach dem, was der Lauschangriff in der Tiefgarage hergebe, keinerlei Beweise, ja nicht mal Indizien dafür, dass ich mit Boris unter einer Decke stecke. Von daher gäbe es auch keinen Grund, mich der Haftrichterin vorzuführen – um aber auf Nummer sicher gehen zu können, dass ich kein Selbstgefährder sei, wie er sich ausdrückte, und dass man mich wirklich guten Gewissens auf freien Fuß setzen könne, empfehle er mir dringend, noch ein weiteres Gespräch zu führen.

»Dazu kann Sie niemand zwingen«, meinte er, »aber Ihr Aufzug als Kaiser, um mit dem Kaiser ein Interview zu führen, ist schon ein wenig speziell. Es geht uns diesbezüglich um Ihre eigene Sicherheit, wenn Sie verstehen.«

Nein, dachte ich – sagte aber, um die Sache nicht unnötig zu verkomplizieren: »Finde ich ganz lieb von Ihnen – wirklich ganz, ganz toll, wie auch Sie sich um mich sorgen! Die Polizei kommt ja allgemein in der öffentlichen Meinung eher nicht so gut weg, nicht wahr? – Sie, Herr Kommissar, beweisen aber das ganz genaue Gegenteil!«

»Gegenteil wovon?«

»Die Polizei, dein Feind und Meuchler – hahaha!«

»Sehr komisch«, sagte Martin, »hahaha …« Sein Amüsement klang gedämpft, und er hielt dabei die Augenbrauen etwas nach oben gezogen.

»Herr Kommissar, ich möchte gesagt haben: Vielen lieben Dank!«

»Nun überschlagen Sie sich mal nicht«, winkte Martin ab. »Wir machen hier alle nur unsere Jobs.« Kaum hatte er ausgesprochen, kam ein Mann um die fünfzig in den Verhörraum, der sich als Prof. Dr. Rungholt Reiber vorstellte.

»Herr Reiber ist Psychiater«, sagte Martin. »Arztgeheimnis – deshalb verlasse ich jetzt auch den Raum. Sie erzählen bitte Herrn Reiber einfach noch mal, was Sie mir geschildert haben, ja?«

Nachdem Martin den Raum verlassen hatte, wies ich

Rungholt auf das Mikrofon vor mir hin und zitierte: »*Was ich noch zu sagen hätte, / dauert eine Zigarette / und ein letztes Glas im Stehn.*«

»Bitte?«

»Mey, Reinhard.«

»In der Akte steht was von Kaiser, Roland. Verstehe nicht, was Sie mir sagen wollen.«

»Zitat: Lied, Mey.«

»Schon klar, aber der Zusammenhang wäre?«

»Mein Zwang, Lyrics zu zitieren.«

»Deshalb wurden Sie verhaftet, denken Sie?«

»Nein, nicht doch!« Gott oh Gott oh Gott, dachte ich, was wird Rungholt von mir nur denken müssen? Mann, Mann, Mann! Das mit dem Zitieren sollte ich mal langsam aber sicher überdenken – geht ansonsten irgendwann noch mal fürchterlich in die Hose. »Ich wollte damit im Grunde genommen nur gesagt haben: Was ich sagen könnte, wurde schon gesagt und wurde soeben vom Kommissar aufgenommen.«

»Ich verstehe nicht wirklich, was Sie da reden.«

»Noch mal anders gesagt: Wir könnten uns auch einfach gemeinsam die Aufnahmen anhören«, schlug ich vor.

Rungholt schaute mich an. Er runzelte erst die Stirn, blätterte dann kurz in der Akte, die ihm Martin hingelegt hatte: »Herr Kaiser …«, begann er dann.

»Andras«, korrigierte ich.

»Meine Güte!«, brabbelte Rungholt etwas genervt vor sich hin. »Was ist denn das für eine komplizierte Sachlage hier? Also, hier steht Kaiser!« – Ich blickte auf die Stelle, auf die Rungholt mit dem Finger zeigte.

»Das wurde offenbar geschrieben, bevor ich mich demaskiert habe«, sagte ich.

»Sie haben was?«, fragte Rungholt.

»Kostümiert, mit Latexgesicht – vom Kaiser, dem Roland!«

Rungholt klappe den Aktendeckel zu. »Vorschlag: Ich vergesse die Akte und Sie vergessen die Tonaufzeichnungen, ja? Versuchen wir es mit einem offenen Dialog, Herr Mey!«

»Andras!«

»Natürlich. Also, Maskierung … spannend – erzählen Sie gerne mehr!«

Ich tat, wie von Rungholt erbeten, und weil ich schon fürchtete, er könne womöglich auf das schräge Brett kommen, ich hätte einen an der Klatsche, erleichterte mich das Fazit des Psycho-Profs: »Herr Andras, Sie sind ein Schlager-Fan – etwas distanzlos zum Musikgenre allgemein und zu einem Star im Besonderen. Das ist aber alles in allem keinen psychiatrischen Befund wert. Sie scheinen mir etwas überspannt zu sein – gehen Sie zu Ihrem Hausarzt und lassen Sie sich einen Gelben geben, um eine Auszeit zu nehmen.«

Der Kommissar, dem Rungold das Gesprächsergebnis kommuniziert hatte, sagte mir zur Verabschiedung, dass er mich von nun an als zurechnungsfähigen Zeugen führe. Einen Haken gab es dann aber doch noch: Ein Interview mit Roli im Hilton, so Martin, würde nicht stattfinden können, denn der Hotelboss habe mir vorbeugend und bis auf Weiteres Hausverbot erteilt. In Zeiten von Kaisermania liefe der Betrieb auf Hochtouren, da kämen Störfeuer meiner Art besonders ungelegen. Zudem rücke mein Auftritt in der Tiefgarage, den ihm die Polizei übermittelt hatte, meine Seriosität zumindest ins Zwielicht. Auch Roli selbst habe abgewunken ob meines Ansinnens, ihn zu interviewen. Er sei, so soll er gesagt haben, für manchen Spaß zu haben, andererseits aber aus dem Alter schon raus, sich in einen Schleudersitz zu setzen. Ach ja, und mein gebuchtes Hotelzimmer habe man storniert.

Schade, wirklich schade, in mehrfacher Hinsicht. Denn so beschränkte sich meine Recherche nun auf einen Mania-Konzertbesuch – nicht einmal ein Besuch des Backstage-Bereichs hatte sich unter den gegebenen Umständen einfädeln lassen. Zum Glück hatte ich weit im Vorfeld meiner Reise ein Ticket für die VIP-Tribüne geordert, die sich aber leider – logischerweise – nicht in der ersten Zuschauerreihe befand. Folglich beschränkte sich die Bild-Ausbeute auf ein paar verwackelte Selfies, auf denen man im Hintergrund, auf hunderte Meter Entfernung, Roli erkennen konnte – aber nein, nicht auf der Bühne, sondern auf einem haushohen Monitor.

Nicht minder bitter war dann: Nach dem Konzert trieb ich mich wegen des Hilton-Hausverbots in Dresden herum. Die letzte Bahn gen Berlin hatte ich verpasst, ich irrlichterte also durchs Nachleben der Stadt und landete zufällig im Szeneviertel Neustadt, genauer gesagt im Downtown. Das war eine Tanz-Location in einer ehemaligen Fabrikhalle, da gab's auf drei Ebenen was auf die Ohren: zur vorgerückten Stunde Musik aus den Achtzigern, Neunzigern und so weiter. Ich verweilte mal auf der einen, mal auf der anderen Etage, lehnte, mich mal auf- und mal abstützend, an dem einen und anderen Stehtisch vorm jeweiligen Tresen. Was hätte ich sonst auch tun sollen ohne Chauffeur? Boris war ja von der Haftrichterin schnurstracks in U-Haft durchgewunken worden.

Bei dem einen und anderen Bierchen brachte ich die Zeit

herum, bis es möglich wurde, um 5:19 Uhr am Hauptbahnhof den ersten IC nach Berlin zu nehmen. Club und Bahnhof lagen eineinhalb Stunden Fußweg auseinander. Bitte? Ich hätte ein Taxi zum Bahnhof nehmen können? – Nix da! Ein Taxi hätte die Kosten für den Verein unnötig in die Höhe getrieben. Als Kassierer des *Schlager ist geil! e. V.* war ich zum verantwortungsvollen Umgang mit Mitgliedsbeiträgen verpflichtet, aber das sagte ich an anderer Stelle ja schon. Die vermeintlichen Investitionen in meine Schlager-Action – zuerst die Nummer mit der UNESCO, dann die mit Dresden! – wären meines Dafürhaltens zwar verdammt gut angelegtes Geld gewesen, aber es kam ja zuletzt dann anders als gedacht: Außer Spesen nichts gewesen. Unangenehm, ausgesprochen unangenehm!

Andererseits: Wie hätte ich denn ahnen sollen, dass Gloria nur potemkinsch und Boris ein Gangster, Gaukler, Gewalttäter war, der die schicke Limo kurz vor unserer Abreise aus Berlin direkt bei der Waldbühne ums Eck auf offener Straße geklaut, also aus'm feineren Teil von Charlottenburg entfernt hatte. Das hatte mir Martin gesteckt, nachdem ich ihn gefragt hatte, ob ich die Limo nach Berlin zurückfahren dürfe, um sie bei Gloria abzugeben. Aber Martin hatte abgewinkt: Der Wagen sei konfisziert, weil ein Beweisstück.

Dann schob er noch nach: »Wenn Ihr Verein so viel Kohle hat, nehmen Sie sich doch ein Taxi nach Berlin.«

»Danke für den Vorschlag«, sagte ich, »aber die dann anstehende Leerfahrt zurück nach Dresden könnte ich meinem Vorstandskollegium nicht vermitteln.«

Der Kommissar zuckte mit den Schultern.

Gegen halb sechs Uhr früh im Zug stellte ich dann fest,

dass der nächste Halt Dresden-Neustadt war – vom Downtown zu Fuß in zehn Minuten erreichbar. Und wie sich später in Berlin herausstellte, sollte es auch ohne Rückfahrt per Taxi Verständnisprobleme im Verein geben, die dann bemerkenswerte Ausmaße annahmen. Anders gesagt: Hätte ich mich einfach in ein Taxi geschwungen, dann hätte das den Problem-Kohl auch nicht fetter gemacht.

8. Burn-on

In Berlin zurück, ging der Ärger dann erst richtig los. Kaum hatte Renate, die Rühmkopf, ihres Zeichens Erste Vorsitzende *des Schlager ist geil! e. V.*, davon Wind bekommen, dass ich in den Heimathafen eingelaufen war, zitierte sie mich ins Vereinsbüro. Dieser Ort war mir aus bestimmtem Grund – Ah … uh … oh … Maaarleeeneee! – in guter Erinnerung. Aber mein süßes Memorieren, das mich überkam, als ich Renate gegenüber am Schreibtisch saß, schmeckte plötzlich etwas fischig – wohl deshalb, weil sich mein Gegenüber betont unlustig gab: Renate blickte mich mit verhärmt-versteinerter Miene an. – Davon lasse ich mich nicht runterziehen, dachte ich, was weiß denn ich, was der heute für eine Laus über die Leber gelaufen ist? So blickte ich Renate unverdrossen freundlich an, übernahm sogar proaktiv die Rolle des Berichtenden und tat kund, was allgemein wie auch im Besonderen geschehen war. Ich saß im Übrigen ganz und gar nicht im Büßerhemd da, sondern im besagten taubenblauen Dreiteiler; nur die Roli-Perücke und -Maske hatte ich vor dem Gesprächsbeinn auf der Tischplatte abgelegt. – Nachdem ich meinen Bericht beendet hatte, spürte ich einen kalten Windzug von der anderen Tischseite zu mir herüberwehen. Wie aus einem übergroßen Eiszapfen modelliert, harrte Renate starr und schweigend aus. Sie schien auf etwas zu warten – aber auf was?

Ich dachte nach, ob ich etwas vergessen hatte. Im Kopf ging ich stichwortartig die Chronologie der Ereignisse durch: Buchung von Hotel, Konzerttickets, Gloria ... Reiseklamotten geordert und Maskenbildnerin gebucht ... Boris kennengelernt, Fans und Security mit Autogrammen versorgt ... wenig später in einen Hinterhalt geraten, dabei aber die nettesten Polizisten Deutschlands kennengelernt ... eine Tanzlocation gecheckt und den nächstmöglichen ICE zurück nach Berlin genommen – 13 Tage früher als ursprünglich geplant.

Renate schwieg weiterhin. Sie schaute mich an. Dann schlug sie unvermittelt mit der flachen Hand auf den Tisch und schrie mich an: »Thommi, willst du mich veräppeln?!«

Oops, dachte ich, Renate ist heute aber wirklich mies drauf! Was für negative Vibrations! Lass dich jetzt bloß nicht anstecken von ihrer wie auch immer begründbaren Übellaunigkeit!

Im tiefsten Innern meiner Schlager-Seele rezitierte ich, derweil meditativ eine Falschhaarsträhne um den Zeigefinger wickelnd, unseres Rolis Mantra: »*Alles Kalte ist verbannt.* «

»Vermutlich findest du, dass dein Verhalten in Ordnung geht«, unterstellte mir Renate – und zwar zu Recht, wie ich auch heute noch meine!

»Ja«, erwiderte ich. »Schau mal, Renate: Ich kann alle Ausgaben haarklein belegen.« Während ich das sagte, wickelte ich die besagte Haarsträhne wieder ab vom Finger. »Belegen – ach was?!«

»Alles dokumentiert, sortiert, abgeheftet. Als Kassierer weiß ich doch, was sich gehört!«

»Wer sagt das?«

»Ich sage das!«

»Eben – so kommen wir dem Problem schon sehr nahe«, pöbelte Renate.

Ach Gottchen, so kannte ich Renate gar nicht! Auch sie war im Grunde genommen oder von Grund auf ein ganz heiterer Mensch; auch ihr lag Felicità nahe und Frohsinn im Blut. Wäre ansonsten ja auch kaum zu erklären gewesen, dass wir zusammen schon so manchen Kleinen Feigling zum Klappern gebracht hatten.

Weil ich's gerade angesprochen habe, das Klappern und so, möchte ich an dieser Stelle darauf hinweisen: Außer fröhlichem Bechern war im Büro zwischen Renate und mir bislang nichts gelaufen. Mit besagten Likörchen brachten wir uns also nicht in Stimmung für einen Seitensprung, was rein logisch schon insofern nicht funktioniert hätte, als auch Renate solo war. Kurz: Likörchen hinter den Öhrchen versüßten uns lediglich kollektiv den verwaltenden Teil des Ehrenamts: Das erste Klappern bedeutete, dass Renate den Schriftkram als Vorsitzende machte; ein zweites Klappern kündete davon, dass ich als Kassierer die laufenden Kosten des Vereins überprüfte – und das dritte Klappern signalisierte: Feierabend!

Ich argumentierte gegenüber Renate in aller gebotenen Sachlichkeit: »Dass meine Recherche schlussendlich mit 9.996 Euro und 28 Cent zu Buche schlägt, war für mich bei aller soliden Vorbereitung nicht vorauszusehen. Schau mal, Renate, es war mein allererster Versuch, unseren Roli in die

Spur *Schlager ist geil! e. V.* zu bringen. Auf die Idee, mich als Roli ausstaffieren zu lassen, hatte mich dann erst Gloria gebracht. Die Arbeit gestaltete sich eben – jetzt mal als Wirtschaftsinformatiker gesprochen – als Work in Progress, was nach den Kanban Board meint: ›to do‹ bzw. ›new‹, sodann ›refined‹ und ›doing‹ bzw. ›active‹, gefolgt von ›in review‹, späterhin ›finished‹ und nicht zuletzt ›done‹ bzw. ›completed‹!«

»Bleib mir mit deinem Fachchinesisch fern, Thommi!«, polterte Renate. »Brauchst nicht versuchen, abzulenken!«

»Wovon sollte ich denn ablenken wollen?«

»Quittungen!«

»Gibt's da was zu beanstanden?«, fragte ich.

Renate atmete schwer. »Wie sollen wir das auf der nächsten Hauptversammlung erklären?«, fragte sie.

»Das schieben wir an die Kassenprüfer weiter«, schlug ich vor.

»Kassenprüfer haben zu prüfen, nicht zu rechtfertigen!«, fuhr Renate nun doch schon aus der Haut. »Das wäre der Job des Vorstands!«

»Beruhige dich, bitte! Als Kassierer gehöre ich zum Vorstand – das heißt, ich könnte das machen«, bot ich an. »Ich erkläre das publizistische Konzept – also, dass es sich um die Jubiläums-Ausgabe der Vereinszeitung handelt und die Infos dafür aus erster Quelle stammen sollen, also von mir – und dass eine solche solide Recherche nicht für lau zu haben ist.«

»Und was hat das mit dem Chauffeur zu tun? – Das schlägt allein mit 3.500 Euro zu Buche!«

»Der war im Mietwagenpreis mit drin«, informierte ich.

»Wo gibt's denn Mietwagen nur mit Fahrer?«

»Bei Gloria! Außerdem war Boris zugleich mein Bodyguard …«

»Bodyguard?! – Ich glaub es nicht! Wozu um Himmels Willen hast du denn einen Leibwächter benötigt, Thommi?«

»Ich doch nicht – nicht als Thommi, aber als Roli«, erläuterte ich. »Es gab durchaus auch eine brenzlige Situation: Eine Frau wollte mir an meinen Wuschelkopf.« Ich griff nach der Roli-Perücke und hob sie hoch in die Luft. »Sieht verdammt echt aus, oder?«

Renate goss sich Wasser ein und blickte mich an, als wolle sie fragen, ob es mir gut gehe. Mich erinnerten diese nonverbalen Signale an die netten Polizisten in Dresden. Hoffnungsfroh, Renates offenkundige Zweifel an der Notwendigkeit meiner Investitionen beseitigen zu können, verwies ich auf den Ausdruck meines sechsseitigen Manuskripts – in Arial Bold, 24 Punkt. Renate hatte ja Probleme mit den Augen, und ich hatte gedacht, diese großzügige Schriftgröße käme ihr entgegen. Aber auch nach einer halben Stunde lag mein Material immer noch dort, wo ich es abgelegt hatte: in der Mitte des Tisches. Als Appetitanreger hatte ich auch die Selfies beigelegt – Abzüge auf feinstem Fotopapier –, denn Lars, unser PR-Fritze im Verein, hatte ja gesagt, dass Bilder mehr sagen als tausend Worte. Aber das funktionierte bei Renate nicht wirklich gut.

Während sie wieder am Glas nippte, lockte ich mit weiteren spektakulären Infos zu Gloria: »Boris, der Chauffeur: ein Schlager-Kenner hinterm Lenker – hört sonst nur Hardrock!«

»Wen interessiert's?«

»Na, hör' mal! Darum zu wissen, ist doch wichtig! Mir

ging es immerhin um realistische Impressionen – auch in Sachen Anfahrt. Ich konnte doch nicht ahnen, dass es sich bei Boris – Schlager-Kenner hin oder her – um einen falschen Fuffziger handelte!«

Renate goss sich Wasser nach, ihre Augenlider begannen zu flattern. Ach, guck' an, dachte ich, diesen Tick kenne ich von ihr noch gar nicht.

Ich wollte Renate beruhigen, indem ich ihr die ganze Boris-Story erzählte, und schloss: »Genau besehen habe ich, unterm Strich, sogar Geld gespart.«

»Ach was?!«

»Ich bin mit der Bahn zurück nach Berlin gefahren, statt mit einem Taxi. Und weil mir der Hotelboss ein Hausverbot erteilte, hatte ich auch keinen abendlichen Absacker an der Hotelbar. Ich war ja quasi als rasender Reporter unterwegs, verstehst du? – Da muss man abends runterfahren, das kennst du doch bestimmt auch.«

»Wenn ich geschafft bin, setze ich mich nicht an eine Bar, sondern gehe einfach ins Bett.«

»Damit wär' es nicht getan gewesen.«

»Warum denn nicht?«

»Keine Geliebte da – hahaha!«

Renate entglitten die Gesichtszüge.

»Das war ein Scherz!«, stellte ich fest.

»Thommi, das ist nicht witzig, sondern sexistisch!«, polterte Renate.

Ich dachte: Hallo? Sexismus ist uns Schlagerfreunden doch nicht wirklich fremd! Sagen wir es, wie es ist: spätpubertäre Männerfantasien von Sängern im Rentenalter und nuttige Aufzüge von Schlagersängerinnen auf Hochseilschaukeln. »Sex Sells«, würde Lars sagen. Sogar am Samstagabend: Familienfernsehen im Öffentlich-Rechtlichen mit unserer Helene, die vorgibt, im Rausch zu sein. Der RBB merkte unter der Überschrift »Sexappeal und Biederkeit« an: »Das Erste was an der Bühnenperson Helene Fischer auffällt, ist ja diese Diskrepanz zwischen dem übersexualisierten Proto-Äußeren, also Ledercorsage mit halbfreien Pobacken, Netzstrumpfhosen, tiefer Ausschnitt – und dieser totalen Biederkeit in ihren Ansagen und Ansprachen. ›Hey, ihr Lieben, toll, ihr Lieben, wir freuen uns so sehr, ihr Lieben‹ und so weiter blablat Fischer mehrmals am Abend in ihr dickes Mikrofon. Und sagt nicht einen einzigen irgendwie interessanten Satz. Dazu die Lyrics aus Textbausteinen, eine Aneinanderreihung von Allgemeinplätzen und kreativlosen Reimen über irgendwas mit Liebe und Autobahn und Freundschaft. Also es ist grausam.«

Eine Meinung – subjektiv, sarkastisch … Aber wie gesagt: Sex Sells! Und das ist gar nichts Besonderes, finde ich – erlaubt ist eben, was Spaß macht, und darum geht es doch! Unsere Helene finde ich klasse – mag der oben zitierte Nörgler doch meckern, wie er will. Die letzte Show in der Glotze war großartig mit dieser betont spartanisch eingerichteten Bühne mitten in der Halle, ähnlich wie beim Boxkampf zu allen Seiten offen, gut gelungen – sehr gut gelungen! Auch Helenes Selfie am Bühnenrand mit einer jungen Frau, die sich angeblich spontan just als lesbisch outet, vor einem Millionenpublikum! Ihre Eltern, so wird behauptet, wüssten nichts von ihrer sexuellen Präferenz – anrührend! Helene hat dann, nach ihren Worten der Ermutigung an die Frau, wie zufällig eine Regenbogenfahne in der Hand und den passenden Song zur

Proklamation der Diversität in der Kehle. Man könnte denken, das sei nicht mehr als inszenierter Sozial-Kitsch gewesen – na und? Unterhalten hat's allemal, und als Schlagerfreund teile ich auch die Kritik des oben zitierten Nörglers an Fischers Texten nicht. Meine Güte! Ein Pin-up-Kalender ist nun mal keine Sammlung mit Liebesgedichten, aber ihn anzuschauen ist schon schön.

Zurück zu Renate: Mir Sexismus vorzuwerfen, war Heuchelei auf höchstem Niveau!

»Darf ich dich an etwas erinnern?«, setzte ich ihr entgegen. »Bei einer der letzten Schlagerpartys des Vereins warst auch du gut unterwegs gewesen auf der Tanzfläche – zu Matthias Distels alias Ikke Hüftgolds Mega-Knaller von der Puffmama Layla, die schöner, jünger und geiler sei! Nee, nee, Renate, auch du hattest nicht nur am Mineralwasser genuckelt – klappern, klappern! Dein Sexismus-Vorwurf mir gegenüber scheint eine Frage der Perspektive zu sein – oder des Alkoholspiegels!« Daraufhin folgte Stille. Sorry, aber das musste mal 'raus! Kann mir ja nicht alles bieten lassen.

Renate schien dann plötzlich wieder geerdeter zu sein. Jedenfalls schaltete sie einen Gang runter und bemühte sich um Sachlichkeit in ihrer Kritik: »Es entspricht nicht unserer Geschäftsordnung, dass du als Kassierer im Alleingang über derart hohe Ausgaben verfügst.«

Ich weiß, ich weiß, dachte ich, ein Totschlagargument!

»Ich hatte das im Eifer des Gefechts vergessen – ich war ganz euphorisiert von meiner Aufmacher-Idee«, erklärte ich und hoffte dabei zwar nicht auf Renates Freispruch, aber auf eine Begnadigung schon.

»Vergessen? Und das dir, der mir eben noch mit ›Work in

Progress‹ das Ohr abknabberte?! Thommi, das kannst du einem Dachdecker erzählen!«, wischte Renate meine Offenbarung vom Tisch. Ach, wie unversöhnlich, dachte ich. Mit dem Zitieren eines Schlager-Titels gab ich klein bei: »›Schachmatt‹! Ich wollte dich und die anderen Vorstandsmitglieder mit meinem Roli-Beitrag überraschen.«

Renate legte ihre Stirn in Falten. »Das ist dir heute gelungen! Thommi, ich muss nun den Vorstand zur Beratung zusammentrommeln.«

»Selbstverständlich, gerne – wann wäre das?«

»Bis auf Weiteres geht dich der Vorstand nichts mehr an.«

»Warum das denn?«

»Weil ich dem Vorstand empfehlen werde, dich ob deines Verhaltens von deinem Ehrenamt zu suspendieren.«

»Das dürft ihr nicht!«

»Dürfen wir doch! Schau mal in die Satzung, Thommi! Eine vorläufige Suspendierung ist bei schwerwiegenden Verstößen oder dringenden Gründen vorgesehen. Du hattest eben die Möglichkeit, dich zu verteidigen und die Vorwürfe zu entkräften.«

»Was ich auch gemacht habe: entkräftet.«

»Eher bekräftigt, würde ich sagen. Aber du kannst deine Geschichte noch mal dem gesamten Vorstandskollegium erzählen. Wir laden dich dazu dann ein«, sagte Renate – und wies mit der Hand zur Tür.

Ich stand auf und wollte meine Materialien – auch Perücke und Latexmaske – von der Tischmitte zu mir herüberziehen, um sie einzusammeln.

»Finger weg!«, zischelte Renate. »Das ist Eigentum des Vereins – und zudem Beweismaterial.«

»Und der Anzug, das Hemd, die Schuhe und …?«

»Die Klamotten kannst du später vorbeibringen, sagen wir bis Ende nächster Woche – tipptopp gereinigt, versteht sich! Der Verein muss gucken, was er für die Sachen beim Secondhand noch rausholen kann.«

Ich nickte stumm und rekapitulierte, dass sich meine Gutmütigkeit, neben dem Arbeitsergebnis auch die Roli-Verkleidung mitgebracht zu haben, als Schuss ins eigene Knie entpuppt hatte. Zwar war mir Selbstmitleid eigentlich fremd, aber dennoch verließ ich das Büro wie ein geprügelter Hund.

Wenig später stand ich vorm Vereinshaus noch eine Weile planlos herum, als wünschte ich mir jemanden Unbestimmtes her, der mir tröstend auf die Schulter klopft. Aber niemand war da.

Dann marschierte ich los, ziellos durch die Straßen Berlins, und nuschelte dabei Adel Tawils Hip-Hop-Lyrics vor mich hin – Verse, die zwar von einer Stadt handeln, in der sich Fremdenfeinde breitmachen, mir aber zumindest fragmentarisch zufällig irgendwie auch zum *Schlager ist geil! e. V.* zu passen schienen: »*Wohin soll ich geh' n / Wenn du doch mein Zuhause bist? / Sag mir, wohin soll ich geh' n? / Du bist ein Riesenteil von meinem Ich.*«

Gute Frage, Adel, dachte ich: Wohin soll ich gehen?

Einer Fata Morgana ähnlich schlenderte linker Hand plötzlich unser Christian, der Anders an mir vorbei – singend und mit auffallend hängenden Schultern: »*Es ist aus und vorbei, aus für immer. / Die Wärme ist fort und kalt das Zimmer. / Aus und vorbei, hab' dich verloren in mir. / Es ist aus und vorbei, aus für immer. / Die Wärme ist fort und kalt das Zimmer. / Aus und vorbei, hab' dich verloren in mir.*«

Hinter mir hörte ich jemanden erwidern: »Mensch, Chrischi, nun hör' mal uff zu jammern!«

Ich blieb stehen und drehte mich um; auch Christian war stehengeblieben. Beide blickten wir zu unserm Frankie, dem Zander, der dann an mich herantrat, schelmisch über seine blaugetönte Rundbrille linste und seine Rechte kumpelhaft auf meine linke Schulter legte, während er mit der Linken sein liebgewonnenes Schultheiss in die Luft hob: »*Hurra wir leben, ist das nicht stark? / Und reicht die Kohle nur bis zum Sarg / Wir nehmen's locker, nichts haut uns vom Hocker / Kopf oben.*«

Christian schien Frankies Worte zu ignorieren, jedenfalls wandte er sich direkt an mich: »*Leb wohl, ich wünsch' dir Glück, / das Ende ist so nah, / die Tränen nehmen mir die Sicht.*«

Das rief nun Frankie erst recht auf den Plan: »*Hurra wir leben, so oder so / Wir jammern jetzt schon auf hohem Niveau / Und schlägt auch der Blitz ein, wir checken im Ritz ein / Kopf oben.*«

Christian gab sich unbeeindruckt und hielt mit einer Replik dagegen – wenngleich er dabei nicht Frankie, sondern mich anblickte; wohl, um vollstes Verständnis für meinen sich andeutenden Abstieg ins Jammertal zu signalisieren: »*Ich war so unruhig, als hätte ich's gewusst, / die Zeit mit dir ist irgendwie schon lang vorbei. / Du kamst nach Hause und du sagtest nicht ein Wort, / nur Tränen füllten dein Gesicht.*«

Dann zog Christian weiter, Frankie grinste schief. Mit den direkt an mich gerichteten Worten »*Alles läuft nicht grad so glatt*« zauberte Frankie hinter seinem Rücken eine zweite Flasche Bier hervor.

»Ja, *Kopf oben*, Frankie – danke!«, sagte ich. »*Du hattest schon mal Recht mit ›Freunde, wir tun vieles, und noch viel mehr. / Aber eins tun wir heute bestimmt nicht mehr. / Nur nach Hause, nur nach Hause, nur nach Hause geh'n wir nicht‹*.«

Hatte ich mich vor kurzem noch gefragt gehabt, wer mir in dieser schweren Schlager-Stunde wohl Trost spenden könnte, lag die Antwort damit schon auf der Hand: Natürlich Frankie, unser Muntermacher der Nation!

Aber plötzlich war Frankie weg – hatte sich, wie kurz zuvor unser Christian, buchstäblich in Luft aufgelöst. Was ich dann auch nicht verstand, war, dass mich eine ältere Dame unvermittelt ansprach und fragte, ob ich Hilfe benötige; ich wirke auf sie etwas desorientiert, meinte sie.

»Alles bestens!«, erwiderte ich. »Nur eins: Können Sie mir sagen, wo unser Frankie, also der Zander, hin ist? Eben war er noch da! Sie müssen wissen: Nur nach Hause, nur nach Hause, nur nach Hause geh'n wir nicht.«

»Soll ich vielleicht doch Hilfe rufen?«, fragte die Dame sichtlich besorgt.

Ich zeigte mit dem Finger hinter sie und merkte an: »Da, sehen Sie!«

Die Dame drehte sich kurz um, dann wieder zu mir zurück. »Was soll da sein?«

»Kennen Sie den Mann denn nicht? Der da im weißen Bademantel!« Und Udo, der Jürgens, trat auf uns zu. »Udo, schön dich zu sehen!«, begrüßte ich ihn. »Die Schlager-Welt vermisst dich! Ich weiß, wovon ich rede, denn ich bin Kassierer im *Schlager ist geil! e. V.*!«

Udo erwiderte: »*Manchmal spielt das Leben mit dir gern*

Katz und Maus. / Immer wird's das geben, einer der trickst dich aus.«

»Das war immer so wahr, was du gesungen hast!«, sagte ich. »Deshalb fehlst du so im Schlager-Universum.«

Udo bedankte sich für mein Kompliment: »*Vielen Dank für die Blumen, / vielen Dank, wie lieb von dir.*«

Die Dame vor mir schaute mich entgeistert an. Dann nestelte sie ihr Handy hervor – machte wohl Anstalten, Unterstützung zu alarmieren. Aber ich legte behutsam meine Linke auf ihre Rechte, die das Gerät hielt, schaute ihr in die Augen und sprach im aufmunternden Tonfall eines Frankie: »Kopf oben!« Damit zog ich von dannen – das heißt: in die nächstbeste Destille.

Tags darauf hatte ich einen Brummschädel und wusste weder, wie viele Bierchen ich gezischt hatte, noch, wie ich nach Hause gekommen war – Filmriss! Als ich auf die Uhr schaute, lag die Erkenntnis blank: Verschlafen! Ach du Scheiße! Seit einer Stunde hätte ich auf Arbeit sein müssen!

Ich rief meinen Vorgesetzten an, meldete mich wegen »tierischen Kopfschmerzen« krank und versicherte, »umgehend zum Arzt« zu gehen, um die »absehbare AU-Bescheinigung« vorzulegen.

Am Nachmittag konsultierte ich meinen Hausarzt Daniel. Ich berichtete ihm von meiner durchzechten Nacht nach der Demütigung durch Renate; zudem peinige mich, so informierte ich ihn weiter, eine latente Müdigkeit gepaart mit Ohrensausen.

Daniel wollte mehr über das erfahren, was ich Demütigung genannt hatte, und schon berichtete ich ihm von meinem langjährigen Ehrenamt für den Schlager allgemein und den Verein im Besonderen, aber auch von Marlene. – »Es überschlägt sich alles!«, klagte ich.

Daniel nickte und schaute mir in die Augen. Stille kehrte ein, und unausgesprochene Empathie flutete den Raum … oops – alles das sagte ich ja schon! Sorry! Wie es an dieser Stelle weitergeht, lesen Sie, falls Sie es vergessen haben sollten, bitte im ersten Kapitel nach.

Jedenfalls: Bis zum Besuch bei Klara – bei Bedarf bitte auch dieses Geschehen weiter vorne nachschlagen! – verging die Zeit wie im Fluge. Nach sechs Wochen Krankmeldung drehte mir der Arbeitgeber dann den Geldhahn zu, aber Gott sei Dank übernahm die Gesundheitskasse! Nach weiteren, drei, vier Wochen meldete sich diese dann bei mir.

Volker Ollenhauer, der Mann von der Kostenstelle, rief mich an und erkundigte sich nach meinem Wohlbefinden. Ihm läge von meinem Hausarzt, so sagte er, die Diagnose Schlager-Burnout vor. Es wäre nunmehr so: Nachdem mehrere Besuche verschiedener psychologischer Praxen keine Lösung meines Problems erbracht hatten, würde der Medizinische Dienst eingeschaltet. Es ginge darum, herauszufinden, wie man mir helfen könne. Dazu würde mich ein Psychologe vom MD kontaktieren, um mit mir einen Begutachtungstermin abzusprechen; Volker informierte mich, dass es sich dabei aber auch um eine Psychologin, also eine Frau handeln könnte – es käme ganz darauf an, wer beim MD gerade Zeit habe.

»Das Geschlecht wäre mir egal«, sagte ich und wollte damit meine Kooperationsbereitschaft untermauern.

»Das vereinfacht«, sagte Volker und klang etwas ironisch dabei. Ach schön, dachte ich, Volker hat Sinn für Humor.

Von daher vielleicht ein Schlagerfreund? – Wie auch immer. Von Daniel wusste ich, dass es bei Medizinmännern und -frauen hoch im Kurs stand, als Patient mitzudenken.

»Kann man sagen, wann die Begutachtung sein wird?«, fragte ich deshalb.

»Der MD meldet sich bei Ihnen 24 Stunden vorher telefonisch«, sagte Volker.

»Das ist knapp«, merkte ich an. »Hab Verpflichtungen.«

Im Hintergrund hörte ich Tastengeklapper – Volker schrieb wohl mit. »Geldwerte Aktivitäten?«, fragte er.

»Kann man so sagen, ja!« Das Geklapper wurde hektischer. »Ich muss Geld das zählen, wie lange es diesen Monat noch reicht.«

Das Geklapper stoppte abrupt. »Dazu könnten Sie auf Ihren Kontoauszug gucken.«

»Ach so … ja, das stimmt natürlich. Ich habe aber das Passwort zum Online-Banking verbummelt – bin etwas vergesslich in letzter Zeit.«

Wieder Tastengeklapper.

»Also, Herr Andras, mit dem MD läuft es später dann so ab: Entweder kommt jemand zu Ihnen nach Hause oder Sie suchen den MD auf.«

»Letzteres wäre mir am liebsten«, sagte ich, »ich geh ja ganz gerne in die Welt hinaus. Im August war ich zum Beispiel in Dresden bei Kaisers Mania und …«

»… das klären Sie bitte alles mit dem Kollegen oder der Kollegin«, grätschte Volker hinein.

»Einverstanden.«

»Auch das vereinfacht«, fabulierte Volker, und es schwang schon wieder Ironie mit.

Ich fragte neugierig: »Um was genau geht es denn bei der Begutachtung?«

»Es geht darum, herauszufinden, wie Ihnen bei Ihrer Problembewältigung geholfen werden kann.«

»Ja, das Problem – also ...« – mir lags auf der Zunge. Kleine Denkpause. Dann gab ich zur Auskunft: »Königsufer – Klage am Hals ... Bin quasi ruiniert, wenn mich mein Anwalt da nicht 'rausboxt.«

Wieder Klappern. »Wie gesagt: Details besprechen Sie bitte mit dem MD. In Ihrer Akte steht nur was von Schlager-Burnout«, sagte Volker. »Etwas unspezifisch«, meinte er.

»Total abgebrannt ... Oops, sorry, ich glaub, es geht schon wieder los ... Also, ausgebrannt muss es heißen – ja, das stimmt. Hätte ich mir vorher auch nicht vorstellen können, dass mir Schlager dermaßen an die Nieren gehen kann. Sie müssen wissen: Ich war Kassierer beim *Schlager ist geil! e.V.* – viel Ehrenamt, wenig Lohn und ...«

»Verstehe«, unterbrach mich Volker erneut.

»Mögen Sie Schlager?«

Das Klappern stoppte abrupt. »Warum fragen Sie?«

»Weil Sie sagten: Verstehe.«

Das Klappern setzte wieder ein und Volker klang schon etwas angestrengt, als er sagte: »Das mit dem Verstehen war allgemein gemeint. Im Detail guckt da der MD ... wie gesagt.«

»Darf ich genau dazu etwas fragen?«

»Immer!«

»Hätte denn die Person, die meinen Fall begutachtet, was für Schlager übrig? Wegen des Verstehens!«

»Da machen Sie sich mal keine Sorgen. Die Leute beim

MD sind Profis. Sie verstehen auch vollkommen unverständliche Menschen.«

»Ja, es gibt Lebenslagen, da muss man sich von Profis helfen lassen.«

»Gute Einstellung!«, pflichtete Volker klappernd bei. »Vielleicht kommt ja heraus«, fuhr er fort, »dass Ihnen der Aufenthalt in einer psychosomatischen Klinik helfen könnte.«

»Wenn's empfohlen würde, wäre ich gern mit von der Partie!«, sagte ich und legte proaktiv nach: »Ich war noch nie in einer solchen Klinik.«

»Wäre auch keine Voraussetzung – hahaha!«, sagte Volker.

»Hahaha!« Einen guten Witz wusste ich schon immer zu würdigen. »Und wie läuft das dann da so ab?«

»Das kommt auf Ihren Therapieplan an.«

Ich hatte »Tourneeplan« verstanden und war begeistert: »Cool! Wer tritt denn da so auf?«

»Wie bitte?«

»Auf den Schlagerpartys!«

Das Geklapper brach erneut ab. »Sie nehmen mich auf die Schippe, was? – Hahaha!«

»Hahaha! Aber nein doch!«

»Nein oder doch?«, fragte Volker plötzlich sehr erst. Huch, dachte ich, ist er vielleicht doch ein härterer Hund, als es bisher den Anschein hatte? »So, Herr Andras, meinerseits war's das für heute. Der MD meldet sich dann. Gute Besserung!«

»Vielen lieben Dank!«

Eigentlich hatte ich noch eine Frage stellen wollen, aber

Volker war mir mit einem »Alles Gute!« zuvorgekommen und hatte schon aufgelegt.

Zwei Tage später rief eine Psychologin vom MD bei mir an, und wiederum nur 24 Stunden später saß ich vor ihr.

Doch, ja, das Gespräch verlief recht harmonisch; wir verständigten uns darauf, es zur Linderung meiner Beschwerden mit einem Aufenthalt in einer auf Schlager-Burnout spezialisierten psychosomatischen Klinik zu versuchen: Johann Strauss. Von Johann hatte Volker zwar nicht explizit gesprochen, aber den richtigen Riecher hatte er demnach wohl grundsätzlich schon gehabt.

9.
Lied

Wie eingangs berichtet, hatte ich mein Aufnahmegespräch ja bei Ingo gehabt, dem Hinrichsen. Und wie von ihm angekündigt, sollte ich nach der zweiten Einzelsitzung mit ihm dann auch seine Chefin kennenlernen, Prof. Dr. Ursula Lied – und zwar auf dem Seminar, das sie gab: »Der Schlager als Spiegelbild unseres Selbst«.

Lied, dachte ich, ein toller Zufall! Denn der amtlichen Namensstatistik zufolge kommt Lied in Deutschland nur rund zweihundertmal vor. In den Namenscharts lag Rheinland-Pfalz mit 120 Lieds auf Platz 1, gefolgt von Hessen mit 70 Lieds, und auf Platz 3 Nordrhein-Westfalen mit immerhin noch 28 Lieds. Darüber informiere ich jetzt nicht etwa nur deshalb, weil mir als Wirtschaftsinformatiker, wie weiter oben schon gesagt, der Umgang mit Zahlen von Hause aus viel Freude bereitet, sondern auch, um auf die reale Existenz des Familiennamens Lied hinzuweisen.

Unter uns Burnis sprach es sich bald herum, dass bei Ursula der Nachname Programm war, und für eben diesen Informationstransfer hatte ich selbst sorgen können, weil ich –

neugierig, wie ich bin – Ursula schon vor dem Einchecken bei Johann im Netz gesucht und gefunden hatte: Ein universitäres Verzeichnis von Promotionswerken führte mich immerhin zum Inhaltsverzeichnis von Ursulas Schlager-Betrachtungen, das auf einer Uni-Webseite veröffentlicht war: »Analyse peripherer physiologischer Parameter und langsamer Hirnpotenziale während des Konsums von Schlagermusik«. Die Inhalts-Übersicht überflog ich, konnte den Sinn jedoch nicht dekodieren. Intuitiv wusste ich aber sofort, dass ich es mit einer ausgewiesenen Expertin zu tun hatte. Auch von daher war ich froh, bei Johann eingecheckt zu haben.

Nachdem ich meinen Kenntnisstand in unserer Burni-WhatsApp-Gruppe geteilt hatte, stellte ich fest, dass ich in meinem ganzen Schlager-Leben noch nie so viele hochgereckte Schlager-Daumen als Rückmeldung auf meine Schlager-Aktionen gesehen hatte. Unsere Gruppe hatten wir übrigens »Hoffnung« genannt – auf Vorschlag unserer Burni-Leidensgenossin Chantal, Chanti gerufen. Dieser Gruppenname war laut Chanti von einem gleichnamigen Titel Jan Delays inspiriert, der in dem Song tönend kundtat: »Verlassen und verloren … Ausgepowert und am Boden …« Ach, wie wahr!

Wie von Ingo angekündigt, lud Ursula uns Burnis – acht Frauen und zwei Männer – zu einem Schlager-Grundlagenseminar ein. Als Professorin war sie natürlich die Ranghöchste der klugen Köpfe, aber ihr Auftreten war augenscheinlich weniger mit akademischen Allüren ausgestattet, als ich erwartet hatte.

Ursula war schätzungsweise Anfang 60 und von kleiner,

untersetzter Statur. Ihr Haupt zierte ein sportlicher Kurzhaarschnitt in Perlweiß; an der linken Schopfseite baumelte ein dünner, vielleicht 30 oder 40 Zentimeter langer Zopf in Magenta. Der eigentliche Hingucker war aber ihr goldfarbener Pailletten-Blazer mit tiefliegendem, in Schwarz abgesetztem Revers – ein Glitzerjackett, das als Look der Stimmungskanonen aus den Achtzigern heute retromäßig auf der einen und anderen Schlager-Bühne wieder zu sehen ist. Wie wir Burnis hatte auch Ursula ihren Vornamen auf ein Stück Klebeband geschrieben und ans Revers gepappt.

Zackig betrat sie den Seminarraum, und noch während des Hereinschreitens nestelte sie die Fernbedienung für den Beamer aus ihrer Blazertasche. Ach schön, dachte ich, Ursula kommt ratzfatz zur Sache!

Kaum vor uns stehend, sagte Ursula kurz und knapp etwas zu ihrer Person und ihrer Funktion bei Johann, dann kam sie ohne Umschweife zur Sache: »Herrschaften, wir haben nur 60 Minuten Zeit.« Power-pointend warf sie den Programmablauf auf die Wand hinter sich. Unter der Überschrift »Was Lyrics zu Lyrics macht« stand »Erzählgattung, -perspektive, -duktus« zu lesen. Junge, Junge, sinnierte ich, rasantes Tempo! Und ehe ich mich's versah, hatte Ursula schon das nächste Chart an die Wand geworfen. Etwas zu fix, dachte ich und hob den Finger.

»Entschuldigung«, sagte ich, »auf der Chart zuvor habe ich gelesen: ›Schlechter Umgang mit Schlagertexten‹. Darunter kann ich mir nicht wirklich was vorstellen.«

»Hahaha!«, grölte das Burni-Kollegium hörbar amüsiert.

»Herrschaften, bitte!«, sagte Ursula, zappte zurück, und ich las, was da wirklich stand: »Geschlechterrollen und Geschlechterumgang«.

»Ach so, ja, jetzt hab ich's!«

»Thommi«, sagte Ursula, »es geht Ihnen zu schnell, richtig?«

»Einen Gang langsamer wäre gut«, gab ich zu – und erntete Szenenapplaus.

»Gut«, sagte Ursula, »Test bestanden!«

»Was denn für einen Test?«

»Wie lange es dauert, bis mich jemand von Ihnen bremst. Natürlich war das zu schnell!« Ursula ließ lächelnd ihren Blick über die anderen Burnis schweifen. »Herrschaften, bei der Auseinandersetzung mit Chart- und Schlagertexten gleichermaßen gilt: Gründlichkeit kommt vor Eile!« Stille im Auditorium. »Was ich damit sagen will, fragen Sie sich?« Ursula wartete keine Antwort ab. »Folgendes:«, holte sie aus. »Die Mehrzahl von Ihnen hat über Thommis Einspruch gelacht, aber dennoch applaudiert, als er meine Geschwindigkeit monierte. Warum wohl?« Bevor von uns jemand auf diese Frage eingehen konnte, gab Ursula selbst die Antwort: »Ihr Lachen über Thommi diente der Kompensation dessen, dass Sie sich selbst nicht getraut haben, den Finger zu heben – und Ihr Beifall war Anerkennung, dass Thommi auch in Ihrem Interesse interveniert hat. Ist das verständlich?«

Ich blickte in die Runde des im Halbkreis vor Ursula sitzenden Burni-Kollegiums und sah, dass die meisten etwas betreten nach unten guckten und dabei in den Stühlen leicht zusammengesackt waren.

Ursula klatschte in die Hände. »Herrschaften, keine Zeit zum Trübsalblasen!« Der Halbkreis erschrak kollektiv und fuhr nahezu synchron wie wachgerüttelt auf. »Ich habe Ihnen nur vorgeführt, dass wir längst bei Ihrem zentralen Thema angekommen sind: Projektion von Wünschen! Stellvertreter-Komplex nenne ich das. Thommi ist demnach ein toller Typ, denn er vertritt mich – ein Zampano!«

Aha, dachte ich, und keinen Wimpernschlag später arbeitete sich Ursula auch schon am Programmablauf ab. In Sachen Erzählgattung bei Schlagertexten, so Ursula, handele es sich »wertfrei gesagt« um »Literatur«, aber dann hob sie warnend den Zeigefinger: »Obschon manche Texte scheinbar dramatisch daherkommen, sind sie keine Dramen, denn diese weisen in aller Regel Dialoge auf.«

Meine Sitznachbarin, Lydia – von allen Lydi gerufen –, Anfang dreißig, meldete sich zu Wort: »Dann wären Ben Zucker und Kerstin Ott ein Drama?«

»Könnte sein«, sagte Ursula, »aber ich kenne die Herrschaften nicht persönlich – hahaha!«

»Ich meine den Dialog im Lied ›An diesen Tagen‹.«

»Verstehe, Lydi. Aber vielleicht kennen das Werk nicht alle – könnten Sie uns das mal eben vormachen?«, fragte Ursula mit herausforderndem Blick. Lydi gab sich unschlüssig.

»Singen, Singen, Singen!«, forderten wir Burnis.

»Singen kann ich nicht«, druckste Lydi herum.

»Singen, Singen, Singen!«, blieben wir stur.

Lydi wurde rot. Vermutlich war es ihr unangenehm, plötzlich im Mittelpunkt des Seminars zu stehen.

»Singen, Singen, Singen!« Wir ließen nicht locker. Ach ja, doch, dachte ich, Rot steht Lydi gut! Ich konnte das ganz gut beurteilen, denn Lydi saß wie gesagt neben mir: Ihr Profil blühte oder glühte prächtig!

»Herrschaften, beruhigen Sie sich bitte!«, erbat Ursula. Dann wandte sie sich an Lydi: »Alle Menschen können singen«, behauptete sie und relativierte dann: »Zumindest gut genug, um verdeutlichen zu können, was gemeint ist.«

»Muss ich dazu aufstehen?«, fragte Lydi. Sie klang etwas ängstlich.

»Lydi, Sie müssen hier grundsätzlich gar nichts«, stellte Ursula klar. »Es würde mich jedoch freuen, wenn Sie uns einen Eindruck vermitteln, was Sie gemeint haben. Machen Sie es einfach so, wie sie es für richtig halten – im Sitzen, Stehen, Liegen …«

»Hahaha!«, amüsierten wir anderen Burnis uns.

»Herrschaften, bitte!«, ermahnte Ursula erneut. Daraufhin unterstützten wir Lydi mit rhythmischem Klatschen. »Herrschaften, beruhigen Sie sich, bitte!«, bremste uns Ursula aus.

Und dann kam der dicke Hund: »Dialog heißt zwei Stimmen«, stellte sie fest. »Wer von den Herren hätte denn Lust, mit von der Partie zu sein?« – Schweigen. Ursula schaute plötzlich mich an. »Thommi, Sie haben sich doch eben köstlich amüsiert. Wie wäre es mit Ihnen?«

Ich hatte Party statt Partie verstanden. Ja gut, mit Partys kenne ich mich aus, dachte ich – und auf den Schlager-Partys von *Schlager ist geil! e. V.* gehörte Singen zum Programm: Karaoke.

»Ich mach's!«, sagte ich und schränkte dann ein: »Aber nur den Anfang, mehr an Text habe ich nicht drauf.«

»Das würde voll und ganz genügen, Thommi!«, sagte Ursula und streckte Lydi und mir ihre beiden Daumen entgegen.

Lydi und ich legten los – das heißt: Wir standen gemeinsam und nahezu synchron auf, ohne dass wir es vorher abgesprochen hätten. Lydi gab schnipsend den Takt vor, zählte auf vier – und schon sang sie deutlich und klar wie Frau Amsel in der Paarungszeit: »*Mein Leben ging noch nie gradeaus / Ich stolper' nicht von einer in die nächste Nacht.*«

Mein Part war dran – naturgemäß tiefer, krächzender und, um im Bild zu bleiben, eher einem Raben ähnlich: »*Meine Pläne gingen nie auf / Traum geplatzt, aufgewacht.*«

Lydi: »*Bei all'n andern läuft das so leicht / Mich abgefunden damit, dass ich anders bin.*«

Dann machte ich, versbedingt, den Sack zu: »*Dass es oft am Ende nicht reicht / Immer spiel'n, nie gewinn'n.*«

Lydi und ich schauten uns an. Wir waren wohl beide ganz zufrieden mit unserer kleinen Performance. Dann setzten wir uns wieder.

Obwohl nur Lydi die Melodie getroffen und ich einen oder zwei halbe Töne zu tief dazwischengefunkt hatte, erschallte von den Burnis Applaus. Auch Ursula nickte anerkennend – vermutlich weniger wegen unserer Sangesleistung, sondern mehr angesichts unseres Mutes, vorgeträllert zu haben.

»Geht doch!«, sagte sie aufmunternd.

»Supi!« und »Zugabe!« rief unser weiteres Publikum.

»Herrschaften, bitte!« Ursula wedelte mit den Händen, lächelte dabei aber motivierend: »Und jetzt die Strophe mal umgekehrt: Thommi, Sie fangen an, dann erst kommt Lydi!«

Kaum gewünscht, schon gesungen.

Dann stellt Ursula klar: »Uns interessiert nun nicht die Tatsache, dass der Text grammatikalisch unsauber ist – vorm ›Mich abgefunden‹ fehlt ein ›Ich habe‹! –, es geht uns ausschließlich darum, warum solch ein Text von zwei Personen gesungen wird. Meine Frage: War es wichtig, dass beim ersten

Durchlauf Lydi die einen, Thommi die anderen Verse sang? Hat sich beim zweiten Durchlauf mit vertauschten Rollen irgendetwas verändert an den Aussagen zur fiktionalen Beziehung der agierenden Rollen?«

Wieder Stille.

»Herrschaften, nun mal nicht so schüchtern bitte! Bei mir können Sie nichts Falsches sagen, nur Richtiges lernen – hahaha!«

»Hahaha!«, erwiderte das Burni-Kollegium. Ursulas lockere Art kam allgemein gut an und gefiel auch mir ganz außerordentlich. Ja, das Seminar begann, mir richtig Spaß zu machen! Natürlich war hier nicht von Heiterkeit in dem Sinne zu sprechen, wie ich sie von Schlagerpartys her kannte, aber die Stimmung im Seminar war mehr als akzeptabel. Und hätte es Bierchen und Piccolöchen gegeben, dann hätte die gute Laune wohl auch durch die Decke gehen können.

Giesela – um die Vierzig, Giesi gerufen – saß auf der anderen Seite neben Lydi und fasste sich nun ein Herz: »Sie sprachen von Beziehung, Frau Lied.«

»Ich hatte fiktionale, also erfundene Beziehung gesagt«, sagte Ursula. »Die Beziehung wurde von Lydi und Thommi – wie auch von Kerstin und Ben – während des Singens also nur gespielt.«

»Das verstehe ich nicht«, sagte Giesi.

»Was verstehen Sie nicht?«, hakte Ursula nach.

»Ich habe keine gespielte Beziehung gesehen.«

»Gehört?«

»Auch nicht.«

»Test bestanden!«, freute sich Ursula. «Also, Herrschaften, aufgepasst: Nicht nur ist dieser angebliche Dialog gar kein Dialog, denn es fehlt auf eine Rede die Gegenrede – zudem ist dieses Duett eben auch kein Duett mit einer ernstzunehmenden Rollenaufteilung. Die Verse sind beliebig, weil nicht notwendigerweise einer Rolle zuzuordnen. Wie wir von Lydi und Thommi gehört haben, ist es schnuppe, wer welche Verse singt: Die Verse funktionierten immer – selbst dann, wenn sie von Lydi oder Thommi solo vorgetragen würden.« Ursula holte kurz Luft. »Was sagt uns das?«

»Das Duett wird nur vorgegaukelt?«, fragte ich.

»Test bestanden!«, erwiderte Ursula wieder. »Und auf Sie bezogen, Herrschaften, könnte genau das ein Symptom Ihres Burnouts sein: Sie suchen in manchem Schlager die Darstellung einer Beziehung, die zwar über die Performance behauptet wird, jedoch textlich gar nicht existiert. Möglicherweise waren Sie über die Jahre einfach zu viel Gaukelei ausgesetzt. Das kann nicht nur ermüden, sondern auch dahinführen, dass Sie nicht mehr unterscheiden können zwischen Frau Hokus und Herrn Pokus. Hat Sie das auf Dauer vielleicht überfordert? – Das würde auch mich überfordern, wenn ich mich einer solchen Rollen-Beliebigkeit über ein verträgliches Maß hinaus aussetzen würde.«

»Aber was ist ein verträgliches Maß?«, wollte ich wissen.

»Gegenfrage: Wieviele Halbe vertragen Sie, ohne ihren Wagen in den nächstbesten Graben zu fahren?«

Obwohl mir der Kontext der Frage zum Thema nicht klar war, antwortete ich wahrheitsgemäß: »Vier!«

»Ich schätze Sie auf knapp 40 Jahre, Ihre Größe wird irgendwas unter 1,80 und Ihr Gewicht etwas weniger als 80 Kilogramm betragen«, sagte Ursula. »Somit lägen sie nach vier Halben bei rund 1,4 Promille – das liefe im Übrigen auf absolute Fahrunfähigkeit hinaus. Bekanntlich werden maximal 0,5 Promille toleriert. Würden Sie sich ins Auto setzen, drohten Geld- oder Freiheitsstrafe, 3 Punkte – und Fahrerlaubnisentzug sowieso. Der menschliche Körper ist in der Lage, bis zu 0,1 Promille pro Stunde abzubauen. Thommi, theoretisch wären Sie in 14 Stunden wieder nüchtern. Aber – jetzt kommt's, Herrschaften: Würde eine Frau mit den gleichen anatomischen Ausgangswerten vier Halbe kippen, wäre sie mit rund 1,7 Promille unterwegs und sodann – nach einer immerhin dann schon 17-stündigen Ausnüchterungszeit – ein Fall für die MPU. Dass Frauen weniger vertragen, hat biologische Gründe: Im Durchschnitt hat unser Körper einen höheren Fettanteil als bei Männern, dementsprechend einen geringeren Wasseranteil. In unserem Körper ist der Alkohol also weniger verdünnt, unsere Blutalkoholkonzentration vergleichsweise höher.«

»Interessant«, meinte Giesi. »Aber was hat das jetzt mit Verträglichkeit von Schlager zu tun?«

»Ich habe verstanden«, schaltete ich mich ein, »dass man analog zum Bier die Verträglichkeit von Schlager nicht für alle Schlagerfreunde gleichermaßen bestimmen kann: Es kommt auf die jeweilige individuelle Verfassung an – Körper, Geist und Seele, wie man so sagt! –, aber auch auf die Menge des Konsums. Ingo jedenfalls, also Dr. Hinrichsen, hat mir gesagt: ›Beim Schlager ist es wie mit Genussmitteln: Wir sollten stets um die potenziellen Risiken und Nebenwirkungen wissen.‹ Demnach sollte man auch beim Schlager nicht übertreiben, will man schadenfrei bleiben.«

»Test bestanden!«, sagte Ursula.

Giesi gab sich plötzlich betrübt: »Burnis, mir schwirrt der

Kopf! «, sagte sie. »Und überhaupt: Ich spüre schon wieder diese Unruhe!«

»Schlager-Burnout ist nichts für Schwächlinge«, gab Hans Dieter launig zu bedenken, »hahaha!« Er war ein gut in Futter stehender Mittfünfziger mit blondgefärbter Dauerwelle; auf dem Namensschildchen am Hemd hatte er seinen Namen mit »Hadi« abgekürzt.

Das Burni-Kollegium stimmte – bis auf Giesi – mit ein: »Hahaha!«

Giesi begann zu schniefen – und sodann zu weinen.

Ach herrje, dachte ich, hat Giesi unser Amüsement etwa persönlich genommen?

Vermutlich hatte sich das auch Ursula gefragt, denn sie wandte sich nun direkt an die Schluchzende: »Giesi, die Gruppe hat Sie nicht ausgelacht.«

»Fühlte sich aber so an.«

»Das haben Sie in den falschen Hals bekommen.« Ursula schaute streng in unsere Runde. »Herrschaften, Sie haben Giesi nicht aus-, sondern angelacht, richtig?«

Das Burni-Kollegium nickte synchron bestätigend.

»Selbstverständlich!«, ergriff Sonja das Wort. Sie hatte ihr Namensschild mit »Soni« beschriftet und saß neben Giesi.

»Wir haben uns über dein Unwohlsein nicht lustig gemacht, Giesi!«

Tröstend legte Soni ihren Arm um die Schulter der offenbar nahe am Wasser gebauten Sitznachbarin. »Uns allen geht's doch wie dir!«

»Und deshalb lacht ihr?«, fragte Giesi. Sie nestelte ein Taschentuch hervor und wischte sich die Augen trocken.

»Warum auch nicht?«

»Aber warum denn?«

»Weil Lachen allgemein befreit – und über sich selbst im Besonderen! Noch die dämlichsten Schlager ernstgenommen zu haben, das ist doch auch zum Lachen!«

»Ach so«, sagte Giesi. Sie schnäuzte sich. Dann umwob ein zaghaftes Lächeln des Verstehens ihren Mund.

»Alles wieder gut, Giesi?«, fragte Ursula.

Giesi nickte.

Und Ursula hakte bei Soni nach: »Hätten Sie für einen solchen ›dämlichsten Schlager‹, wie Sie es nennen, ein Beispiel?«

»Ja!«, sagte Soni, stand auf und schmetterte frei von der Leber weg eine Strophe aus »Wer beschützt dich jetzt?« von Michael Wendler: »*Na gut, dann schließ den Himmel zu / dann hab ich endlich meine Ruhe / ich weiß ich hab dich sehr verletzt / doch sag mir wer beschützt dich jetzt. / Na gut dann ist das Märchen aus / ich hol das letzte für dich raus / der Weg nach oben ist besetzt / doch sag mir wer beschütz dich jetzt.*«

Soni setzte sich wieder – es folgte Applaus.

»Soni, können Sie sagen, warum Sie ausgerechnet dieses Lied für dämlich halten?«, hakte Ursula nach. »Und zwar unabhängig vom unsauberen Reim ›den Himmel zu‹ einerseits und ›endlich meine Ruhe‹ andererseits. Wer auf ›zu‹ reimen will, müsste eigentlich ›Ruh'‹ singen – aber dazu später: Wir erwarten ja noch auf Manfred von Versen, einen professionellen Schlagertexter. Aber nun erst mal weiter. Soni, bitte!«

»Das Lied erinnert mich an meinen Ex, einem Fan von Michael«, erklärte Soni. »Er hörte den Titel rauf und runter, völlig übertrieben – und ziemlich belastend!«

»Warum?«

»Mein Ex laberte am Anfang wie der Michael«, begann

Soni zu erzählen, »er redete auch ständig von Beschützen und so 'n Kram, und dass er mir Sterne vom Himmel holt sowieso!«

Die anwesenden weiblichen Burnis nickten wissend, Hadi und ich schauten eher betroffen.

»Er machte einen auf Frauenversteher«, holte Soni aus, »war charmant, bekam aber ansonsten nichts geregelt – nicht mal, die Spülmaschine einzuräumen, den Müll runterzubringen, seine Käsesocken selbst wegzuräumen und so weiter.«

Das Nicken der weiblichen Burnis wurde heftiger; hie und da waren leise Kommentare wie »kenne ich nur zu gut!« oder »Soni spricht von meinem Manni!« zu hören.

Hadi steuerte solidarisch bei: »Armer Willi!«

»Zum Fremdschämen!«, sagte ich.

Soni nahm Fahrt auf: »Ich musste ihn sogar in seinen süßen Arsch treten, damit er sich aufraffte, Bewerbungen zu schreiben! Ohne mich würde er heute noch Stütze beziehen!« Sie schüttelte den Kopf. »Nicht er hat mich, sondern ich habe ihn beschützt – vor sich selbst: vor seinem strotz-blöden Männlichkeitswahn, abgeguckt von dem Wendler!« Sie blickte nach links und rechts, bevor sie hinzufügte: »Ich hab ihn und den doofen Wendland zweieinhalb Jahre lang ertragen – dann aber doch noch die Kurve gekriegt: Samt seiner Michael-CD-Sammlung hab ich ihn vor die Tür gesetzt! Genau wie der Wendler im Lied säuselt, hab ich ihm den Himmel zugeschlossen – und den Schlüssel weggeschmissen!«

Ein Klatschen der Anerkennung folgte und steigerte sich zum frenetischen Applaus; auch Pfiffe der Begeisterung und Gegröle der Zustimmung erfüllten den Seminarraum.

Nachdem wir uns wieder beruhigt hatten, sagte Ursula:

»Danke, Soni! Der Michael ist ein wirklich gutes Beispiel.« Sie zeigte mit ihrem Laserpointer auf die Präsentation. »Auf sein Lied können wir alle wesentlichen Schlagworte der Textanalyse anwenden. Erzählperspektive: Ich-Erzähler. Erzählduktus: mehr sachlich, weniger blumig. Seine Lyrics haben stilistisch nämlich mehr mit einer Gebrauchsanleitung für Waschmaschinen zu tun als mit Poesie, und damit – zack! – haben wir eine recht bemerkenswerte Ausdrucksform des Schlagers entdeckt.«

Ursula schob routiniert eine Gesangsbox aus der Ecke in den Raum, kramte ein drahtloses Mikro hervor und schmiss den Verstärker an, während sie weitersprach: »Herrschaften, bei bestimmten Schlagern können wir von tönenden Proklamationen sprechen, also vom Verkünden eines Standpunkts – und mehr passiert da nicht. Es wird keinerlei Geschichte erzählt, nicht mal ein Anekdötchen!«

Dann erschallte der bumsfidele Sound unseres Florian, des Silbereisen, und Ursula groovte sich ein. Sie imitierte Flori, indem sie wie ein Flummiball hin und her sprang. Dann rief sie echauffiert ins Mikro, als ginge es um eine Ermahnung zum Weltfrieden: »*Dieses Lied ist für alle Menschen, die Schlager lieben / Und auch für alle, die noch nicht verstanden haben / Dass Schlager die beste Musik der Welt is / Sind wir nicht alle ein bisschen Schlager?*« – Dann folgte Ursulas Gesang: »*Wo die rote Sonne sinkt / Wo man Sommerweine trinkt / Da sind wir mit unsren Songs zuhaus / Dort im Sommerwind am Strand / Wo es Liebe gibt wie Sand / Ja, da leben wir uns richtig aus / Wo die Mädchen Mona heißen / Und die Fans sich um dich reißen / Nirgendwo kann's schöner sein / Uns war klar von Anfang an / Wenn Musik, ja dann / Ja dann kann es nur das eine sein / Schlager ist geil / Ist so mega-hammergeil / Das geht ab und das kommt rüber / Und wir singen immer wieder / Schlager ist geil (Schlager ist geil)*«

Wow, dachte ich, Ursula hat aber mächtig Gas gegeben! Ihre Performance ist ja direkt eine Flori-Parodie. Oder hat Ursi den Flori so gut imitiert, dass mir erst dadurch deutlich geworden ist, dass Flori gar nicht als Schlagersänger, sondern als Parodist seiner selbst unterwegs ist? – Wie auch immer … Ursula ließ dem Burni-Kollegium aber keine Zeit zum Applaudieren: Im Potpourri-Modus zappte sie nach Malle rüber, rief »DJ Düse aus'm Bierkönig!« und gab ein musikalisch umrahmtes Statement desselben zum Besten: »*Titten raus, es ist Sommer / Ding Dong Ding Dong Schalalala / Titten raus, es ist Sommer / Ding Dong Ding Dong Ding / Wir wollen feiern / 1 2 3 4 Feiern / Wir wollen trinken / 1 2 3 4 Trinken / Wir wollen hüpfen / 1 2 3 4 Hüpfen / Wir wollen noch mehr / Zeigt sie doch mal her / la la la la.*«

Ich dachte spontan: Als Klinikleitung für Schlager-Burnout muss Ursula aber ziemlich hart im Nehmen sein! DJ Düse war mir zwar kein Begriff, aber als gut informierter Schlagerfreund kannte ich natürlich den Bierkönig. In Anbetracht des nun doch schon etwas frauenfeindlichen Liedes spürte ich Reue aufkeimen, weil ich vor Jahren auf der Hauptversammlung des *Schlager ist geil! e. V.* den Vorschlag gemacht hatte, unser Sommerfest mal nach Malle zu verlegen. Mein Argument war gewesen: »Auf Malle gibt's auch Karaoke!«

Aber Renate, die Vorstandsvorsitzende, hatte zu bedenken gegeben: »Jahresurlaub nehmen? Urlaubskasse plündern? Und wohin mit den Kindern?«

»Die kann man doch bei Oma und Opa parken!«, schlug ich vor.

»Thommi, du sprichst von deinen Kindern?«

»Ich habe keine Kinder.«

»Eben – aber darüber klugreden! Überhaupt: Woher soll denn das Geld dafür kommen? Unsere Familien im Verein haben's nicht so dicke!«

»Die Kohle könnten wir doch aus der Vereinskasse nehmen!« Ich wollte nicht locker lassen. Als Kassierer des Vereins wusste ich, dass wir finanziell gut dastanden. Und siehe da: einige skeptische Gesichter hellten sich plötzlich auf. Aber Renate ließ die Erbsenzählerin heraushängen: »Geht's noch, Thommi?! Das Dach des Vereinshauses muss repariert werden! Schon vergessen?«

Nö, das hatte ich nicht vergessen – blieb aber dennoch am Ball, um die Bedenken zu zerstreuen: »Das Dach kann warten, finde ich. Wir nutzen doch eh meistens nur den Partykeller – da haben wir als Dach ja das Erdgeschoss überm Kopf! Hahaha!«

Die anwesenden Schlagerfreunde fanden das jetzt aber gar nicht mehr komisch – ihre eben noch erhellten Gesichter verfinsterten sich wieder.

»Oder wir nehmen einen Kredit für die Dachreparatur auf. Wäre ja eine nachhaltige Investition – stimmt's, oder hab ich recht?«

Renate konterte umgehend nonverbal: Sie zeigte mir einen Vogel, und damit war das Thema durch gewesen.

Aber zurück zu Ursula: Final reanimierte sie dann das Urgestein des textlich wie auch musikalisch betont reduzierten Liedguts und brachte unseren Roger, den Whittaker, mit seinem Achtziger-Flair zu Gehör: »*Ein bisschen Aroma, ein bisschen Paloma / Ein bisschen Chichi brauch ich heute,*

Chérie / So wie noch nie / Den verrückten Song hier, den mochte ich sofort / Doch von all dem Aroma-Paloma verstand ich kein Wort / Da fragte ich meine Freunde, die haben's mir erzählt / Und seitdem weiß ich hundertprozentig genau, was mir fehlt / Ein bisschen Aroma, ein bisschen Paloma / Ein bisschen Hallo heute Nacht irgendwo / Ein bisschen Aroma, ein bisschen Paloma / Ein bisschen Chichi.«

Ursula verbeugte sich – großer Applaus!

»Danke!«, sagte Ursula. »Kennen Sie die letzte Nummer?«, fragte sie.

Ich wollte mich nicht vordrängeln, aber weil sich sonst niemand meldete, haute ich als gut informierter Schlagerfreund lässig den Namen des Sängers und das Erscheinungsjahr des Titels, 1986, heraus. »Erschien 2023 als Remix!«, fügte ich noch hinzu.

Hadi schaute etwas giftig zu mir herüber, als wolle er mir sagen: »Thommi, was bist 'n du nur für 'n Streber?!«

Das ließ ich abperlen, in dem ich seinen düsteren Blick mit einem heiteren Lächeln erwiderte. Hadi schüttelte seine Locken und konzentrierte sich wieder auf Ursula, die just in diesem Moment den Stecker zog und den Lautsprecher auf Rädern zurück in die Ecke des Raumes rollte.

»Der eine Sänger verkündet in Wiederholungsschleife, dass Schlager geil sei«, stellte sie fest, »ein anderer Sänger fordert zur Freikörperkultur auf, und wieder ein anderer hält ein Lied voller normativer Banalitäten für verrückt.« Gekicher im Raum. »Herrschaften, aufgepasst«, fuhr sie fort, »auch hier ein Reimfiasko! Denn das kommt rüber … wir singen immer wieder … na ja, rüber und wieder reimen sich wie bieder und trüber. Was glauben Sie, wie solche unreinen Reime zustandekommen? Immerhin stehen unter Schlagertexten nicht selten gleich zwei oder drei Texter-Namen.«

»Ich vermute«, meldete sich Hadi zu Wort, »ein Texter holt Bier, das der zweite Texter mit ihm trinkt, damit der dritte Texter aufschreibt, was sie sich im Suff zusammenspinnen.«

»Interessante Idee, Hadi!«, sagte Ursula. »Aber fokussieren wir uns bitte auf die Reime.«

»Reime müssen sich nicht hundert Pro reimen?«, vermutete Karin, also Kari, die neben Soni saß.

»Aber wenn sich Reime nicht reimen müssen, sind's dann noch Reime?«, fragte Chanti, die ihrerseits neben Kari saß.

»Noch mal anders«, überlegte nun Regina, Regi, wiederum neben Chanti sitzend. »Vielleicht muss es sich ja auf Papier gar nicht reimen, weil die Texte ja nicht gelesen, sondern gesungen werden.«

»Ich finde, beim Hören funktioniert das mit den Reimen ganz gut«, sagte Hadi, »obwohl es keine Reime sind.«

»Aber wie können denn Reime beim Hören funktionieren, wenn sie gar keine Reime sind?«, fragte Soni.

»Man darf das alles nicht so eng sehen«, meinte ein weiterer weiblicher Burni, dessen Namen ich vergessen habe. »Zumindest bei den Schlagerpartys, auf denen ich bin«, sagte sie, »kommt diese Frage nie auf.«

»Wenn nicht diese Frage, welche denn dann?«, hakte Ursula nach.

»Wer den nächsten Feigling ausgibt.«

»Hahaha!«, grölten wir Burnis.

»Herrschaften, bitte!«, erbat Ursula. »Moni, Sie meinen, mit ansteigendem Alkoholspiegel hört man nicht mehr so genau hin?« (Ah, richtig! Jetzt erinnere ich ihren Namen wieder: Moni, eigentlich Monika!)

»Genau!«, sagte Moni.

»Klingt plausibel, aber das wäre nur eine Seite der Medaille«, sagte Ursula. »Vorschlag: Wechseln Sie die Perspektive und versetzen Sie sich in die Lage von Singenden.«

»Das ist mir zu hoch – ich bin draußen!«, sagte Moni.

»Na ja, also ... auch Rockmusiker bechern ganz schön!«, behauptete Hadi.

Ursula legte die Stirn in Falten: »Bleiben wir doch beim Schlager, Hadi!«

Der Ermahnte zog einen Schmollmund und fuhr sich, für meinen Geschmack etwas zu affektiert, mit der Rechten durch seine Löckchenpracht.

Soni holte Luft. »Also bei meinem Ex war das Schlimmste, dass er den Michael nicht nur rauf und runter hörte, sondern auch rauf und runter mitsang! Und nach zwei, drei Bier begann er, so zu nuscheln, dass einzelne Wörter ineinanderschwappten.«

»Heiß!«, bestätigte Ursula. »Über das Vernuscheln von Vokalen lassen sich Reime, die eigentlich gar keine sind, phonetisch zu Reimen machen.«

»Das kenne ich – auch unabhängig von Reimen«, steuerte ich bei. »Worte sind oft anders zu hören, als sie geschrieben stehen. Das passiert mir oft, wenn ich meinen Nachnamen nicht deutlich ausspreche.« Das war natürlich, wie mir selbst auffiel, ein wenig zielführendes Beispiel gewesen, denn wir Burnis kannten uns ja nur mit Vornamen.

Soni fragte mich, wie ich vollständig hieße, und ich verriet meinen Nachnamen – vernuschelte dabei mit Absicht die letzte Silbe. »Guck an!«, sagte sie. »Du heißt wie der Thomas von Modern Talking!«

»Nee, anders!«, erwiderte ich.

»Aber der heißt doch auch Anders!«

»Ja, aber ich sagte ›anders‹!«, beharrte ich, »klein geschrieben! Soni, verkaufe bei dem Anders das e und kaufe ein a; dann verschiebst du das r hinters d, und fertig ist mein Name: Andras!«

»Danke, Thommi!«, sagte Ursula. »Herrschaften, wie Sie gehört haben, ist das Vernuscheln von Worten allgemein und von Reimen ganz besonders ganz leicht möglich – auch ohne Alkohol, und erst recht dann, wenn man es drauf anlegt, nicht richtig verstanden zu werden.«

»Aber warum sollten Schlagersänger denn falsch verstanden werden wollen?«, meldete sich wieder Giesi zu Wort.

»Weil sie die Reim-Patzer ihrer Reim-Texter ausbügeln müssen?«, fragte Hadi.

»Oder hapert es bei Schlagersängern allgemein an deutlicher Aussprache?«, vermutete Moni – oder war das Soni?

»Vielleicht wissen das die Texter und sehen es deshalb nicht ein, sich mit den Reimen mehr Arbeit als nötig zu machen«, unkte Giesi.

»Gewagte Thesen«, meinte Ursula. »Aber denkbar ist erst mal alles. Jedoch: Mir ging es nur um das Verständnis, dass Reim nicht gleich Reim ist. Und damit wären wir auch schon bei der Text-Qualität! Herrschaften, was meinen Sie? Gibt es zwischen der Whittaker-Proklamation aus den Achtzigern und der aktuellen von Silbereisen einen qualitativen Unterschied?«

Stille. Hätte man sehen können, wie in diesem Moment

unsere Köpfe rauchten, wäre der Seminarraum bis unter die Decke verqualmt gewesen. Hadi blickte mich fragend an, als wolle er sagen: »Na, Streber, haste eine Idee?« Ich grinste zurück und gab damit zu verstehen: »Digga, ich lass dir den Vorrang!«

Als hätte Hadi meine Gedanken gelesen, schwang er sich zu einer Antwort auf: »Ich kenne beide Titel in- und auswendig und sehe in der Qualität keinen Unterschied: redundante Texte, simple Mucke – passt alles prima!«

»Test bestanden!«, sagte Ursula. »An diesen Beispielen sehen wir: Die Eigenschaften der deutschen Schlager sind, wertfrei gesagt und unabhängig von ihrer musikalischen und textlichen Komplexität, von gleichbleibender Güte – seit Jahrzehnten!«

»Ist das gut oder schlecht?«, fragte Soni.

Ursula blickte auffordernd in die Runde, was wohl bedeuten sollte, dass die Antwort aus dem Burni-Kollegium selber kommen möge. Hadi und ich blickten uns wieder an – er signalisierte mir, dass er nun mir den Vortritt lasse.

»Das entscheiden wir Schlagerfreunde selbst, Soni!«, sagte ich. »Hadi hat ja eben festgestellt, dass die Schlichtheit der besprochenen Titel prima passe.«

»Test bestanden!«, bestätigte Ursula. »Die Qualität von Schlager definieren die Schlagerfans: über ihr Kauf- oder Nichtkaufverhalten bezüglich Musikträgern, -downloads und streamings sowie Konzertkarten, Merchandising und so weiter und so fort. Und wer mit der Qualität seines Stars irgendwann nicht mehr zufrieden ist, schickt ihn halt in die Wüste.«

»Ursula«, meldete ich mich noch einmal zu Wort, »Sie

hatten eingangs die Qualitätsfrage auf ab den Achtzigern eingegrenzt. Warum eigentlich?«

»Weil es danach, spätestens Ende der Neunziger, etwas nicht mehr gibt – es ist dem Schlager abhandengekommen: Humor!«

»1996 gab es doch Guildo Horn!«, gab Hadi zu bedenken. »Teilnahme und Platz sieben mit ›Guildo hat euch lieb‹ beim Eurovision Song Contest: Manchester!« Hadi stand auf und machte uns den Guildo: »*Guildo hat euch lieb / und wenn's auch mal Tränen gibt / kommt er rüber und singt für euch Lieder / Guildo hat euch lieb. / Es gab eine Zeit / eine Zeit voller Zärtlichkeit / da wurde ›knuddeln‹ und ›knutschen‹ und ›lieben‹ / immer groß geschrieben. / Ich denk' gern zurück / an die Zeit von Harmonie und Glück, / als ich täglich in ein Poesiealbum schrieb: / Piep, piep, piep, ich hab' dich lieb.*« Hadi setzte sich wieder.

Gar nicht so schlecht performt, dachte ich. Dennoch kam ich nicht umhin, Wasser in den Wein zu gießen: »Das war nicht '96, Hadi, sondern '98, und außerdem war es nicht Manchester, sondern Birmingham!«

Hadi wiederholte stur seine Behauptung.

»Nix da – du irrst, Hadi!«, beharrte ich.

Dann versuchte Hadi es dann mit einer Nebelkerze, wie man sie aus Talkshows kennt: »Faktencheck!«, rief er in den Raum und gerierte sich wie ein Politiker, der sein fahrlässig Halbgares oder vorsätzlich Falsches nun wenigstens doch noch bis zum Ende der Sendung in der Umlaufbahn des Publikums zu halten gedenkt. Giesi hatte zwischenzeitlich auf ihrem Smartphone gegoogelt. – »Thommi hat recht, Hadi.«

Er zog wieder einen Flunsch, ich lächelte ihn triumphierend an und dachte: Solltest du mal in Sachen Schlager einen Telefonjoker brauchen, Locke, dann ruf' mich an!

Ursula nickte bestätigend. »Zudem, Herrschaften«, holte sie aus, »zählte Guildo nicht zum ernstgemeinten Schlager, sondern zur Schlager-Guerilla: Spaß an der Sache stand für Guildo im Vordergrund, wie er selbst erklärte! Der Sunday Times zufolge ist Guildo ein ›Ritter der Zärtlichkeit‹ und der Titel ›Guildo hat euch lieb‹ einer seiner ersten Versuche, zu beweisen, dass die Deutschen Humor hätten – hahaha!«

»Hahaha – so war das!«, bestätigte ich als gut informierter Schlagerfreund Ursulas Ausführungen und schob nach: »Aber weit vor Guildo hatte auch der Schlager mit Humor punkten können.« Ich stand wieder auf und sang: »*Ich liebe unerhört solide / Und habe nie ein Rendezvous / Ich gehe höchstens mit den Eltern / Ein Stück spazieren ab und zu / Mein Vater sagt, so muss das bleiben / Und dafür schenkt er mir Konfekt / Doch neulich platzte mir der Kragen / Weil mir Konfekt nun mal nicht schmeckt. – Refrain: Ich will keine Schokolade / Ich will lieber einen Mann / Ich will einen, der mich küssen / Und um den Finger wickeln kann.*«

Applaus!

Dem Affen Zucker gebend, wechselte ich in den smarten Tonfall eines Radio-Moderators: »Die Sängerin hieß Trude Herr, der Schlager stammt aus den Sechzigern. Aber schon in den Zwanzigern mischte die erste deutsche Boygroup den Schlager humoristisch auf.« *Ich schnippte mir den Rhythmus und sang:* »*Und wenn ein Bösewicht was ungezog'nes spricht / Dann hol' ich meinen Kaktus und der sticht, sticht, sticht.*« Ich brach ab.

Wieder Applaus!

»Wer weiß, wie es weitergeht, singt gerne mit!«, ermunterte ich mein Burni-Kollegium – und zählte auf vier. Das gesamte Seminar grölte im Chor, und auch Ursula stieg mit ein: »*Mein kleiner grüner Kaktus steht draußen am Balkon / Hollari, hollari, hollaro!*«

Nochmals Applaus! Ich setzte mich wieder.

»Hahaha!«, schallte es entzückt oder entrückt durch den Raum.

»Test bestanden!«, erklang es dann wieder – jedoch nicht vor uns und von Ursula, sondern von hinter uns, wo sich die Tür des Seminarraums befand. Das gesamte Burni-Kollegium drehte sich wie auf Kommando um und sah, dass im Türrahmen ein Mittdreißiger stand: angegrauter Wuschelkopf und Dreitagebart, in Jeans und Hawaii-Hemd; eine Umhängetasche aus hellem Leder trug er lässig über der rechten Schulter. Er fragte: »Bin ich zu früh?«

»Im Gegenteil, Manfred – Punktlandung! Wir waren abschließend bei der Frage, ob der Schlager immer schon eine humorfreie Zone gewesen ist.«

»Wie ich gehört habe, haben Sie alle die richtige Antwort gefunden«, sagte Manfred von Versen und schloss die Tür hinter sich, schritt nach vorne und sprach: »Hallöchen zusammen! Ich bin der – vermutlich von Ursula unlängst angekündigte – Liedtexter.«

»Auftragstexter«, grenzte Ursula ein. »Manfred liefert nur ab, was bestellt wird – hahaha!«

»Hahaha – und das gnadenlos!«, ergänzte Manfred. – Ach schön, dachte ich, auch Manfred ist ein heiterer Mensch! Nun intonierte er unvermittelt: »Gnadenlos durch die Nacht, hab Fischers Texter umgebracht!« – »Hahaha!«, explodierte das

Burni-Kollegium. Dann wedelte Ursula wieder mit den Händen und bat um Ruhe: »Herrschaften, bitte beruhigen Sie sich! Wir machen gleich Mittagspause. Danach wird Ihnen Manfred unter anderem erläutern, warum das Versmaß beim Texten davon abhängt, was zuerst da ist …«

»… Komponist oder Sänger?«, preschte Soni vor.

Ursula schaute Manfred an.

»Das Ei oder die Henne!«, antwortete Manfred. Ursula blickte nun doch schon etwas strenger. »Okay, Leute«, lenkte Manfred ein, »wir sind ja hier nicht in einer Comedy-Show! Die korrekte Antwort lautet: Entweder richtet sich die Musik nach dem Text oder der Text nach der Musik! Aber dazu nach der Pause mehr.«

»Und damit Sie noch besser verstehen können«, ergänzte Ursula, »welchem seelischen Risiko Sie sich bei zu häufigem Konsum von ironiefreiem Schlager aussetzen, können Sie bei Manfred das Schreiben eines Schlagertextes selbst ausprobieren. Denn wenn Sie bezüglich Ihres Schlager-Burnouts allumfänglich informiert sind, kann auch dies ihr Leiden lindern und ihre Gesundheit stabilisieren.« Ursula referierte: »Einer Analyse der Universität Trier zufolge kann Wissen über die eigene Krankheit gesundheitsfördernd wirken. Grundsätzlich ist das ja nichts Neues, kleinere Studien dazu gibt's schon länger. Neu ist aber, dass überprüft wurde, ob die Aussagen der einzelnen Studien allgemeingültig sind.« Sie zog einen Spickzettel aus dem Glitzerjackett und las vor: »Es wurden 776 Einzelstudien betrachtet, mit den Daten von knapp 75.000 Personen aus 60 Jahren.«

Cool, dachte ich, endlich mal wieder Zahlen!

»Die stärksten Effekte erzielte die Schulung von Patienten

bei chronischen Krankheiten und bei Erkrankungen, an deren Behandlung die Betroffenen durch eigenes Handeln im Alltag selbst mitwirken können – so zum Beispiel Menschen mit psychischen und Verhaltensstörungen. Willkommen an Bord, Herrschaften!« Ursula versenkte den Spickzettel wieder in ihrer Tasche und schloss: »Als ›Schulungen‹ wird alles zusammengefasst, was Wissen und Fertigkeiten zur Krankheit und ihrer Behandlung vermittelt: vom einfachen Gespräch mit Freunden bis hin zu umfangreichen Trainings.«

»Training – genau mein Stichwort!«, übernahm Manfred das Wort. Johann Strauss will Ihnen ja nicht abgewöhnen, Schlager zu hören, sondern helfen, dafür ein gesundes Maß zu finden. Vielleicht möchte jemand von Ihnen zukünftig dem Schlager ganz den Rücken kehren? Und andere von Ihnen möchten auf Schlager nicht verzichten? – Alles möglich! Wohin auch immer Sie tendieren – bei mir nähern Sie sich Ihrem Problem von der kreativen Seite!«

»Ist die Teilnahme Pflicht?«, fragte Giesi. Ihr stand wieder Unbehagen ins Gesicht geschrieben; ihre Miene verzog sich zunehmend leidend.

»Aber nein!«, antwortete Manfred. »Kreativität lässt sich so wenig anordnen wie Lustigsein – hahaha!«

»Hahaha!«, erwiderte das Burni-Kollegium unisono – auch Giesi hatte mit eingestimmt. Es schien, als ob all das, was an Schlagertext-Leid vor ihrem geistigen Auge gestanden hatte, weggeblasen worden wäre – wie wenn der Wind die Pusteblume vom lästigen Pollenflaum befreit.

Ursula schaute auf ihre Armbanduhr. »Danke für Ihre Aufmerksamkeit, Herrschaften. Alles Gute!« – Beifall … Standing Ovations … Vorhang!

Das Burni-Kollegium schritt nun zur Pause und schnurstracks hinein in den Speisesaal, der sich Cafeteria Cäcilie nannte. Wir setzten uns an die uns zugewiesenen Plätze – an meinem Stammtisch saßen Giesi, Soni und Hadi.

Hatten wir im Café Cäcilie bisher stets Muße zum Herumblödeln gefunden, so verhielten wir uns nun eher verhalten – Nachdenklichkeit hatte sich auf unsere Gemüter gelegt. Wahrscheinlich sahen wir es nun allesamt kritisch, dem Schlager über Jahre hin exzessiv gehuldigt zu haben – oder, wie Soni, sich von ihrem Ex damit peinigen lassen zu haben.

Das Speisen ging für unsere Verhältnisse jedenfalls auffallend geräuscharm über die Bühne. In diesem Moment ging es für uns ja nicht nur um Nahrungsaufnahme, sondern jeder hatte nun für sich und auf seine Art an Ursulas Input zu kauen. Mahlzeit!

10.
Genius

Zurück im Seminarraum, stand der Dozent vor nur noch vier Teilnehmenden: vor Giesi, Soni, Hadi und mir. Wir saßen nun nicht mehr im Halbkreis, sondern an Tischen, auf denen Laptops standen.

»Schön, dass Sie zurückgefunden haben«, begrüßte Manfred die deutlich dezimierte Runde.

»Sind ja einige auf der Strecke geblieben«, konstatierte Hadi.

»Schlagertexten ist eben schon sehr speziell«, merkte Manfred an. Vermutlich als Warm-up gedacht, schob er nach: »Überhaupt: Schreiben! Wer das nicht unbedingt benötigt, dem fällt doch eh nach Schule oder Studium der Stift aus der Hand. Wenn dann erst ein paar Jahrzehnte ins Land gegangen sind, wird's schon eng, wenn es darum geht, auch nur einen einzigen Hauptsatz fehlerfrei hinzubekommen – hahaha!«

»Hahaha! – Da kann ich ein Lied von singen!«, prustete Hadi.

Manfreds scherzhaft intendierter Einstieg ins Thema war gut angekommen. Mal gucken, was aus dem Witz noch rauszuholen ist, hatte er sich vielleicht gedacht, als er nun bei Hadi nachfragte: »Inwiefern?«

»Ich arbeite in der Kundenkommunikation, bin zuständig für Beschwerden. Unglaublich, was da für kryptische E-Mails auflaufen! Geht viel Zeit drauf, herauszufinden, was überhaupt das jeweilige Anliegen ist – ein sachliches Problem wie ›Ich habe keine Internetverbindung‹ oder ein emotionales wie ›Ihr Kundenbetreuer ist mir unsympathisch‹ ...«

»Und wenn Sie das alles herausgefunden haben, dann antworten Sie schriftlich?«, fragte Manfred.

»Textmodule!«

»Individuell angepasst, vermutlich?«

»Ja: kurz, freundlich, verständlich!«

»Klingt gut!«, lobte Manfred und sinnierte dann: »Verständlich – demnach arbeiten Sie wohl nicht bei einer Behörde, richtig? – Hahaha!«

»Nee, bei einem Provider!«

Manfred fragte, was die anderen Burnis beruflich oder privat mit dem Schreiben zu tun hätten – aber Ebbe! Giesi, Soni und ich berichteten unisono, dass wir aus blanker Neugierde am Seminar teilnähmen.

»Wunderbar!«, sagte Manfred. »Neugierde ist ja im Leben allgemein das Wesentliche – und beim Texten ganz besonders.«

Ich hielt mich bewusst bedeckt und erzählte nichts von meinen Schlagertexten in der Schublade. Mich so früh zu outen, hätte das Burni-Kollegium vielleicht verunsichert, dachte ich. Und in Sachen Job rückte ich nur die Info raus, als Statistiker bei einem Betrieb zu arbeiten, der in soziodemografischen Daten herumrühre: Nachdem schon das Wort »Behörde« Lacher ausgelöst hatte, zog ich es vor, mein Statistik-Amt nicht an den Start zu bringen. »Glaube keiner

Statistik, die du nicht selbst gefälscht hast« und so weiter – wer kennt nicht diese unqualifizierten Kommentare zu dem nicht nur hoch komplexen, sondern auch seriösen Arbeitsbereich der Zahlen-Jonglage!

»Fangen wir an«, sagte Manfred. Aus seiner ledernen Dozenten-Umhängetasche kramte er einen geschlossenen Joghurtbecher hervor, kam auf uns zu und hielt uns nacheinander das Mindesthaltbarkeitsdatum seines Milchprodukts zur Kenntnisnahme hin. Dann ging er zurück zum Dozententisch und lehnte sich locker daran an. »Es gibt zwei Möglichkeiten, was Ihren Texter-Genius wachküssen könnte«, dozierte er. »Erste Möglichkeit: Sie öffnen diesen Joghurt …«

»… der seit drei Jahren abgelaufen ist!«, stellte Hadi fest.

»… und lassen – danke für Ihren Hinweis, Hadi! – sich von der grüngrauen Färbung nicht weiter beeindrucken; schnuppern stattdessen am ranzigen Duft …«

»Igitt!«, entfleuchte Soni.

»… oder – danke für Ihren Einwand, Soni! – Sie gehen konzeptionell vor. Was das heißt, erkläre ich gleich.«

Manfred setzte sich auf den Tisch, ließ die Beine in der Luft baumeln, nahm den Becher in die Linke und zog mit der Rechten die Aluabdeckung auf. Dann zottelte er einen Esslöffel aus seiner Umhängetasche, tunkte ihn in den Joghurt, rührte zuerst um und verfrachtete dann eine Ladung in seinen Mund. »Ich hoffe, es stört sie nicht – bin noch nicht dazu gekommen, was zu futtern.«

»Igittigitt!«, kommentierte Soni erneut.

»Sie können sich entspannen, Soni – alles nur ein Spaß: Den Aufdruck auf'm Becher hab ich getürkt. Mit der Nummer hab ich auf jeder Halloween-Party die Aufmerksamkeit auf meiner Seite – auch ohne Kostüm – hahaha!« Er legte eine Kunstpause ein, bevor er aufklärte: »Hintergrund meiner Aktion ist das schönste aller Vorurteile: Texter würden sich über sinnliche Eindrücke oder flüssige Stimulanzien auf Betriebstemperatur bringen: an ranzigem Joghurt schnuppern oder sich literweise Wein auf die Lampe kippen.«

»Davon hab ich schon mal gehört«, meinte Hadi. »Da war aber von Whiskey die Rede!«

»Echt jetzt?«, gab ich mich skeptisch. »Würde man Flüssiges auf eine Lampe kippen, dann gäbe es doch einen Kurzschluss!«

»Gut, Thommi – danke für Ihren Widerspruch«, sagte Manfred. »Meine Lampe ist zwar ein Sinnbild, aber dennoch geht Ihr elektrotechnischer Einwand konform mit der biochemischen Erklärung, warum Suff beim Texten keine gute Idee ist: Über kurz oder lang steht man im Dunkeln. Alkohol wirkt sich auf den Botenstoffwechsel aus und hemmt die Signalverarbeitung. Er wirkt zwar im Guten und im Bösen aufmunternd, dimmt aber auf jeden Fall die Wahrnehmung – und kann mit einem Filmriss enden. Mal eben ein Schwank aus meinem Texter-Leben: Am Anfang meiner Karriere schrieb ich mal im Rotwein-Rausch einen Text. Während des Schreibens fühlte ich mich, um mit Silbereisen zu sprechen, mega-hammergeil, aber tags darauf erschrak ich kolossal vor dem Rotz auf'm Papier – schlimm! Ballermann-Texte nehmen sich im direkten Vergleich dazu als Hochkultur aus. In meinem kreativen Auswurf war kein einziger nachvollziehbarer Gedanke erkennbar: Verse über eine Leidenschaft, die Leiden schafft, stiegen hoch hinauf gen Firmament, zerplatzten aber schon in drei Metern Höhe wie irrlichternde Seifenblasen auf'm Kindergeburtstag. Schlimm, schlimm! Meinen Text-GAU wollte ich nicht einmal dem Altpapier anvertrauen – diese verhinderten Lyrics könnte sich ja jemand herausfischen, dachte ich. Schlimm, schlimm, schlimm! Ich verbrannte den Text im Waschbecken und vergrub die Überreste dann später in der Nacht klammheimlich im Stadtpark: Asche zu Asche, Staub zu Staub!« Manfred kratzte sich mit dem Löffel an der Stirn. »Texter benötigen beim Schreiben einen klaren Kopf – ganz so, als wären sie Piloten des Airbus A380! Texten ist ja der Landeplatz unserer Fantasie, und – jetzt kommt's! – vor jedem Take-off heißt es für einen jeden Piloten, alle Checklisten gewissenhaft durchzugehen!« Manfred tunkte den Löffel wieder in den Becher. »Fragen dazu?«

Schweigen.

»Ich werte das als Verneinung«, sagte er. »Aber keine Bange!«, sprach er dann aufmunternd: »›Checklisten‹ klingt für unsere Zwecke aufwendiger als es ist – und ebenso das, was Professorin Lied bei Ihnen schon angerissen hatte: Reime! Mit der Zeit hat man den Kram verinnerlicht und denkt ihn beim Texten automatisch mit. Aber da stehen Sie ja nicht – von daher will ich dazu mal eben noch Grundsätzliches sagen: Ganz egal, um welche Musikgattung es sich handelt, unterscheiden wir zwischen reinen und unreinen Reimen.« Während seines Dozierens löffelte Manfred emsig seinen Joghurt; in seinen Mundwinkeln verblieb zunehmend Weiß. »Aber was sind reine Reime? – Ganz einfach: Bei reinen Reimen stimmen die Silben vom letzten betonten Vokal an genau überein, wie bei ›Herz‹ und ›Schmerz‹. Beim unreinen Reim dagegen stimmen sie nur ungefähr überein wie bei ›Gemüt‹ und ›Lied‹. Kommt auch bei Klassikern vor.«

Manfred breitete die Arme aus – in der einen Hand den Becher, in der anderen den Löffel haltend – und rezitierte im Tonfall eines kapriziösen Staatsschauspielers: »*Wie ein Gebild aus Himmels Höh'n, / mit züchtigen, verschämten Wangen / sieht er die Jungfrau vor sich stehn.*«

Stille – Staunen – Schrecksekunde.

Manfreds Joghurt war verputzt – auf Reste-Jagd schabte er an der Innenwand des Bechers herum. Dabei sprach er weiter – nun wieder im schnoddrigen Dozententon und wie nebenbei: »Sie hören, auch die ›Höh'n‹ und das ›Stehn‹ können miteinander gehn – hahaha! Erkannt? – Richtig: ›Die Glocke‹ von Schiller!« Mit seinem Löffel wies er in unsere Runde. »Schlage vor, Sie probieren erst mal Verse mit reinen Reimen aus, das ist überschaubarer.« Er schabte weiter am Becher-Innenrand herum. »Ach ja, noch was: Peilen Sie nur einsilbige, maximal zweisilbige Reime an – also wie ›Fass‹ und ›nass‹ oder ›heben‹ und ›Reben‹.«

Manfred stellte den leeren Becher ab und legte den Löffel daneben. »Folgende Info ist jetzt nicht wichtig, aber immerhin witzig: Zweisilbige Reime heißen im Fachjargon ›weibliche Reime‹, einsilbige heißen ›männliche‹. Möglicherweise hängt das mit der Maulfaulheit von uns Kerlen zusammen – hahaha!«

»Hahaha!«, erwiderte das Burni-Kollegium.

»Wenn Sie das Thema näher interessiert – also, im Klinik-Kiosk wird mein Buch ›Das Keimen von Reimen‹ vertickt: 400 Seiten mit der Übersicht über sämtliche Reimformen, natürlich inklusive Reimschemata und Versformaten; alles gespickt mit Beispielen aus Rock und Pop über Oper und Operette bis hin zu Bänkelliedern und Schlager.«

Der Dozent klatschte in die Hände, rutschte lässig von der Tischplatte und stellte sich vor uns hin. »So weit der Werbeblock – hahaha! Noch Fragen?« Wieder Schweigen. »Ich werte das erneut als Verneinung.« Da meldete sich Soni. »Ah – doch noch was unklar?«

»Ja«, sagte Soni und fragte: »Benötigen Sie ein Taschentuch?«

Manfred hatte offenbar Sonis mütterliche Instinkte geweckt, weil an seinem Kinn noch Joghurtreste hingen. Sie gab ihm ein entsprechendes Zeichen, indem sie auf ihr eigenes Kinn zeigte.

»Oh!«, sagte Manfred. »Danke für den Hinweis!« Er zottelte ein benutztes Papiertaschentuch hervor und wischte sich das Weiß weg. »Besser?« – Soni nickte und Manfred steckte den Rotzwimpel wieder weg.

»So, nun aber Butter bei die Fische!«, sagte er. »Fahren Sie bitte die Rechner hoch. Auf'm Desktop sehen Sie ein gelbes Icon, das ist die Verknüpfung zu einer Schreibsoftware – einfach anklicken, bitte!«

Wir taten wie gewünscht, und es öffnete sich eine überschaubare Tabelle: drei Spalten, überschrieben mit »Prämisse«, »Handlung« und »Liedtext«. Die Spalte »Liedtext« war unterteilt in »Intro«, »Strophe«, »Refrain«, »Strophe«, »Bridge«, »Refrain«. Ich dachte spontan: Meine Exceltabellen beim Zensus sind bedeutend umfangreicher! Da hab ich schon mal ein gutes Gefühl, was immer jetzt kommen möge.

Mir als Informatiker geben ja quasi von Berufs wegen Tabellen, Listen und Verzeichnisse – ob mit oder ohne Zahlen, gerne auch mit Buchstabenkolonnen – das Vertrauen, in einem klar definierten Aktions-Radius unterwegs zu sein. Das bedeutet mir Selbstschutz, Sicherheit und Souveränität. Unter Kollegen scherze ich gerne: »Ach, wär' doch die ganze Welt verexcelt!«

Manfred begann, zu erläutern: »Hinter jedem Wort, das Sie da sehen, befindet sich ein Link. Wenn Sie ihn anklicken, öffnet sich ein Pop-up-Fenster mit der Begriffsdefinition. Sie müssen also nicht mitschreiben, was ich jetzt sage.«

Der Dozent schritt gemächlich auf und ab und ließ selbigen raushängen: Er blieb manchmal stehen, wippte kurz auf den Hacken und setzte sich dann wieder in Bewegung, während er das Fachchinesische erläuterte: »Eine Prämisse ist ein kurzer Satz, der den Kern einer Geschichte beschreibt. Auch ein Liedtext will ja im Idealfall eine Geschichte erzählen. Auch bei umfangreicheren Werken können wir den Kern in nur einem einzigen Satz als Prämisse zum Ausdruck bringen. Beispiel: ›Romeo und Julia‹. Wie wir wissen, ist das die Story von zwei verfeindeten Clans – konkret: Zwei Gören aus verfeindeten Sippschaften sind ineinander verknallt, und die Daddys stellen sich gegen die Liebe der Greenhorns. Eine tragische Verwechslung lässt das junge Glück dann abschmieren, denn Julia versetzt sich mit einem Trunk in Narkose und stellt sich leblos, da die von ihrem Dad arrangierte – oder besser: anberaumte – Heirat mit jemand anderem vor der Tür steht. Romeo findet die narkotisierte Julia im Bett vor und hält sie für tot. Für ihn ergibt das Leben nun keinen Sinn mehr, deshalb vergiftet er sich vorsätzlich. Als Julia wieder zu sich kommt, sieht sie den leblosen Romeo an ihrer Seite und – Achtung, Spoiler-Alarm! – ersticht sich selbst mit dessen Schwert, um ihm wenigstens im Tod nahe sein zu können.

Dumm gelaufen, nicht wahr?! – Hahaha! Jedenfalls lässt sich die Essenz der Love-Story aller Love-Stories als Prämisse wie folgt eindampfen: Die Fehde zwischen zwei Familien führt zum Ableben ihrer ineinander verschossenen Abkömmlinge. Und schon haben wir die wesentlichen Fragen jedweder Geschichte beantwortet: Was führt für wen warum wohin? Fürs Texten ist es wichtig – Checkliste, jetzt! –, vorab darum zu wissen, denn wir Liedtexter wollen ja ebenfalls Geschichten erzählen. Klingt gut, oder? Aber manchmal entlarvt sich eine solche Verallgemeinerung auch als Bullshit. Bei Professorin Lied hatten Sie ja beispielsweise schon über Silbereisens Proklamation ›Schlager ist geil!‹ gesprochen: Keine Handlung, nix mit Geschichte – nur Statement! Fragen dazu?« Wieder herrschte Schweigen, und wieder bemerkte er: »Ich werte auch das als Verneinung.«

Manfred erläuterte weiterhin, dass wir in der Tabellenspalte »Intro« nichts zu texten hätten – das sei nur als Platzhalter zur Kenntnis zu nehmen. Hier wäre späterhin, würde unser Text vertont werden, ein instrumentaler Einstieg ins Lied zu notieren. Damit sei auch geklärt, dass sich in unserem Fall die Musik nach dem Text richte, was wiederum fürs Texten die einfachere Variante sei, denn da müsse man sich nicht mit kompositorischen Restriktionen herumschlagen.

»Texte auf Musik zu schreiben«, so Manfred, »erfordert zumindest rudimentäre Kenntnisse zu Tonarten, Taktformen und so weiter. Wenn ein Komponist Moll vorgäbe, wären Lyrics über eine rauschende Schlagerparty weniger kompatibel.«

Auch bei »Bridge« sollten wir nichts schreiben, fuhr er fort, denn an dieser Stelle würde der Komponist eine musikalische Passage einfügen, die zum Ende des Songs hinführe.

»Sie sehen: Es stehen auch Dinge da, die wir jetzt zwar nicht bearbeiten, im gesamten schematischen Liedaufbau aber doch berücksichtigen sollten.«

Huch, das war ja jetzt schon eine Menge Holz, dachte ich, aber für einen Schlagerfreund, der darauf Wert legt, gut informiert zu sein, durchaus interessant!

Manfred hatte seine Info-Keule beiseitegelegt, seinen Monolog beendet. Abschließend stellte er fest: »Liedtexte sind ein Teil eines Gesamtkunstwerks! – Fragen dazu?«

Hadi hatte zwar keine Frage, aber was anzumerken: »›Bridge …‹«

»Ja?«, fragte Manfred.

»›… over Troubled Water‹! – Daran musste ich eben denken.«

»Warum das denn?«

»Ein so hoffnungsfroher Song! Auf Romeo und Julia bezogen: Die Brücke mit dem getürkten Suizid bricht ein – mehr Trouble geht nicht!«

»Danke, Hadi! Ja, Konflikte sind auch in Liedtexten das A und O, wenn Sie das meinen. Auch Sie benötigen am Ende eine Brücke zur Auflösung der Handlung: Happy End oder eben Katastrophe. Aber zurück zu den Begriffen und ihren Definitionen: In den Strophen wird die Geschichte von Anfang bis Ende erzählt, im Refrain ihre Kernaussage formuliert. – Noch Fragen?«

»Bekommen wir einen Mustertext?«, fragte Hadi.

Digga, du nun wieder, dachte ich. Fängst du an zu schwimmen, bevor es ins Wasser geht?

»So etwas benötigen Sie nicht«, beruhigte ihn Manfred.

»Sie könnten es als Blaupause missverstehen, was das Entwickeln einer eigenen Idee hemmen würde. Spielen Sie einfach frei auf, Hadi – also innerhalb des vorgegebenen Textschemas, bitte.« – Burni-Kopfnicken allerseits – dann beugten wir uns kollektiv über die Laptops.

Nach zehn oder zwanzig Minuten posaunte ich spontan, von meiner Geschwindigkeit selbst nahezu ergriffen, in den Raum: »Fertig – Prämisse steht!«

Hadi hob seinen – irritierten oder desorientierten – Blick vom Bildschirm und schaute zu mir herüber. Streber, las ich in seinen Augen.

Tja, Digga, man kann oder kann nicht, lächelte ich – zugegeben: etwas überheblich – zurück.

Manfred kam zu mir an den Tisch, schaute über meine rechte Schulter und begann, still zu lesen: »Der letzte Song auf einem Schlager-Konzert ist gruselig und führt dazu, dass es den Fans nachts auf dem Heimweg angst und bange wird.«

Manfred flüsterte: »Verdammt gut! Aber lassen Sie sich bitte mehr Zeit, sonst werden die anderen nervös.«

Im Augenwinkel registrierte ich, dass Hadi uns beobachtete. Und als Manfred dann zu Giesi weiterzog, die sich gemeldet hatte, überraschte ich ihn mit einem Blick-Konter. Löckchen fühlte sich wohl ertappt – ich zwinkerte ihm grinsend zu: Digga, nun konzentriere dich mal schön auf dein eigenes Zeug!

Ich fragte mich, ob sich Hadi davon provoziert fühlte, denn er begann nun urplötzlich, wie von der Tarantel gestochen in die Tasten zu hauen – sein Geklapper nahm gar kein Ende. Ich dachte: Meine Güte, Hadi, was soll das werden?! Eine Prämisse besteht doch, wie wir gelernt haben, aus einem einzigen Satz! Oder bis du schon dabei, dir Notizen für die Handlung zu machen? Schreibst du gar schon am Liedtext? – Oder machst du nur einen auf dicke Hose?

Ich legte mich ins Zeug, wenn auch nicht so behämmert hämmernd wie Hadi. Von Manfred ermutigt und wie von ihm gewünscht, ließ ich mir Zeit: schrieb locker, luftig, lustvoll – zuerst an meiner Handlung, dann an den Versen und am Refrain. Unmittelbar zuvor war ich im Übrigen mit der Maus abgerutscht und aus Versehen am Bildschirmrahmen auf das Icon für den Browser gekommen. Johanns WLAN war offenbar nicht nur auf'm Zimmer, sondern auch im Seminarraum aktiv. Es hatte sich automatisch eine Webseite geöffnet, deren Adresse wohl im Browserverlauf an erster Stelle stand, und ich war auf einem Portal gelandet, das mein Verhältnis zu Schlagertexten grundsätzlich und positiv beeinflussen würde – aber dazu später.

Nach einer dreiviertel Stunde war es dann so weit: Manfred kündigte an, die Rechner nacheinander – also immer dann, wenn einer von uns Burnis an der Reihe war, seine Ergebnisse zu präsentieren – auf den Beamer zu schalten. Gemeinsam sollten wir uns dann die an die Wand projizierten Einfälle vergegenwärtigen. Manfred wies vorab darauf hin, dass es normal sei, wenn im Gespräch über Texte auch kritische Töne erklängen – es sei jedoch oft nicht ganz einfach, Kritik anzunehmen. Deshalb sollten wir uns vergegenwärtigen, dass alles, was zu den Texten gesagt werde, immer im kollegial-solidarischen Sinne gemeint sei.

»Soni, wollen wir mit Ihrem Text beginnen?«, fragte Manfred.

Soni nickte zustimmend. Ihrer Prämisse nach peilte sie im

Liedtext das Aufarbeiten der Beziehung mit ihrem Ex an: Ein Ehemann hört pausenlos den Schlager »Wer beschützt dich jetzt?« von Michael Wendler, was dazu führt, dass er von seiner Gattin von der gemeinsamen rosa Wolke geschubst wird. Der Text titelte »Wendlers Wolke«:

Ihr Schatz liegt bräsig auf der Couch
Hört pausenlos den doofen Wendler
– Männlichkeits-Rausch? Ist er ein Pendler
Zwischen Macho-Autsch und Seelenhändler?

Wendlers Wolke, Wendlers Wolke!
Große Ohren für 'nen kleinen Wicht?
Läuft ihr Schatz über zum Kuckucksnest-Volke?
Sie verspürt immer mehr Herzensgicht!

Plötzlich hört sie sich selbst fragen:
Warum muss mein Schatz sich an Bullshit laben?
Ihr Leid nimmt zu, den Wendler zu ertragen
Will nicht an dessen Texten verzagen

Wendlers Wolke ...

D'rum nahm sie ihren Schatz an die Hand
Zog ihn vom Sofa auf 'n Teppichrand
Trat dann in seines Hinterns Grieben
Schubste ihn von der Wolke sieben

Wendlers Wolke ...

Sie tanzt wieder mit frohem Gesicht
Mit einem Poeten von lyrischem Gewicht
Er dichtet so schön, so klar seine Sicht
Schreibt ihr täglich ein Liebesgedicht!

Wendlers Wolke ...

Applaus der Anerkennung erfolgte vom Burni-Kollegium.

»Wow!«, sagte Manfred. »Die Verse haben Potenzial! Interessant ist, dass Sie Ihre Geschichte in der dritten Person erzählen. Sie hatten uns vorhin ja verraten, wie es mit Ihrem Ex verlaufen war. Der Ursprung Ihrer Idee ist also autobiografisch – warum wählten Sie da nicht die Ich-Form?«

»Ich dachte, wenn ich in der dritten Person erzähle, bekomme ich mehr Abstand zum Thema.«

»Guter Gedanke!«, lobte Manfred – gab dann aber zu bedenken: »In Ihrem Fall würde die Ich-Form den Text für mich als Leser nahbarer machen. Ihre Lyrics erinnern beinahe an ein literarisch anspruchsvolles Chanson – es gibt jedoch, zwei, drei Knackpunkte: Wir Schlagertexter vermeiden ja emotionale Ernsthaftigkeit, das würde unsere Kundschaft überfordern. Unsere Texte erinnern eher an Vollbäder in Klischees. Und einen realen Schlagersänger zu benennen, ihn zudem im negativen Kontext vorzuführen, könnte – unabhängig von juristischen Problemstellungen und abseits von Satire – wenig sympathisch herüberkommen, weil der Gescholtene sich ja nicht wehren kann.«

»Aber wenn es doch wahr ist!«

»Das glaube ich Ihnen, Soni! Schlager sind aber nicht wahrer als die zersägte Frau des Illusionisten. Auch kreative Wortschöpfungen wie ›Macho-Autsch‹, ›Kuckucksnest-Volke‹ und ›Hinterns Grieben‹ zählen kaum zu den Wortwolken am Schlagerhimmel. Schlagertexte werden nicht reflektiert, sondern konsumiert – aber Achtung: Ich denke, es würde sich lohnen, Ihren Wendler-Ansatz ins Komödiantische zu ziehen. Dann wäre auch der doofe Wendler gut platziert.«

»Und was wäre mit der juristischen Frage?«, fragte Soni.

»Satire darf alles!«

»Ach so«, sagte Soni. »Texten ist gar nicht so einfach«, seufzte sie.

Manfred nickte zustimmend. »Aus diesem Grund gibt's ja ›Keimen von Reimen‹!«, sagte er. »Nicht dass ich Werbung machen wollte, aber ich kann mit Fug und Recht behaupten: Es handelt sich um ein Standardwerk! Im Kapitel ›Schlagertexte‹ steht alles Wesentliche zu der Fragestellung, was sich thematisch und im Duktus für Schlager eignet und wie es textlich aufbereitet werden könnte: poetisch, sachlich, humorig.«

Soni dachte kurz nach. Dann sagte sie: »Danke für Ihre offenen Worte, Manfred.«

»Es freut mich, dass Sie meine Meinung annehmen können«, sagte Manfred. »Nichts ist herausfordernder, als Kritik zu erfahren.« Der Dozent schaute in die Runde und fragte dann: »Hadi, hätten Sie jetzt Lust, uns Ihre Lyrics vorzustellen?«

»Unbedingt!«, Hadi fuhr sich wie ein wahrer Künstler mit der Rechten durch seine Löckchen. »Ich hab mich an einen betont positiven Text probiert.« Fatzke, dachte ich – na, nun lass mal sehen, Locke!

Hadis Prämisse lautete: Die Sehnsucht eines Mannes nach guter Laune führt ihn hin zu Flori Silbereisen. Der Titel lautete »Oho, oho, oho, oho«, und der Text ging so:

Ich bin ein heiterer Mann
Der gut drauf sein kann
Bei deiner Musik tick ich aus
Komm dabei verdammt gut drauf

Flori, Flori, du bist mein Held!
Bringst gute Laune, die mir gefällt
Du machst mich immer wieder froh
– oho, oho, oho, oho!

Denn wenn ich deine Lieder hör
Kann ich die Sorgen schnell vergessen
Mir geht's dann gut, ja, ich schwör!
Bist wie Balsam, kann's kaum ermessen!

Flori, Flori ...

Spaßbremsen können 's nicht versteh'n
Für sie fährt 'n Zug nach Nirgendwo!
Tschüss und auf Nimmerwiedersehn!
Auf Flori trink ich 'n Fässchen Bordeaux
- oho, oho, oho, oho!

Wieder ertönte Applaus der Anerkennung aus dem Burni-Kollegium.

»Wow, wow!«, sagte Manfred. »Handwerklich gesprochen fällt auf, dass Sie zwischen ein- und zweisilbigen Reimen hin und her springen, und dass sich ab der zweiten Strophe die Reimstruktur ändert: In der ersten Strophe folgen die Reime direkt aufeinander, also Paarreim, und danach folgen Kreuzreime. Das kann man zwar machen, und für einen Komponisten wäre es auch eine hübsche Herausforderung – aber ich überlege gerade, Hadi, ob es wohl inhaltliche Gründe dafür gibt, dass Sie die Reinschemata mischen.«

Na, Digga, nun erklär' mal schön, dachte ich – zugegeben: etwas gehässig.

»Ach herrje!«, sagte Hadi. »Fällt mir selbst jetzt erst auf!«

»Nicht schlimm«, sagte Manfred. »Und ebenfalls nicht, dass auch das Versmaß bei Ihnen wackelt.«

»Versmaß? Was ist das denn? Dazu hatten wir doch gar keinen Input!«, mokierte sich Hadi. Sein Gesichtsausdruck verriet Verunsicherung.

»Stimmt«, beruhigte ihn Manfred. »Das war jetzt auch kein Vorwurf von mir, Hadi. Kurz gesagt: Versmaß meint nicht nur die Anzahl der Silben je Zeile, sondern auch die Betonungen der Silben. Sehen Sie: Jambus, Trochäus, Daktylus und Anapäst bilden die vier Grundmetren in der Lyrik.«

»Wer ist denn Jambus, was ist Trochäus? Wo liegt denn Anapäst und …?«

»Hadi, das sind Begriffe aus der antiken Verslehre. Da geht es um Verselemente und Versfüße – aber darauf jetzt näher einzugehen … Also, mein Buch ›Das Keimen von Reimen‹ vertieft auch dieses Thema. Was mir aber ansonsten noch auffällt: Die inhaltliche Dimension Ihres Textes ist hübsch kompakt.«

Kompakt, dachte ich – Manfred hätte auch monokausal sagen können. Digga, Ballermann lässt grüßen!

»Mal eben eine Frage zum Verständnis«, holte Manfred aus. »Handelt es sich um ein erfundenes, also lyrisches Ich? Oder sprechen auch Sie im Text von sich selbst?«

»Die Lyrics sind meine Meinung!«, antwortete Hadi.

»Demnach eine Proklamation«, ordnetet Manfred ein. »Spätestens ab der Stelle mit dem Zug nach Nirgendwo wird's für mich auch deutlich. Das kann man so machen – nur: Unabhängig davon, dass auch hier eine reale Figur besungen wird, beinhalten Ihre Lyrics zwei Möglichkeiten der Interpretation: Entweder ist es eine Art von Liebeserklärung an Flori – oder aber es handelt sich um einen satirischen Kommentar zur Popularität dieses Tausendsassa.«

»Satire?!«, rutschte Hadi in etwas angewidertem Tonfall heraus. Er zog eine schiefe Grimasse.

»Kommt im Schlager zwar nicht oft vor, wäre aber denkbar«, sagte Manfred – und stimmte an: »*Sie treffen sich täglich um viertel nach drei / Am Stammtisch im Eck in der Kondi-*

torei / Und blasen zum Sturm auf das Kuchenbuffet, / Auf Schwarzwälder-Kirsch und auf Sahne-Baisser, / Auf Früchteeis: Ananas, Kirsch und Banane / - aber bitte mit Sahne. – Kennen Sie das noch?«

»Ähm ...«, grübelte Hadi, »kommt mir irgendwie bekannt vor ...«

Ich dachte: Irgendwie, Digga? Hör' mal, der Mann, der das sang, ist eine Legende!

Hadi schaute mich an – fragend! Ich war ja noch nie ein Kameradenschwein, also half ich ihm aus und schmetterte in den Raum: »*Auf Früchteeis, Ananas, Kirsch und Banane. / Aber bitte mit Sahne – aber bitte mit Sahne!*«

»Ah!« Bei Hadi fiel offenbar der Groschen, und er haute spontan raus: »Curd Jürgens!«

»Verkaufe den Curd und kaufe einen Udo, dann passt's«, schlug ich vor.

»Korrekt, Thommi«, bestätigte unser Dozent.

Wie Hadi so guckte, mochte auf mich bezogen einmal mehr gedacht haben: Streber! Und ich dachte: Ach Gottchen, Undank ist der Welt Lohn!

»Curd hin, Udo her«, sagte Hadi, »mein Text ist mein voller Ernst!«

»Die Kunst ist frei«, sagte Manfred, »aber haben Sie an einer bestimmten Stelle nicht etwas zu dick aufgetragen? – Schauen Sie: Dass Sie vor Freude Wein trinken wollen, ist durchaus nachvollziehbar, aber dass es gleich ein ganzes Fässchen sein muss ...« Der Dozent wiegte den Kopf.

»Wieso denn nicht?«, ging Hadi in die Renitenz. »Unser Roli sang ja auch mal: *Sieben Fässer Wein können uns nicht gefährlich sein.*«

»Hadi, von mir aus können Sie auch acht Fässchen wegknallen«, besänftigte Manfred. »Ich will nur anregen, darüber nachzudenken, dass des Kaisers Lied von einem Junggesellenabschied handelt.«

»Genau!«, mischte sich Soni ein, »Roli verpflegt eine ganze Kompanie! Und das Gelage hat zudem eine richtige Pointe: Roli verschwitzt seinen Heiratstermin.«

»Quatsch!«, widersprach Hadi. »Roli hat gar nichts verschwitzt!«

»Hat er doch!«, blieb Soni am Ball.

»Hat er nicht!«, beharrte Hadi. »Genau das ist doch der Witz: Roli wollte doch gar nicht heiraten.«

Manfred hörte interessiert zu. Dann sagte er: »Hadi, bitte bedenken Sie: Roli singt hier ja nicht als Roli, sondern er schlüpft in eine Roli-Rolle!«

»Auch so 'n Problem für mich«, mischte sich nun Giesi ein. »War Roli, als er das Lied sang, verheiratet oder nicht?«

»Ja, mit … mit … mit der Silvi!«, behauptete Hadi.

»Nee, Hadi!«, ging ich dazwischen. »Das Lied kam 1977 raus, die erste Ehe schloss Roli aber erst 1980: mit Christi! Silvi ist die zweite Ehefrau, zehn Jahre später!«

»Danke, Thommi«, sagte Manfred, »so hab ich das auch in Erinnerung.« Er schaute Giesi an. »Kurz zu Ihnen, Giesi: Was war jetzt noch mal Ihr Problem bei Rolis Lyrics?«

Giesi konkretisierte: »Erfundenes von Realem trennen zu können.«

»Von wem sprichst du denn?«, fragte Hadi. »Von Roli?«

»Nee, nee, ich rede von mir – als Fan! Auch diese Unklarheit hat mich letztlich fertig gemacht.« Während sie das sagte, bekam sie wieder feuchte Augen.

Manfred ging zu Giesi und legte tröstend seine Hand auf ihren Unterarm. »Mit diesem Problem sind Sie nicht allein, Giesi.« Des Dozenten Tonfall hatte sich verändert; er erinnerte mich an den Therapeuten-Sound von Ingo, dem Hinrichsen: betont sanft und empathisch. »Giesi, es ist normal, diese Rollen-Nuss nicht so einfach knacken zu können: Wie wirklich ist die Wirklichkeit? Haben Sie schon mal davon gehört? – Paul Watzlawick!«

Giesi verneinte mit Kopfschütteln. Dann begann Sie, zu schniefen.

»Ein Sachbuch: Es geht um Wahn, um Täuschung, um Verstehen.«

Giesi verzog zuerst wehleidig das Gesicht, dann wurde sie von einem Weinkrampf geschüttelt.

»Auch dieses Buch kann man jedem Schlager-Fan nur empfehlen, Giesi.«

Der Spruch war wohl gut gemeint, half aber nicht weiter: Giesis Wangen wurden geflutet. Manfred nestelte hektisch in seiner Hosentasche herum. Wollte er Giesi sein zerknittertes Taschentuch anbieten? Zugetraut hätte ich es ihm, aber Gott sei Dank kam ihm Soni zuvor und hielt Giesi einen sauberen Tränenfänger hin.

Nachdem sich Giesi das Feucht aus den Augen getupft und sich wieder gefangen hatte, ging Manfred zurück zum Dozententisch.

»Watzlawick gehört sozusagen zur Grundausstattung für alle, die qualifiziert über Schlager mitreden wollen«, meinte er. »Taschenbuch, 250 Seiten, unter 'nem Zehner zu haben!« Nachdenklich blickte er Giesi an und fragte dann: »Geht's wieder?«

Giesi nickte schniefend. »Wahn … Täuschung … Verstehen …«, brabbelte sie. Dann gab sie mit einem kläglichen »Ja« grünes Licht.

»Wo waren wir stehengeblieben?«, fragte Manfred.

»Bei Rolis Pointe«, gab ich zur Auskunft.

»Pointe?«, fragte Hadi. »Hab ich ja gar nicht auf'm Schirm.«

Ich dachte: Digga, was ist los mit dir? Du hattest selber angemerkt, was der Witz sei bei Rolis Lyrics. Dann hör mal schön zu, wenn dir ein gut informierter Schlagerfreund was sagt!

Ich stand wieder auf und stimmte eine weitere Strophe an: »*Sieben Fässer Wein können manchmal die Rettung sein. / Wie das Leben spielt, vieles löst sich von ganz allein. / Was soll's? Jetzt geht's bei uns erst richtig rund. / Wir feiern, haben einen neuen Grund.*« Ich setzte mich wieder.

»Okay – so gesehen …« Hadi wackelte abwägend mit dem Kopf.

»Das Beispiel zeigt uns«, erläuterte Manfred, »dass es Übungssache ist – auch bei Liedtexten –, das richtige Maß an Übertreibung zu finden. Es kommt immer auf die humorige Absicht an und natürlich auf den inhaltlichen Kontext. Falls das jemanden näher interessieren sollte – Sie wissen schon: ›Das Keimen von Reimen‹ …« Manfred wandte sich an Giesi: »Wollen Sie, dass wir uns jetzt auch Ihre Arbeit angucken?« Giesi bejahte mit Kopfnicken.

Schnell war klar, dass sich Giesi als Prämisse einen selbstkritischen roten Faden gesponnen hatte: Sich-Hineinsteigern in die Welt des Schlagers führt zum Ausgebranntsein. Ihre Lyrics betitelte sie programmatisch mit »Burnout, Burnout«:

In der Welt aus Zuckerwatte
Hab ich mich total verlorn
Verheddert in der Sehnsuchtsmatte
Panik strömt aus allen Por'n!

Burn-out, Burn-out!
Sehnsucht nach dem Paradies!
Burn-out, Burn-out
Kriecht mir über die Haut!
Burn-out, Burn-out!

Fühle mich so richtig mies!
Pflücke alle Schlagertriebe
Esse sie roh, muss aufs Klo
Träume von ewiger Liebe
Vom großen Glück!

Burn-out, Burn-out! ...

Sehnsucht, die überfüttert wird
Blicke wie aus blinden Fenstern
Merkwürdiges vor den Augen flirrt
Träume von Schlager-Gespenstern!

Burn-out, Burn-out! ...

»Wow, wow, wow!«, sagte Manfred. »Auch bei Ihnen, Giesi: Hut ab für diesen ersten Aufschlag – Versmaß hin oder her! Einzelne Ihrer Metaphern könnte man sich natürlich näher angucken. Zum Beispiel: Welt aus Zuckerwatte – vielleicht etwas zu klebrig? Frage: Wollen Sie sagen, dass etwas haften bleibt, oder geht's Ihnen um den süßen Geschmack?«

»Das weiß ich nicht«, sagte Giesi. »Es kam so aus mir heraus.«

»Gut – alles bestens! Stelle fest: Es würde sich lohnen, auch an diesem Text weiterzuarbeiten!« Manfred streckte den Daumen nach oben.

»Oh!«, erschrak Giesi. »Das hat mich schon bis hierher

ziemlich mitgenommen.«

Manfred nickte verstehend und wandte sich dann wieder an alle Burnis: »Schlagertexte zu schreiben, kann Konfrontation bedeuten: mit dem Schlager allgemein und mit sich selbst im Besonderen. Aber über kreative Textarbeit mehr zu Verstehen von Schlager, fördert nicht nur das Schlager-Verständnis, sondern auch das Verstehen des Schlager-Ausgebranntseins. Giesi, nur für den Fall, dass Sie an Ihrem Text irgendwann weiterarbeiten wollten, empfehle ich auch Ihnen ›Das Keimen von Reimen‹.«

»Ihr Buch werde ich erst mal nicht lesen, Manfred, danke«, knipste Giesi Manfreds Werbeblock aus. Dann fasste sie sich an die Stirn. »Ich merke, wie mir schon wieder der Kopf schwirrt – vermutlich zu viel Input: Sonis Macho-Autsch, Hadis Zug nach Nirgendwo und mein eigenes Gespenst – ich bin fix und alle!« Giesi schaute mich an. »Thommi, wärst du sauer, wenn ich mir jetzt nicht auch noch deinen Text reinziehe? Später vielleicht, ja?«

»Natürlich, Giesi!«, sagte ich.

»Man soll es mit Konfrontation auch nicht übertreiben«, gab Hadi zu bedenken – und grinste dabei blöd zu mir herüber, als wäre sein Kommentar auf mich gemünzt.

Giesi stand auf. »Muss mich hinlegen«, sagte sie. »Burnis, wir sehen uns!« – Nachdem Giesi die Tür hinter sich geschlossen hatte, ordnete Manfred die Situation für uns ein: »Leute, es ist gut, dass Giesi für sich in die Verantwortung gegangen ist und die Text-Konfrontation abgebrochen hat«, stellte Manfred fest und begründete: »Genug ist bekanntlich genug.«

»Darf ich ehrlich sein?«, fragte Soni.

»Unbedingt!«, ermutigte Manfred.

»Ich bin auch fix und foxi! Also, von mir aus könnten wir für heute … na ja … also gerne Schluss machen.«

»Danke für die Wortmeldung, Soni!«, sagte Manfred.

»Wenn auch Thommi einverstanden ist, setzen wir hier den Punkt sozusagen. Ein Lob an alle Burnis: Sie sind verdammt weit gekommen! Bitte richten Sie das auch Giesi aus.« Ich sah zum Dozenten hin und nickte. »Ich hätte an Sie vielleicht zwei, drei Fragen zu meinem Text, aber das könnten wir auch unter uns besprechen.«

»Das wäre ein Kompromiss«, sagte Manfred, und es folgte kollektives Abnicken. Dann schob Manfred noch nach: »Ich drucke Ihnen Ihre Arbeiten später aus. Die können Sie für Ihre psychologischen Einzelgespräche womöglich gut gebrauchen.«

»Ich werde Giesi informieren«, sagte Soni. »Und danke, Manfred! War alles sehr interessant … lehrreich …«

»… und spaßig!«, ergänzte Hadi. »Also, allein schon die Nummer mit dem Joghurt!«

»Mich freut's, wenn Sie's freut. Gute Besserung!«

Soni und Hadi standen auf und verließen den Raum.

Manfred kam zu mir, nahm sich einen Stuhl vom Nachbartisch und setzte sich an meinen. »Gut, dass wir nun unter uns sind, Thommi«, eröffnete Manfred. »Jetzt mal ehrlich: Wer hat Sie zu Johann geschickt?«

Ich sinnierte, warum nun diese Frage im Raum stand, und dachte: Manfred wird doch informiert sein, wie das so läuft bei uns Burnis? – Start beim Hausarzt und dann ein Parcours aus Krankschreibung, Psycho-Sitzungen, Krankengeld, Rentenversicherung … Ziel: Klinikaufenthalt.

»Thommi, mir können Sie's sagen, ich behalte es für mich: Wer hat Sie herbeordert? Sind Sie ein Mystery-Shopper? Stiftung Warentest?« Ich verstand nicht, worauf Manfred hinauswollte. »Thommi, wenn Sie kein eingeschmuggelter Kliniktester sind, liegt es auf der Hand: Sie sind ein Kollege!« Ich setze an, zu widersprechen, aber Manfred funkte dazwischen: »Ich war ja schon stutzig geworden, als ich Ihre Prämisse gelesen hatte, und Ihr Liedtext ›Sänger in der Nacht‹ ist unverkennbar die Arbeit eines Profis: interessante Idee, einen Grusel-Text auf die lässige Melodie von ›Strangers in the Night‹ zu legen! Eine Meisterleistung, hier vorhandene Musik zu betexten – zumal, ohne sich hier im Seminar die Musik vorm Schreiben noch mal angehört zu haben. Wow, wow, wow! Sie haben ein exzellentes musikalisches Gedächtnis!«

Ich fühlte mich geschmeichelt, denn für mehr als nur die Schublade hatte ich bisher noch nicht geschrieben. Das berichtete ich nun auch Manfred.

»Schublade? – Hahaha! Thommi, wenn Sie kein Kollege von mir sind, dann sind Sie etwas, das es nur ganz, ganz selten gibt: Ein Genie!«

»Ach, Manni, jetzt übertreiben Sie aber«, hielt ich den Ball flach – und erschrak im selben Moment, ihn mit der Verniedlichungsform seines Namens angesprochen zu haben. »Sorry, ›Manfred‹ wollte ich gesagt haben!«

»Geht in Ordnung, Thommi – so unter Kollegen!«

Manfred reichte mir seine Hand. »Sagen wir Du?«

Ich schlug ein.

»Von wegen Statistiker«, brummelte er, »von wegen in Daten herumrühren …«

Ich ließ das kurz sacken, nahm dann die Rolle an, die

mir Manni zugewiesen hatte, und sprach: »Na ja, also: Am Text müsste man noch schrauben. Ich meine, eine halbe Stunde ist nicht viel Zeit.«

»Wohl wahr!«, bestätigte er. »Denkst du an wen Bestimmtes bei der Nummer? An Roli? Er covert ja schon auf Englisch. Diesen Titel auf Deutsch zu singen, wäre für ihn was Neues. Hast du zu ihm einen persönlichen Draht?«

»Vor zwei, drei Monaten haben wir uns knapp verpasst«, sagte ich – was nicht einmal gelogen war. »Dresden, Hilton, du weißt schon«, spielte ich den Routinier, als ginge ich in den Häusern der Stars ein und aus. Keine Ahnung, was mich dann ritt, Manni in dem Glauben zu lassen, ein Kollege von ihm zu sein. Vermutlich einfach, weil es sich zu gut anfühlte.

»Du kennst Roli persönlich?«

Oh, oh, oh, dachte ich – und sagte: »Sagen wir es mal so: beinahe.«

»Ach was, Thommi, nu hör' mal auf mit die Faxen! Hast ja nich Hadi vor dir, dem du ein X für 'n U verhökern könntest.

Ich dachte: Manni stellt mir noch zwei, drei Fragen, dann ist der Kaiser nackt – nein, nicht Roli, sondern der sprichwörtliche, der mit den Kleidern jetzt! Bevor er mir auf die Schliche kommt, sollte ich mich besser selbst offenbaren!

So kam es, dass ich Manni reinen Wein einschenkte – also von meinem Interview-Fiasko berichtete, vom Schlager-Verein, aus dem ich geschasst wurde, und so weiter und so fort. Manni wollte nun wohl seinerseits auf Nummer sicher gehen, es nicht mit einem Berufskollegen, sondern einem Hobbyisten zu tun zu haben, als er fragte: »Haste schon Texte verkaufen können?«

Im Brustton, nun ein Major-Label aus'm Koffer ziehen zu können, antwortete ich kurz und knapp: »Schublade – hahaha!«

»Hahaha – also doch: Genie!«

Manni und ich verabredeten uns dann zum Abend außer Haus aufn Bierchen. Bei Johann war ja trotz – oder wohl eher wegen – der therapeutischen Schlageraffinität Alkoholverbot. In der Dorfpinte ums Eck gab Manni dann ein Bierchen aus, und wir redeten – na klar – über Schlager allgemein und über meinen Text im Besonderen; auch über meine Verstrickungen in Sachen Weltkulturerbe, Marlene, Konzertbericht und so weiter.

»Aber eines verstehe ich noch nicht«, sagte Manni. »Wie kommt es, dass du vom Herz-Schmerz zur Schlager-Parodie konvertiert bist? Deine Burni-Kollegen haben ja eher unfreiwillige Komik vorgelegt, aber bei dir ... Schlager-Tal und Schlager-Gral – das riecht nach Absicht: als wüsstest du genau, was du tust.«

»Sagen wir es mal so: Bei der Formulierung der Prämisse führte mir gnadenlose Heiterkeit den Stift – ich war selbst überrascht, dass meine Perspektive eine derart ironische wurde. Vermutlich haben wir es im Ergebnis mit einer kreativen Entlastungshandlung zu tun, wie Ursula vielleicht sagen würde. Über die Schlager-Jahre hatte ich ja so manches Schlager-Päckchen zu schleppen. Dies erkannt habend, beschloss ich, den humoristischen Ansatz an- und ernst zu nehmen. Und tatsächlich stellte sich beim Schreiben der Verse dann ein nie gekanntes Glücksgefühl ein.« Noch während ich dies aussprach, war ich mir verdammt selbstreflektiert vorgekommen.

»Sehr gut! Diese Reflexion macht offenbar den kleinen, aber entscheidenden Unterschied zu den anderen Burnis aus. Glückwunsch!«

»Danke!«

»Da sehe ich eine Menge Potenzial!«

Ein verdammt gutes Gefühl kam bei mir auf, das sich bald zur Euphorie steigerte: Manni nahm mich ernst – so ernst gar, dass er mir vorschlug, für mich zu checken, wer im Schlager-Business an meinem ›Sänger in der Nacht‹ Interesse haben könnte. Ich war hin und weg!

Manni schlug mir dann folgenden Deal vor: Wenn es ihm gelänge – woran er keinen Zweifel hege –, meinen Text einem Produzenten zu verkaufen, kassiere er eine marktübliche Vermittlungsprovision, die dann von meinem Texter-Honorar abgezogen würde.

»Und was ist, wenn es nicht klappt?«, fragte ich.

»Mein Problem«, sagte er. »Außer Spesen nix gewesen – hahaha!«

»Hahaha! – Das Risiko liegt also bei dir.«

»So ist es!«

Das klang fair und ich zögerte nicht, unseren Deal zu besiegeln – und zwar so, wie es unter richtigen Männern immer schon Usus war: mit einem Handschlag, zwei Bierchen und drei Schnäpperkin!

Ja, doch, das war seit langer Zeit mal wieder ein recht heiterer Abend – konstruktiv, kommunikativ, kooperativ. Ich sinnierte, das könne ein erster Schritt auf den Weg zu einer tollen Männerfreundschaft werden – genauer gesagt einer Beziehung, in der es tatsächlich noch gilt, gemeinsam Pferde zu stehlen. Dass aus dieser Gemeinschaft später doch nichts werden sollte, konnte ich da noch nicht wissen – und auch nicht, dass der sinnbildliche Pferdeklau dann auch ganz anders verlaufen sollte, als ich mir das vorgestellt hatte.

11. Schlager-Tal

Drei Monate nach Johann, ich war längst wieder in Lohn und Brot beim Statistik-Amt, steuerte ich meinen Wagen zu Rechtsanwalt Ferdinand Bülow, der mich wegen der angeblichen Veruntreuung von Vereinsgeldern vertrat. Schon vorab informierte er mich telefonisch über die brandheißen News: Der Verein habe sich mit einem außergerichtlichen Vergleich einverstanden erklärt.

»Gute Nachrichten, Herr Andras«, berichtete er. »Die Schlagerfreunde gaben zwar zuerst die Harten, haben sich dann aber von Clemens eines Besseren belehren lassen.«

»Wer ist Clemens?«

»Mein Schwager: Wie der Zufall so spielt, vertritt er die gegnerische Partei. Clemens hat den Vereinsmeiern klar gemacht, dass sie den Vorwurf Veruntreuung knicken können, da Sie das Geld nicht für sich, sondern nach bestem Wissen und Gewissen für den Verein ausgegeben haben – also im Ergebnis nur fahrlässig aus dem Fenster geschmissen. Bestes Wissen impliziert ja keinen objektivierbaren, sondern subjektiven Kenntnisstand, Geld sinnvoll einzusetzen oder eben nicht. Sinnhaftigkeit ist kein Thema fürs Gericht – die Klage würde abgewiesen. Ein Zivilprozess käme infrage, aber so was zöge sich! Und vor Gericht würde der Verein hier aller Erfahrung nach kein günstigeres Ergebnis erzielen als bei einer außergerichtlichen Einigung.«

»Danke, das macht Hoffnung! Wie geht's nun weiter?«

»Zu speziell, so am Telefon. Mehr in der Kanzlei!«, sagte Ferdinand und legte auf.

Vor Freude, nicht vorm Kadi antanzen zu müssen, haute ich spontan aufs Lenkrad, und die fröhliche Drei-Ton-Fanfare setzte meinen Gemütsausbruch in Klang um. Normalerweise ist mir das unnötige Verursachen von Krach – von wem und warum auch immer – zutiefst zuwider; ich berichtete schon davon. In diesem Fall genehmigte ich mir aber mangels Beifahrer, dem ich mein Glücksgefühl hätte mitteilen können, eine Ausnahme von dieser Regel und teilte meine Freude über die positive Nachricht mit den vielen Menschen auf der Straße, während ich mit meinem Wagen hinter einem PKW und dieser seinerseits vor einer roten Ampel stand. Vor Übermut haute ich gleich noch mal auf die Hupe.

Der Wagenlenker vor mir aktivierte den Warnblinker, und während der Fahrer ausstieg und zu mir her schritt, betätigte seine Beifahrerin ein weiteres Licht: Blaulicht. Ach du Scheiße, dachte ich, ich hatte vorm Radaumachen offenbar gar nicht realisiert, wer da vor mir steht.

Der Uniformierte trat an meine heruntergelassene Seitenscheibe heran. »Könn' wa helfen, Meesta?«

»Danke der Nachfrage«, sagte ich. »Alles bestens!«

»Und warum lärm'n Se hier so?«

»Bin da aus Versehen rangekommen«, versuchte ich abzuwiegeln. »Abgerutscht.«

»Ach watt! Sind doch keen Kunstturna am Barr'n, sondern 'n Autofahra hinta'm Lenka, wa. Nich so neavös im Vakehr, der Herr!« – Ich nickte verständig. – »Jut, dann belass ick's bei 'ner mündlichen Vawarnung. Koofen Se sich für die 5 Euro, die Se sonst als Vawarnungsjeld berappen müssten, eene Blume – Blum' beruijen«, sagte der Polizist, fasste sich zum Gruß an die Mütze und ging zurück zum Streifenwagen. Er stieg ein und gab Gas, passierte gerade noch bei Dunkelgelb die Ampel.

Ich atmete gleichmäßig ein und aus, wie ich es bei Johann gelernt hatte – das heißt: Ich nahm die urplötzlich erneut aufflammende Rotphase gelassen hin.

Aus Gewohnheit oder Reflex heraus schaltete ich das Autoradio ein. Schlager4you war voreingestellt, was ich längst geändert haben wollte, denn ein Ergebnis, das ich von Johann mitgenommen hatte, war, mehr Distanz zum einstigen Objekt meiner Begierde zu wagen – also nicht weiterhin jeden Quadratmillimeter meines Lebens vom Schlager okkupieren zu lassen. Bevor sich auf dieser Dudelwelle unsere Helene auf der akustischen Hochschaukel in Schwung bringen konnte, drückte ich sie weg, indem ich die automatische Sendersuchlauf-Funktion betätigte. Es stoppte beim »Radio Tanztee war gestern«. Früher hatte ich diesen Sender gemieden, weil er sich hartnäckig geweigert hatte, Schlager zu spielen.

Nun denn – andere Zeiten, andere Radiowahl. Es lief gerade die Sendung »Mit Pauken und Moneten – ein Magazin rund um Kulturwirtschaft«. Liane Thöne, die Moderatorin, kündigte frohgemut ihren Gast an: »Ich freue mich auf den Mann des beschwingten Wortes: Hi, Manfred!«

»Hi, Liane!«

»Manfred, du gehörst zur Premium-Garde des deutschen Schlagers. Dennoch muss dein Name muss nicht jedem im Land geläufig sein. Das liegt vermutlich daran, dass du nicht Schlagersänger bist, sondern Schlagertexter, nicht wahr?«

»Ja, das ist richtig«, nahm der Mann, der zweifelsohne Johanns Manfred war, den Ball an. »Nach den Interpreten nimmt man vielleicht noch die Komponisten und Manager zur Kenntnis, aber wir Liedtexter sind weitestgehend unbekannt. Als Schlagertexter hab ich naturgemäß ein Renommee wie die Kollegen Werbetexter: Alle konsumieren unser Zeug, aber keiner steht dazu! Ein Dilemma – nicht für uns, sondern für die Leute: Auf ihren Schlagerkonsum angesprochen, zeigen sie sich oftmals peinlich berührt.«

»Woran liegt das deiner Meinung nach?«

»An der intellektuellen Fallhöhe unserer Werke – hahaha!«

»Hahaha! Wie hoch oder niedrig ist die denn?«

»Bodennah! Ein Verriss eines meiner Texte käme einer Erdbestattung gleich.«

»Gibt es denn überhaupt Textkritiken? Im Feuilleton?«

»Nö – dabei sind Schlagertexte systemrelevant!«

»Echt jetzt? – Du vergleichst deinen Job mit der Arbeit von Krankenschwestern, Polizisten und Lokführern?«

»Selbstverständlich! Es hängt ja auch im Schlager-Geschäft nicht nur eine Heerschar von Arbeitsplätzen dran. Gäbe es unsere Seifenopern nicht, dann ginge so mancher Zeitgenosse über kurz oder lang ganz desorientiert durchs Leben! Womöglich fiele er hin, verletzte sich am Kopf und läge dann mit einem wahrhaftigen Dachschaden dem Staat auf der Tasche.«

»Das kann keiner wollen!«

»Eben!«

»Anderes Thema: Obschon diese Seifenopern, wie du sie nennst, aktuell wie geschmiert laufen, kollaborierst du mit dem Feind: Der brandneue Titel aus deiner Feder ist der satirischen Ecke zuzuordnen, die die leichte Unterhaltung gern auf die Schippe nimmt.«

»Nur weil das, womit ich gutes Geld verdiene, systemrelevant ist, heißt das ja nicht, dass ich keinen psycho-hygienischen Ausgleich benötige – hahaha! Im Ernst: Ich kenne einen Schlagertexter, der schreibt nebenbei schöne Gedichte, spannende Erzählungen und epochale Romane. Ein wenig der künstlerischen Entlastung zu frönen, ist doch okay.«

»Entlastungshandlung, sehr schön! – Dann hören wir uns das mal an!«

Es erklang Swingmusik aus den Sechzigern des letzten Jahrhunderts, aufgefrischt mit zeitgemäßem Drive & Groove. Im Intro, wie Manfred das nennen würde, verriet gleich in den ersten Takten ein sich einschmeichelndes Horn mit Echo, dass der einstige Welthit »Strangers in the Night« von der Großstadt in ein Alpental verlegt wurde. Dann erklang die markante Stimme des Sängers:

Sänger in der Nacht
singt liebe Lieder
zur guten Nacht,
trägt gerne Flieder,

scherzt mal »Mäh!«, mal »Muh!«,
am Ende der Vorhang fällt.
In deinen Augen steht
irrlichterndes Glück,

dein Lächeln weht
ihm ein großes Stück
deines Herzens zu;
Krönchen aufn Kopf hält.

Sänger in der Nacht,
süßer Genuss;
Sänger in der Nacht
hat Tournee-Abschluss
im wunderschönen Schlager-Tal
beim Schlager-Gral;
warme Sehnsucht schaltend,
heiße Begierde waltend.

Und das Konzert ist aus
am finstern Walde,
pass' auf dich auf!
Nahe der Halde
lauern Schlagerhasser,
übellaunig und blass;
bleib cool, mach sie nass
und öffne ihnen das achte Fass!
Ooby, dooby, dooby, dooby, dooby – ahhhh!

»Hahaha! – Da hast du ja aus dem lieblichen Schlager- ein schräges Comedy-Kabinett gezimmert«, freute sich die Moderatorin. »Wir haben in der Redaktion lange gegrübelt, was es mit dem achten Fass auf sich hat. Wir favorisierten die Annahme, dass es sich um das Reserve-Fass der einst vom Kaiser besungenen Junggesellen-Party handelt. Da waren ja sieben Fässer Wein unterwegs gewesen. Haben wir recht, oder stimmt's?«

»Vielleicht.«

»Was heißt ›vielleicht‹? Wenn nicht du, wer sonst sollte es wissen?«

»Ich darf es noch nicht verraten.«

»Wir sind doch unter uns, Manfred!«

»Netter Versuch – aber in Sachen Auflösung des Rätsels gibt es von der Produktionsfirma eine Sperrfrist. Verplappere ich mich jetzt, wird eine Vertragsstrafe fällig.«

Die Moderatorin ließ den Fisch vom Haken: »Bei Geld hört die Freundschaft auf, verstehe. Es bleibt also bis auf Weiteres spannend. Andere Frage: War es für dich, der von den klassischen Herz-Schmerz-Geschichten herkommt, schwierig, sich auf die … ich sag' mal ›subversive Komik‹ einzulassen?«

»Nein. Ganz unabhängig vom Genre ringt man ja immer um Worte. War einfach nur besonders tricky, einen deutschen Text mit neuer Story auf diesem Ami-Schlager zu dichten. Im Übrigen – was die wenigsten wissen: Die Melodie stammt von einem Deutschen, Bert Kaempfert, Hamburger Jung, abgetreten auf Mallorca 1980. War eine ganz große Nummer gewesen – international aufgestellt!«

»Dieser liebliche Sound, diese einschmeichelnde Stimme und dazu dieser Text – mal ehrlich: Wie kommt man auf so was?«

»Alte Texter-Schule: Hab mich weggeschlossen … eine Flasche Whiskey, zwei Schachteln Zigaretten! Hab's fließen lassen – hahaha!«

»Du veräppelst mich?«

»Nur ein bisschen: Es war ähnlich wie bei Kaisers Ur-Knaller ›Santa Maria‹ in den Achtzigern. Der Heuler war ja adaptiert aus Italien, und der ursprüngliche Text erzählte von Columbus und Amerika und so weiter. Den Text hatte Kaiser beiseitegelegt, weil die Plattenbosse ihn nicht wollten. Dabei wollte es der Kaiser aber nicht bewenden lassen. Gemeinsam mit dem damaligen Texter-Titan Norbert Hammerschmidt zimmerte er in kreativer Weinseligkeit aus dem Schiffs- einen Inselnamen, warf Columbus über Bord und … na ja, der Rest ist Geschichte. Im Unterschied zu ›Santa Maria‹ konnte ich aber den Ursprungstitel mit ›Strangers‹ nicht einfach übernehmen, weil es kein Eigenname war – heißt auf Deutsch ja schlicht ›Fremde‹. Ein deutschsprachiges Cover ›Fremde in der Nacht‹ gab's zudem schon, von Art Garfunkel Jr. – eine Übersetzung, das wäre nicht mein Ding gewesen: Alles zu brav, uninspiriert – wortwörtlich witzlos! Mich reizte ein textlicher Kontrapunkt zur schnulzigen Musik – so entstand Sänger in der Nacht, und …«

Ich dachte: Aus, stopp, genug – es reicht! Ich schaltete das Radio aus.

Zwischenzeitlich war ich rechts rangefahren, weil mich Manfred zu sehr abgelenkt hatte. Ich war baff – in zweierlei Hinsicht: Erstens war ich verblüfft über Manfreds Unverschämtheit, zu behaupten, er habe um jedes Wort gerungen, und zweitens staunte ich darüber, wie gut mein Text funktionierte. Das Ergebnis konnte sich durchaus hören lassen, fand ich – mehr noch: Es gefiel mir ausgesprochen gut! Ich überlegte, wie ich damit umgehen sollte, von Manfred hinters Licht geführt worden zu sein – aber nur Leere im Kopf!

Wieder schlug ich mit Schwung aufs Lenkrad – diesmal nicht vor Freude, sondern aus Verärgerung, versteht sich. Das infernale Horn machte erneut, was ein infernales Horn so macht: Es hornte … oops, Quatsch – also, es krawallte. Mein Problem mit den Versprechern ist zwar noch da, fällt mir jetzt auf, aber doch schon kleiner geworden: Wort-Aus- oder -Anfälle übermannen mich nur noch im Zustand allerhöchster

Erregung. – Just in dem Moment, als die Hupe loslärmte, nahm ich wahr, dass vor mir wieder dieser Polizeiwagen stand – er parkte. Durch die Heckscheibe war zu erkennen, dass die Polizisten diesmal nicht im Wagen saßen. Ein kurzer Kontrollblick gab mir Gewissheit: Der Beamte und seine Kollegin standen auf der gegenüberliegenden Seite des sechsspurigen Fahrdamms, der mittig mit einem großzügigen Grünstreifen ausgestattet war. Den Beamten war meine Huperei offenbar gar nicht aufgefallen, was auf diese Entfernung auch nicht verwundern musste – zumal sie an einem Stehtisch vor einer Currywurstbude standen und offenbar Pause machten. Zudem ist für viele Wagenlenker in Berlin Hupen das Kommunikationsmittel erster Wahl (dasjenige zweiter Wahl wäre ein weit aus dem Seitenfenster gereckter Stinkefinger, dritter Wahl eine direkte Ansprache von Seitenscheibe zu Seitenscheibe – in etwa: »Penna, vapiss dir – oda Untalippe dick wie'n Autoreifen!«).

Ach herrje, dachte ich – und plötzlich fiel es mir wie Schuppen vor die Augen, dass ich mich nun aber sputen musste. Der Advokat wird schon warten, dachte ich und hegte dabei die stille Hoffnung, dass Ferdinand am Rande meiner Konsultation in Sachen Vereins-Kuddelmuddel auch einen Tipp hätte, wie ich mit Manfreds Textklau umgehen sollte. Ich scherte aus der Parklücke aus und düste los.

12.
Schöpfungshöhe

Ferdinand Bülow – ein Mittfünfziger in mausgrauem Zwirn und weißem Hemd mit gesteiftem Kragen, den eine schwarze Fliege zierte, welche wiederum mit quietschbunten Regenschirmen gemustert daherkam – fasste die Kanzleiakte »Schlagerfans vs. Andras« für mich wie folgt zusammen: »Würde der Verein vor Gericht ziehen, könnte er davon ausgehen, 50 Prozent des Schadens selbst berappen zu müssen. Immerhin hatte die Vereinsvorsitzende von Ihrer Kaiser-Recherche gewusst.«

»Hatte sie nicht«, widersprach ich. »Die ganze Action sollte ja eine Überraschung werden! Das hatte ich ihr bei unserer Aussprache auch genau so gesagt.«

»Gibt es Zeugen?«

»Nein.«

»Dann vergessen wir dieses Detail. Sollte die Dame darauf beharren, stünde Aussage gegen Aussage.«

»Ich soll lügen?«

»Herr Andras, etwas nicht zu bestätigen, ist keine Lüge. Ziehen Sie für unseren Zweck in Erwägung, dass Sie sich an Ihre Unterredung mit der Vorsitzenden nicht vollumfänglich erinnern können. Erinnerungslücken sind nur allzu menschlich – das würde sogar unser Kanzler bestätigen. Also, wir machen dem Verein ein Angebot: Sie übernehmen freiwillig 60 Prozent des Schadens.«

»6.000 Euro!« Ich erschrak. »So viel Geld hab ich nicht!«

»Leihen Sie es sich bei Ihrer Hausbank!«

»Die wird mir was husten: Dispo am Limit! Meine Schlager-Sammlung hat mir die Haare vom Kopf gefressen – ich bin dafür sogar umgezogen. Ein Zimmer allein für meine CDs – bei den Mieten heutzutage …!«

»Wenn Sie wollen, frage ich mal Hector, einen meiner Klienten. Er kann Bares beschaffen, Privatdarlehen – über drei Ecken …«

»Das wäre seriös?«

»Ja, er macht in Geldwäsche – hahaha! Aber im Ernst: Lassen Sie uns ein Problem nach dem andern lösen.«

»Ich weiß ja nicht …«

»Was wissen Sie nicht?«

»Freiwillig 60 Prozent hinblättern …!«

»Ließe sich koppeln mit einer Verschwiegenheitserklärung – damit nichts nach außen dringt. Wir finden eine Sprachregelung, damit der Verein nach innen Rechenschaft ablegen kann, Sie aber nicht allzu blöd dastehen. Anderenfalls käme es zum Prozess und … Also, mal angenommen, das ginge durch die Presse und Ihr Arbeitgeber erführe Details. Das könnte ihn zu der Überlegung bringen, ob Sie noch der richtige Mann an der richtigen Stelle sind. Sie sagten mir im Vorgespräch, dass Sie beim Zensus mit sensiblen Daten von Bürgern zu tun hätten. Ihr Arbeitgeber könnte unken: Wer sich als Kaiser verkleidet und einen gepanzerten Wagen mit

Chauffeur mietet, bloß um in Dresden ein Schlager-Konzert zu besuchen, der pflegt einerseits ein ziemlich kostenintensives Hobby – und andererseits lassen sich personenbezogene Daten in Zeiten florierenden Identitätsdiebstahls leicht in Gold umrubeln!«

»Kündigung, meinen Sie?«

»Versetzung.«

»Wohin?«

»Ich kenne zwar die Aufgabenstruktur Ihrer Behörde nicht, aber ich weiß, dass alle Ämter Postverteilerstellen haben! Und was hätten Sie dort verloren, beruflich, als Wirtschaftsinformatiker?!«

»Nichts!«

»Na, sehen Sie! Und was schlussfolgern Sie daraus?«

»Ich werde wohl besser in den sauren Apfel beißen.«

Ferdinand lächelte zufrieden. »Gut! Ich spreche das mit Clemens ab. Das wird schon!«

Ferdinand reichte mir zur Verabschiedung die Hand, ich schlug ein. Dann setzte ich aber doch noch nach: »Da wäre noch was, Herr Bülow.«

»Nämlich?«

»Ein anderes Problem …«

Ferdinand schaute auf seine Armbanduhr. »Wir sind schon weit über der Zeit. Erst kommen Sie zu spät, und jetzt noch ein Nachschlag …«

»Das hängt alles miteinander zusammen: Ich kam zu spät, weil ich unterwegs von einem neuen Problem gehört hatte.«

»Wo denn?«

»Im Autoradio. Es will mich wer übers Ohr hauen!«

Ferdinand zog die Stirn kraus. »Also nigelnagelneues Thema«, sagte der Advokat. Das wäre eine Erstberatung – das darf ich nicht für lau machen. Gebührenordnung, Paragraf 34 spricht von 190 Euro, zuzüglich Märchensteuer. Aber weil Sie bei mir schon Klient sind, biete ich Ihnen diese Leistung für schlanke 150 Mäuse an, einverstanden?«

»Übernimmt der Rechtsschutz.«

»Kommt drauf an, um was es geht.«

»Diesmal wäre ich der Gläubiger: Gewinnbeteiligung.«

»Beim Zensus?«

»Freiberuflich!«

»Schlecht: Ihre Police deckt nur private, also nichtgewerbliche Aktivitäten ab.«

Wieder was gelernt, dachte ich – und fragte: »Könnte ich bei Ihnen denn mit Karte zahlen?«

»Herr Andras, ich bitte Sie! Sie befinden sich hier nicht im Discounter ums Eck, sondern in einer Kanzlei am Gendarmenmarkt. Ich würde Ihnen eine ordentliche Rechnung stellen.«

Ich nickte verständig wie auch einverstanden und sagte knapp: »Gebongt!«

»Ich akzeptiere das als volkstümliche Form der Auftragsvergabe«, sagte Ferdinand – und schon umrissen wir mein Problem mit Manfred.

An irgendeiner Stelle unterbrach er mich: »Danke, danke, Herr Andras! Das genügt bis hierhin. Wir Juristen sind ja ziemliche Langweiler, fragen immer das Gleiche: Wer will von wem was woraus? – Das heißt: Wie beweisen Sie, dass der Text des Liedes von Ihnen stammt?«

»Ich bin der Urheber!«

»Das ist eine Behauptung, kein Beweis! Sie könnten mir

auch erzählen, dass Sie der Autor vom ›Schatz im Silbersee‹ seien. Das täte niemanden weh, hätte aber auch keine Konsequenzen.«

»Ich – bin – der – Urheber!«, wiederholte ich mich haltlos, und mir fiel auf, dass ich etwas bockig klang.

»Von mir aus können Sie auch mit den Füßen auf den Boden stampfen vor Brass, Herr Andras – das bliebe in der Sache ebenso ohne Wirkung. Ich versuch's mal anders: Im Zweifelsfall ist immer jene Person Urheber, die das Werk zuerst veröffentlicht hat. Ein Zweifel an dieser Logik hätte nur dann Bestand, wenn Sie schlüssig belegen könnten, wer, wann, wie, wo und so weiter Ihnen das Werk gestohlen haben soll.«

»›Sänger in der Nacht‹ ist im Rahmen eines Text-Seminars zustande gekommen«, berichtete ich.

»Und wie beweisen Sie das?«

Beweise, Beweise, Beweise, trieselte es in meinem Kopf. Den Beweis anzutreten, wäre so einfach gewesen, sinnierte ich, wenn mir Manfred auch meinen, wie eben die Texte von Hadi, Giesi und Soni, ausgedruckt hätte, damit ich ihn mit Ingo, dem Hinrichsen, hätte besprechen können. Hätte, hätte, hätte!

Aber dann erinnerte ich mich genau – und berichtete es just in Time dem Advokaten vor mir –, dass ich am Abend nach dem Seminar mit Manfred in der Ortspinte nahe der Klinik eingekehrt war.

»Aber Thommi«, hatte Manfred gesagt, »›Sänger in der Nacht‹ ist doch kein Futter für'n Psycho-Mann, sondern für'n Money-Maker – hahaha!«

»Hahaha!«, hatte ich erwidert – und mich wohl erneut ob meiner kreativen Leistung gebauchpinselt gefühlt. Wie schon erwähnt: ein schönes Gefühl – genau besehen: ein *megahammergeiles* Glücksgefühl!

»Natürlich drucke ich dir den Text aus – aber mal ehrlich: Tu dir selber einen Gefallen und lass das Ding nicht bei Johann zerreden. Bring es gleich in die richtige Spur!«

Ich hatte dann noch zwei Klare bestellt und mit Manfreds Unterstützung damit begonnen, mir meine Texter-Zukunft rosarot auszumalen. Den Text hatte mir Manfred dann nicht ausgedruckt, und ich hatte vergessen, ihn erneut darum zu bitten.

Dann erinnerte ich mich auch an Folgendes: Als ich mir während des Seminars auf einer Internetseite für Texter Anregungen für meinen zu schreibenden Text holte, hatte ich mich für Zukünftiges ebendort sogleich als neuer Nutzer angemeldet – und zwei Tage später Giesi auf ihre Nachfrage hin meinen Text auf'm Handy online gezeigt. Das war deshalb möglich, weil er sich nicht nur in Johanns Schreibsystem, sondern eben auch auf dieser Plattform im Internet befand.

Ferdinand blickte etwas genervt auf seine Armbanduhr. Mein Input schien ihm – für eine Erstberatung! – offensichtlich üppig genug zu sein und das Zeitfenster für mich am Limit. »Herr Andras, wenn Sie mit einer Zeugin aufwarten können, die Sie als Urheber des Liedtextes identifiziert, und zudem einen nachweislich terminierten virtuellen Ablageort beibringen können ... Wenn sich der behauptete zeitliche, räumliche und personale Kontext somit wasserdicht belegen lässt, dann tun sich für Herrn von Versen neben dem Urheberschaftsklau noch weitere Baustellen auf. Berücksichtige ich alles Gesagte und unterstelle, dass es auch belegt werden kann, wäre meiner Einschätzung nach eine einstweilige Verfügung gegen den Vertrieb des Liedes binnen 48 Stunden zu erwirken.«

Seine strenge, konzentrierte Miene hellte sich auf, als er nach einer kurzen Kunstpause fortfuhr: »Aber warum sollte das Ihr Interesse sein? – Mit einem Vertriebsverbot wäre ja noch kein einziger Cent möglicher finanzieller Ansprüche Ihrerseits geklärt! Nach dem ersten Schritt – der Konfrontation mit der Anschuldigung – sollten Sie deshalb gegenüber Herrn von Versen erst mal cool bleiben und entspannt zwei, drei Wochen abwarten, ob er sich selbsttätig rührt. Falls nicht, zeigen Sie ihm per anwaltlichem Beistand das Droh-Szenario auf. Und wenn auch das nichts hilft, ließe sich das Verbot per Eilantrag immer noch durchsetzen – und zwar am besten erst dann, wenn aufgrund einer quantitativ relevanten öffentlichen Wahrnehmung Ihres Textes – also, wenn das Lied in den Medien rauf- und runternudelt – eine Untersagung des weiteren Vertriebs medial wie eine Bombe einschlägt.«

»Das käme dem Wesen des Schlagers sehr nahe«, sinnierte ich laut.

»Bitte?«

»Einschlagen … Bombe … – Metaphern für Erfolg!«, erläuterte ich.

»Ja, klar. Als Strafverteidiger höre ich aber eher den Spruch vom Vogel, den jemand abgeschossen hätte – wortwörtlich. Schon daran erkennen Sie, dass Schlager allgemein und das Urheberrecht im Besonderen nicht meine Domäne ist, Herr Andras. Wenn Sie die Sache ins Rollen bringen wollten, könnte ich Ihnen eine Fachanwältin für – oder besser gegen – Ideenklau empfehlen: Tatjana Bülow-Heideblume ist eine verdammt junge und ebenso ambitionierte Kollegin. Bestes Examen – arbeitete in USA bei den größten Plattenbossen, Streamingdiensten und haste nicht gesehen.«

»Ihre Frau?«

»Ich sagte verdammt jung, Herr Andras – wir wollen realistisch bleiben!« Ferdinand runzelte die Stirn. »Meine Tochter. Ihr Mann ist aber besser als sein Name: Achim Heideblume, Notar – nur für den Fall, dass sie auch mal einen Notar benötigen. Sie finden meine Tochter und ihren Mann hier auf derselben Etage, zwei Büros weiter, auf'm Gang links, nahe Fahrstuhl.«

»Vielen Dank, Herr Bülow.«

»Gern geschehen.« Ferdinand brachte mich zur Tür.

»Herr Andras, ich melde mich, sobald wir beim Verein den Deckel draufmachen können, ja? Und wenn es gelingt, den Textdiebstahl einzufangen, werden Sie die sechstausend für die Rückzahlung aus ihrer künftigen Portokasse nehmen können, was? Was dann und wann für Künstler-Honorare durch die Presse geistern – da wird einem kleinen Anwalt am Gendarmenmarkt nahezu schwindlig. Im Ernst: Werden Texter auch so gut bezahlt wie die, die auf der Bühne vorturnen?« – Ich guckte ratlos aus der Wäsche. – »Ja, gut, woher sollten Sie das auch wissen? Also, Herr Andras, machen Sie sich mal auch wegen dieses Problems keine Sorgen – meine Tochter kümmert sich. Sagen Sie bei der Anmeldung, dass Sie mein Klient sind und ich Sie schicke, dann bekommen Sie zeitnah einen Termin.«

Schon einen Tag darauf saß ich vor Tatjana. Wir verabredeten, dass sie Manfred kontaktiert und mit der Sachlage konfrontiert. »Ich werde unorthodox auf Tuchfühlung gehen«, sagte sie, »und es auf kleiner Flamme versuchen« – damit meinte sie: mit einem Telefonat. »Wenn der Herr nicht kooperiert, wird's ein offizieller Vorgang mit allem Drum und Dran. Mein Vater hat Ihnen ja schon erläutert, wie so ein Worst-Case-Szenario aussieht: Abmahnung, einstweilige Verfügung, Pressekonferenz – ganz großes Kino!«

Nur drei Tage später saß ich wieder vor der Anwältin. Wie im Siegestaumel lächelnd berichtete sie, sie habe »den Ochs bei den Eiern« packen können. »Ich habe Herrn von Versen von der Tat- und Beweislage in Kenntnis gesetzt – einhergehend mit der Forderung, zur Vermeidung einer Urheber-Schadenersatzklage ein Schmerzensgeld von 6.000 Euro nebst angefallenen Anwaltskosten zu berappen. Herr von Versen sagte, er habe derart viele Projekte parallel um die Ohren, dass Sie ihm irgendwie weggerutscht seien. Ich habe das mal so als Nebelkerze stehen lassen und informierte ihn, was ich zudem erwarte: Obendrauf sollten Sie einen ordentlichen Texter-Vertrag bekommen, der die Tantiemen marktüblich regelt und auch festlegt, dass bei jedweder Veröffentlichung des Titels sowie bei Listungen bei der GEMA, auf Schlager-Portalen und so weiter Ihr Name ordentlich ausgeschrieben dabeisteht.«

Tatjana hatte das Gespräch mit Manfreds Einverständnis aufgezeichnet und spielte es mir nun ab der Stelle vor, an der sie die Forderung kundtat, dass ich als Autor des Textes zu benennen sei. – »Autor?«, fragte Manfred. »Ich bitte Sie! Thommi ist bloß Co-Autor«, behauptete er.

»Warum das denn?«, hakte Tatjana nach.

»Ich habe den Text final bearbeitet.«

»Inwiefern?«

»Thommi hat formuliert: Im wunderschönen Schlager-Tal bei dem Schlager-Gral. Das ging gar nicht! Es hätte ja bedeutet, dass der Sänger in der Nacht selbst das Wunder wirkende Gefäß sei. Man hätte denken können, da weiß wer nicht, was ein Gral ist oder hat ihn mit dem Hüter desselben verwechselt oder wie oder was auch immer. Diesen verunglückten Vers habe ich an entscheidender Stelle abgeändert.«

»Klingt ja dramatisch«, sagte Tatjana. »Wie lautet denn die besagte Stelle jetzt?«

»Im wunderschönen Schlager-Tal vor dem Schlager-Gral.«

»Demnach haben Sie ein Wort ausgetauscht: Statt ›bei‹ heißt es nun ›vor‹. Noch was?«

»Ja, bei Thommi hieß es bleibe cool, mache sie nass, jetzt heißt es bleib cool, mach sie nass. Eine entscheidende Frage ...«

»Was denn für eine Frage?«

»... der Metrik!«

»Ach so. Noch was?«

»Was denn noch?!«, haute Manfred ’raus. Er klang wohl deshalb etwas verschnupft, weil Tatjana seine text-chirurgische Feinarbeit mit keinem einzigen Wort würdigte.

Tatjana schwieg und wartete wohl darauf, dass Manfred von selbst darauf kommen würde, dass mit seiner patzigen Gegenfrage ihre Frage nicht beantwortet war.

Zunächst herrschte Stille – dann aber gab er zu: »Nein, mehr war nicht zu ändern.«

»Gut!«, sagte Tatjana. »Der Text besteht ohne Titel aus

103 Wörtern. Davon haben Sie nach eigener Auskunft drei Worte abgeändert, also nichts hinzu- oder umgedichtet. Es kann sich dabei höchstens um eine Lektorats-Leistung handeln; eine eigenständige künstlerische Schöpfungshöhe Ihrerseits gemäß Urhebergesetz liegt nicht vor. Aber Sie haben Glück: Mein Klient ist kein Erbsenzähler. Er gesteht Ihnen aufgrund Ihrer Textvermittlung an eine Produktionsfirma die Untergrenze einer eigenen künstlerischen Leistung zu, die, wie wir beide wissen, im Urheber-Business als ›kleine Münze‹ bezeichnet wird.«

Im Hintergrund war plötzlich die nostalgische Rechenmaschine zu hören, die auf Tatjanas Schreibtisch stand. Offenbar hatte Tatjana ein Faible für technische Museumsstücke.

»Rechnerisch haben Sie eine Mitwirkungsquote von 2,94 Prozent – von daher ist nicht Herr Andras Ihr, sondern Sie sind Herr Andras' Co-Autor. Bitte berücksichtigen Sie das entsprechend bei der Gewinnaufteilung im Kontrakt zwischen Ihnen und Herrn Andras, den Sie mir vorab gerne als Entwurf zukommen lassen. Einverstanden?«

»Was wäre, wenn nicht?«

»Dann wäre Ihre Texter-Karriere sehr wahrscheinlich beendet, und Sie gälten als abgeurteilter Dieb von geistigem Eigentum. Dass das auch Johann Strauss nicht gefallen würde, scheint mir ebenfalls auf der Hand zu liegen. Einen Dozenten-Job bekämen Sie vermutlich nicht einmal mehr bei einem Volkshochschulkurs für Kreatives Schreiben.«

»Sie sind ja ein harter Hund, Frau Bülow-Heideblume«, sagte Manfred, und es klang durchaus Anerkennung mit.

»Wenn schon, dann Hündin bitte«, flötete Tatjana, »so

viel Zeit muss sein! In einer Woche sehe ich dann dem besagten Schmerzensgeld entgegen sowie auch Ihrem Kontrakt mit Nachweisen zu den Listungen einer korrekt benannten Autorenschaft. Einen schönen Tag noch!«

Tatsächlich hielt sich Manfred an Tatjanas Vorgaben – und meine Probleme lösten sich in Wohlgefallen auf. Ich war froh, dass die Sache mit Manfred sich außergerichtlich hatte klären lassen – denn ich hatte mir schon ernsthaft überlegt, wie ich beim Beleg der von mir behaupteten Online-Ablage meines Textes kaschieren könnte, dass es sich bei dem Texter-Portal in Wirklichkeit um die frei zugängliche Applikation einer KI-Bude handelte.

Dort hatte ich ein paar sogenannte »Prompts«, also stichwortartige Anweisungen, ins Bearbeitungsfeld eingegeben, damit die KI einen Text generieren konnte: Schreibe mir Verse auf Deutsch. Vier Strophen im Stil von »Strangers in the Night«. Inhalt: Das letzte Lied auf einem Schlager-Konzert ist gruselig und führt dazu, dass den Fans nachts auf dem Heimweg angst und bange wird. Ort: Schlager-Tal, dort gibt es einen Schlager-Gral und Schlagerhasser, denen ein achtes Fass geöffnet werden soll. Nicht zuletzt auch als Wirtschaftsinformatiker begeistert mich die Verknüpfung von Big Data, natürlicher Sprachverarbeitung, maschinellem Lernen und Neuropsychologie!

Bitte? – Aber ja, Sie liegen vollkommen richtig: Von mir, Thomas Andras, erscheinen seitdem regelmäßig Schlagertexte in dieser Machart. Und jetzt halten Sie sich fest: Unter den Interpreten, für die KI und ich schreiben, ist seit Neuestem auch … Sie werden es nicht glauben … also: der Mann, die

Stimme, die Legende … – Meine Güte, ich bekomme selbst ganz weiche Knie! Aber die Info, wen ich seit »Sänger in der Nacht« mit Texten beliefere, darf ich Ihnen leider noch nicht geben, die Songs sind noch in der Produktion. Vom Label gibt es eine Sperrfrist – um mit Manfred zu sprechen: Verplappere ich mich jetzt, wird eine Vertragsstrafe fällig. Das würden doch auch Sie bestimmt nicht wollen, nicht wahr? – Vielen lieben Dank! Und: Ihnen, den Schlagerfreunden, alles Liebe … alles Gute … und weiterhin viel, viel Spaß!

Anmerkungen

»Ich liebe Schlager« ist gespickt mit Zitaten von Schlagerfreunden und Schlagerhassern, aber auch aus Schlagertexten. Zitat-Quellen, die im Text nicht erkennbar sind, werden im Anhang gesondert aufgeführt.

Die namentliche Nennung von Textern, Komponisten, Interpreten und Handelsvertretern der Branche bitte ich nicht zu entschuldigen, denn eine Karikatur ohne Kenntnis des konkret zu Karikierenden wäre ja sinnfrei.

Dass der letzte deutscher Kaiser, unser Roli, im Text nicht allzu gut wegkommt, hat mit der Privatperson des Roland Kaiser nichts zu tun. Seine Rolle als Interpret nehme ich nur aus den Medien wahr, ebenso sein gesellschaftspolitisches Engagement. Dem allgemeinen Vernehmen nach zieht er Letzteres ohne Rücksicht auf etwaige Befindlichkeiten seiner Fans durch – vor dieser Geradlinigkeit ziehe ich meinen Hut!

Wer sich Schlagertexte und ihren poetischen Wumms vergegenwärtigen möchte, ist beispielsweise auf den Portalen songtexte.com und lyrics.com gut aufgehoben. Sollte es Ihnen eher um News über Stars und Sternchen gehen, wird Ihnen bei schlager.de oder schlagerplanet.de geholfen. Und über die Ereignislage im Headquarter deutscher Spaßkultur – Ballermann & Co. – gibt's frischgezapfte Infos bei mallorcazeitung.es und mallorcamagazin.com.

In der Geschichte lasse ich Thommi behaupten, die Lyrics zu »Sänger in der Nacht« seien von einer KI zusammengestoppelt worden. Dies wäre zwar denkbar, doch stammt dieser Text – wie auch die anderen Burni-Schlagertexte – von mir. In Sachen KI kann ich nach einigen Versuchen aber immerhin bestätigen, dass es durchaus unterhaltsam ist, Verse und Strophen von KI verfassen zu lassen. Meine KI-Lieblingsstrophe, die ich selbst generiert, im Text aber nicht verwendet habe, ist die folgende:

> Doch in mir tobt ein Sturm der Fragen
> Kann ich ihr Herz denn wirklich tragen?
> Denn ohne sie, da geht's nicht weiter
> Die Liebe ruft, der Konflikt bleibt heiter

Hahaha – um mit Thommi zu sprechen.

Am Schluss, aber nicht zuletzt: Dank an den Lektor Moritz Siegel. Er hat sich tapfer wie auch zielführend dieser Geschichte ausgesetzt und konnte zur Optimierung derselben – stets »taktvoll« – die eine und andere bessere »Note« beisteuern.

B. M.

Zitate-Quellenverzeichnis

S. 9: »Deutsche Chansons heißen Schlager …«: Wolfram Weidner / gutezitate.com; »Es ist ein bedrückendes Gefühl …«: Gerd W. Heyse / gutezitate.com

S. 10: »Ein guter Schlager kann mich …«: Manfred Krug / gutezitate.com; »Ein Schlager ist für meine Begriffe …«: Dieter Thomas Heck / gutezitate.com; »Sehnsucht, Sex und Seitensprünge«: Roland Kaiser / schlager.de

S. 12: »Es gibt keine einzige Musik der Welt …«: Götz Alsmann / gutezitate.de

S. 15: »Durst'ge Zecher …«: Johann Strauss / opera-guide.ch

S. 19: »In meinem Herzen flattert leise …«: Udo Jürgens / songtexte.com

S. 20 »Ich ticke laut …«: Sudden / genius.com

S. 27: »Leise, leise, ganz seine Weise …«: überliefert / volksliederarchiv.de

S. 28: »Im Walde stehen Buchen …«: Abzählrein / schule-und-familie.de

S. 30: »17 Jahr', blondes Haar …«: Udo Jürgens / songtexte.com

S. 33: »Von der Barke mit der gläsernen Fracht …«: Bernd Clüver / sontexte.com

S. 40: »Geboren, um Liebe zu geben …«: Roland Kaiser / songtexte.com

S. 41: »Aufrecht geh'n …«: Mary Roos / musicmatch.com

S. 43: »Über rund 30.000 Gene …«: Sachtext / apotheken-umschau.de

S. 44: »Die schwarz gelockten Damen …«: Caterina Valente / muzikum.eu

S. 69: »Denn jeder Streit war perfekt …«: Leona Heine / boomplay.com

S. 74: »Dreh dich einmal um …«: Michael Holm / genius.com

S. 75: »Oh Mann, ich bin viel zu bescheiden …«: Peter Petrel / lyrix.at

S. 80: »Was immer du tust …«: Urbanize / lyrix.at

S. 82: »Das Konzert ›Stars unter Afrikas Sternen‹ …«: prime-promotion.de; »Eine Reise- und Show-Agentur konnte 2022 versprechen …« / www.prime-pro motion.de/media/d26e914b-fe06-4f86-8541-afe56305eac5.pdf

S. 83: »Deine Spuren im Sand …«: Howard Carpendale / songtexte.com

S. 91: »Tatort-Gastauftritte …«: daserste.de

S. 94: »Willy-Dehmel-Preis für Liedtexter«: wikipedia.de

S. 96: »Deutsches Schlagermuseum in Dortmund geplant« / 3.2.2019: Frankfurter Rundschau online / https://www.fr.de/kultur/musik

S. 103: »Knutschen … Ich kann nichts dafür«: Linda Hesse / songtexte.com

S. 112: »Spritz, spritz, das is'n Witz …«: Nina Hagen / songtexe.com

S. 115: »Ich fühl mich wie im Rausch …«: Helene Fischer / songtexte.com

S. 119: »Mein Gott, aus ganzem Herzen …«: Bibel / vaticannews.va

S. 126: »Guter Mond, du gehst so stille …«: Volksweise / singkinderlieder.de

S. 127: »Sie war ein Kind der Sonne …«: Roland Kaiser / songtexte.com

S. 169: »… was an der Bühnenperson Helene Fischer auffällt …«: Die Maschinenfrau / rbb24.de/kultur

S. 172: »Wohin soll ich gehen? …«: Adel Dawil / genius.com; »Es ist aus und vorbei, aus für immer …«: Christian Anders / lyrix.at

S. 173: »Hurra wir leben, so oder so …« und »Nur nach Hause …«: Frank Zander / songtexte.com

S. 187: »Mein Leben ging noch nie gradeaus …«: Ben Zucker, Kerstin Ott / genius.com

S. 192: »Na gut, dann schließ den Himmel zu …«: Michael Wendler / smule.com

S. 194: »Dieses Lied ist für alle Menschen, die Schlager lieben …«: Florian Silbereisen / flashlyrics.com

S. 195: »Titten raus, es ist Sommer …«: DJ Düse / genius.com

S. 196: »Ein bisschen Aroma, ein bisschen Paloma …«: Roger Whittaker / songtexte.com

S. 202: »Piep, piep, piep – ich hab dich lieb …«: Guildo Horn / genius.com

S. 203: »Ich will keine Schokolade …«: Trude Herr / songtexte.com; »Und wenn ein Bösewicht was Ungezog'nes spricht …«: Comedian Harmonists / genius.com

S. 213: »Wie ein Gebild aus Himmels Höh'n …«: Friedrich Schiller / zeno.org

S. 224: »Sie treffen sich täglich um viertel nach drei …«: Udo Jürgens / songtexte.com

Vom selben Autor:

… im Be.Bra-Verlag

Schlussakkord
Ein Moabit-Krimi
ISBN 978-3-89809-538-9

Keimzeit
Ein Moabit-Krimi
ISBN 978-3-89809-524-2

Giftzwerg
Kriminalroman
ISBN 978-3-89809-548-8

(Die Printausgaben sind vergriffen,
einzelne Exemplare beim Autor erhältlich.
E-Books nach wie vor im Handel verfügbar.)

... im Schardt-Verlag

Der Hamlet und die Schokolinse
Vom Kindsein und Schreiben
ISBN 978-96152-206-4
(auch als eBook/ePUB)

Tide, Tat & Tod
Küsten-Krimi-Persiflage
ISBN 978-3-89841-811-9

Du kommst mir gerade richtig!
Mordsfidele Geschichten für quietschvergnügte Leser
ISBN 978-3-89841-744-0
(auch als eBook/ePUB)

Mordskohl
Kurzkrimis aus Dithmarschen (Hrsg.)
ISBN 978-3-89841-681-8

(Die Printausgaben sind vergriffen,
einzelne Exemplare beim Autor erhältlich.
E-Books nach wie vor im Handel verfügbar.)

… im Selfpublishing

Franki goes Hiddensee
Insel-Winter-Trip
ISBN 978-3-7502-4714-7

Herr Schreiber blockiert
Eine Poeten-Posse
ISBN-13: 978-37450-748-40

Spielverderber
Sechs böse Stücke
ISBN-13: 978-38442-082-69

Wollen!
Eine unangenehme Geschichte
ISBN-13: 978-38442-198-83

© Uwe Mannhardt

Bernd Mannhardt, geboren 1961 in Berlin, ist seit vielen Jahren in der Kultur-PR tätig. Er veröffentlichte bislang neben Kriminalromanen als Reihentitel auch Kurzkrimis und Satiren für Print und Audio sowie Feature für Radiosender der ARD. Für die satirischen Musikalben »Alles schick?« und »Dampfplauderradio« schrieb er die Liedtexte. Mannhardt spricht Hörbücher ein mit eigenen, aber auch den Texten von Klassikern wie Rilke, Kafka, Andersen. Er ist Mitglied in der Autorengruppe »Das Syndikat« und lebt in Berlin.

ISBN 978-3-7598-2558-2
00006
9 783759 825582
www.epubli.com